디리2

디리 dele 2

혼다 다카요시 지음 박정임 옮김

살림

| 차례 |

언체인드 멜로디 Unchained Melody _7
유령 소녀들 Phantom Girls _65
그림자 추적 Chasing Shadows _125

언체인드 멜로디 Unchained Melody

지하인데도 엘리베이터 앞 복도는 늘 건조하다. 마시바 유타로는 어두컴컴한 복도를 걸어 정면에 있는 문을 열었다. 물건이 적고 천장이 높은 사무실은 휑하다는 인상을 준다. 사무실에는 늘 있는 자리에 사카가미 케이시가 있었다. 다른 곳에서는 본 적 없는 심플한 휠체어에 앉아, 세 대의 모니터가 늘어선 책상을 마주하고 있다. 유타로의 눈에는 그 모습이 마치 특수한 비행체의 자동조종석에 앉은, 특수한 능력을 지닌 조종사처럼 보인다.

유타로는 들고 있던 종이봉투를 책상 위에 놓았다. 케이시가 고개를 든다.

"결과는?"

종이봉투는 쳐다보지도 않고 케이시가 물었다.

"특산품인 사사단고.*" 유타로가 말했다.

종이봉투를 보며 고개를 한 번 끄덕이고 케이시는 다시 물었다.

* 笹団子. 니가타현의 향토음식으로, 팥 속을 넣은 찹쌀떡을 조릿대 잎으로 싸서 찐 것이다.

"결과는?"

"좋은 곳이더군. 드넓은 하늘 아래 논이 끝없이 펼쳐져 있는데. 파란 하늘 속으로 구름이 흐르고, 그 아래에서 벼 이삭이 흔들리고. 그런 곳에서 수확한 쌀은 맛있을 거야. 아, 쌀이 맛있으면 향토주도 분명 맛있겠지. 분위기 좋은 온천 거리도 바로 근처에 있고."

케이시는 휠체어 등받이에 몸을 기대고 의아하다는 듯 유타로를 올려다봤다.

"무슨 말이야?"

"1박이었으면 좋았을 거라는 말이야." 유타로가 말했다. "최소한 1박이라도 하게 해줬다면 더 많은 걸 보고할 수 있었을 거라고."

"보고는 한 가지면 충분해." 케이시는 어처구니가 없다는 듯 코웃음을 쳤다. "의뢰인은 확실하게 사망했나?"

"사망했어." 유타로는 고개를 끄덕였다. "확실해. 스님이 꽤나 오랫동안 불경을 올렸으니 되살아날 염려도 없어."

"그래."

고개를 끄덕인 케이시는 휠체어의 방향을 바꿔 데스크톱이 아닌 노트북을 열었다. 케이시가 '모구라'라고 부르는 그 노트북만이, 의뢰인이 위탁한 데이터와 연결되어 있다.

잠시 터치패드 위에서 움직이던 케이시의 손가락이 위로 들렸을 때, 유타로는 조용히 침을 삼켰다. 무의식적인 반응이었다. 케이시의 손가락이 아래로 내려질 때, 의뢰인이 이 세계와 맺은 인연이 한 가닥 끊어진다. 그 작업을 무표정하게 해내는 케이시에게 이전만큼의 냉담함은 느끼지 않는다. 오늘 오랫동안 불경을 외던 스님만큼이나 케이시도 의뢰인의 영혼이 평온히 잠들기를 기원하고 있을 터다. 그렇게 생각하게 되었다. 그럼에도 여전히, 하나의 인연이 끊어지는 그 순간에는 통증 비슷한 욱신거림을 느낀다.

새로운 것, 단 것, 젊은 여자를 누구보다 좋아했고, 농사를 짓는 한편 오랫동안 마을회의 의원으로도 일했다고 하는 70대 노인. 그가 마지막까지 보관했던 데이터. 그리고 자신의 죽음과 함께 지우길 원했던 데이터. 그것은 대체 무엇이었을까.

짐작해보려 했지만 구체적인 내용을 떠올리기에는 노인에 대해 아는 것이 없었다. 이렇게 노인에 대해 아는 것이 없는 자신들이 그 데이터를 삭제해도 되는 걸까. 유타로는 역시 석연치 않았다. 유타로는 모구라에서 시선을 돌려 책상 모서리를 바라봤다. 노인의 집 현관 옆에 있던 말라비틀어진 고목의 그루터기가 왠지 머리에 떠올랐다.

"사람은 그렇게 드라마틱하게 살 수도 없고 죽을 수도 없다."

어느새 케이시가 모구라를 덮고 담담한 눈길로 유타로를 보고 있었다.

"생판 남인 네 마음을 흔들 만한 데이터가 지금 이 세계에서 사라졌을 가능성은 한없이 낮아."

"아, 응." 유타로는 고개를 끄덕였다. "알아."

물론 그 데이터는 가족에게는 알리고 싶지 않을 뿐인, 동료와 있었던 시시한 해프닝의 기록이었을 수도 있고, 단순히 포르노 동영상이었는지도 모른다. 지금으로서는 그것을 알 방법은 없다.

삭제한 데이터의 복원은 '이론적으로 안 되는 건 아니지만, 현재 인류의 디지털 기술로는 거의 불가능하다'고 한다.

유타로는 책상에서 물러나 늘 앉는 소파에 앉았다. 그동안에 케이시는 데스크톱의 모니터 앞으로 돌아가서 무언가 작업을 시작했다. 업무가 없을 때의 사무실은 대체로 이런 분위기다. 유타로는 자신도 컴퓨터를 배워볼까 싶어서 케이시의 작업을 들여다본 적도 있었지만, 영어와 기호만이 빼곡한 화면으로는 케이시가 무엇을 하는지조차 전혀 알 수 없었다. 물어봐도 '입구를 찾고 있어'라거나 '프로그램을 손질하고 있어'라거나 '잊지 않도록 복습하고 있어' 등 알 수 없는 대답만이 돌아온다. 적극적으로 가르쳐줄 마음도 없어 보여서 유타로는 이내 포기했다.

"그러고 보니 병원에 갔었다며? 요전에 마이 씨한테 들었어."

소파 위에 있던 이미 여러 번 읽은 잡지를 집으며 유타로가 말했다. 케이시의 누나이자 이 빌딩의 주인이기도 한 사카가미 마이는 위층에서 변호사사무소를 운영하고 있다.

"다리 때문이야? 말만 하면 내가 데려다줄게."

"아니, 이제 됐어."

어차피 건성으로 대답하려니 생각했는데 의외로 명확한 대답이 돌아왔다. 유타로가 고개를 들자 케이시는 모니터에서 눈을 떼고 유타로를 보고 있었다.

"됐다니?"

"병원 볼일은 이미 끝났어."

"아, 그렇군."

케이시의 다리 상태에 대해 직접적으로 이야기를 나눈 적은 거의 없었다. 유타로로서는 묻기 힘든 이야기였고, 그렇다고 케이시가 자진해서 이야기한 적도 지금까지는 없었다. 현재 케이시의 다리는 양쪽 모두 무릎 아래로 감각이 없다. 그 사실을 유타로에게 가르쳐준 사람은 마이였다.

"고등학교 2학년 때쯤이었나. 발가락에 마비가 와서 병원에 갔었어. 하지만 원인을 알 수 없었지. 온갖 치료를 시도해봤지만 아무런 효과가 없었어. 그러는 동안 발가락의 감각이 완전히 없어졌고, 그 증상이 점점 위로 퍼졌어. 최근에는 증상이 확산되는 건 멈춘 듯한데, 앞으로 다시 확산될지 지금 상태로 멈출지는 아무도 몰라."

"치료가 안 됩니까?"

"의사가 운동요법만은 계속하라고 했지만, 케이는 스무 살을 넘기면서 병원에 가는 걸 그만뒀어."

"어째서요?"

운동요법이 아무리 힘들다고 해도 케이시가 그런 일에 도망칠 사람으로는 보이지 않았다.

"고작 걸을 수 있게 되려고 그렇게까지 해야 합니까?"

마이는 퉁명스러운 말투로 말하고, 어이가 없다는 듯이 웃음을 지었다.

"네?"

"그때 케이가 의사에게 했던 말이야. 저 녀석은 그런 인간이라니까."

"아."

허세를 부리는 척했지만 사실은 전혀 효과가 없는 운동요법을 포기하고 스스로 극복할 길을 찾으려 했던 것이리라. 스물 남짓 된 케이시의 무뚝뚝한 얼굴이 상상되자 유타로도 웃어버렸다.

"아버지도 생전에 케이를 무척 걱정하셨어. 다리보다 그 성격을 말이지. 그래서 요전에 병원에 갔다는 걸 알고 기뻤어. 케이도 나름대로 조금씩 변하고 있구나 싶어서. 분명 유타로 덕도 있어."

마이가 그런 말을 해준 건 지난주의 일이었다. 하지만 '병원 볼일은 이미 끝났다'고 한다면, 케이시는 치료를 다시 시작할 생각이 없는 것이다.

유타로가 그 부분에 대해 케이시와 좀 더 이야기해야 할지 고민하고 있을 때, 모구라가 깨어나는 소리가 들렸다. 유타로는 소파에서 일어났다.

'dele. LIFE^{다리 닷 라이프}'와 계약하면, 의뢰인은 먼저 해당 디지털 기기에 케이시가 만든 애플리케이션을 설치한다. 애플리케이션은 'dele. LIFE'의 서버와 정기적으로 교신한다. 의뢰인이 설정한 시간이 지나도록 그 기기가 작동되지 않았을 때, 서버가 반응해서 모구라가 깨어난다. 그 신호를 받으면 유타로는 의뢰인이 정말로 사망했는지를 확인한다. 사망이 확인되면 케이시가 모구라를 통해 의뢰인의 디지털 기기에서 지정된 데이터를 삭제한다.

유타로는 책상 앞으로 갔다. 케이시는 모구라로 의뢰 내용을 확인하고 있었다.

"이번 의뢰인은 요코타 히데아키 씨, 35세. 컴퓨터가 72시간 이상 사용되지 않았을 때, 그 컴퓨터의 어떤 폴더를 삭제하도록 설정했다."

케이시는 터치패드를 조작하더니 가볍게 혀를 찼다.

"해당 컴퓨터에 접속이 안 되는군. 의뢰인이 사용하지 않은 게 아니라 단순히 사흘 동안 전원이 꺼져 있었거나, 오프라인으로 해뒀을 뿐일 수도 있다."

애플리케이션은 백그라운드에서 작동하기 때문에 계약자가 그 앱을 의식할 기회는 거의 없다. 계약한 것을 잊고 설정 시간 이상으로 서버와 교신이 되지 않는 상태로 두었을 뿐인 경우도 몇 번인가 있었다.

"일단은 사망 확인을 해봐. 이게 전화번호. 만약 의뢰인이 정말로 사망했으면 어떡하든 컴퓨터를 온라인 상태로 해줘."

"응, 다른 정보는 없어?"

유타로는 물었다. 의뢰인에 대해 조금이라도 알아두는 편이 대화하기 쉽다.

"스마트폰 내용은 볼 수 없어?"

"이번 의뢰 대상은 컴퓨터뿐이라서 휴대폰에는 우리 앱이 깔려 있지 않아. 휴대폰 번호는 긴급연락처로 등록해뒀을 뿐이고."

"그러면 근거로 쓸 만한 게 아무것도 없는 거야?"

"휴대폰이 플립폰이 아닌 스마트폰이라면 지금부터 맬웨어를 심는 방법도 있기는 하지만, 필요해?"

"맬웨어? 그게 뭔데? 바이러스? 해킹 같은 거야? 아니, 그럴 것까지는. 응, 알았어. 알아서 할게."

그럴듯한 신분으로 사칭하지 않아도 사망 확인 정도는 할 수 있으리라. 그렇게 생각한 유타로는 모구라 화면에 있는 휴대폰 번호로 전화를 걸었다. 연결이 되지 않거나 아무도 받지 않는 경우도 많지만, 이번에는 다행히 누군가가 전화를 받았다.

"네."

전화를 받은 사람은 여성이었다. 젊은 여성은 아니다. 어딘가 외부에 있는지 소란스러운 소리가 들렸다. 유타로는 의외라는 듯 소리를 높였다.

"어라? 이거 요코타, 요코타 히데아키 씨의 휴대폰 아닌가요? 전 마시바라고 합니다만 요코타 씨 계십니까?"

"히데아키는."

거기서 상대는 조그맣게 숨을 내쉬었다.

"죽었습니다. 전 엄마입니다. 요코타 유코라고 합니다."

이제 막 자식을 잃은 모친에게 거짓말을 하는 것이 괴로웠지만, 달리 방도가 없었다.

"전 친구입니다만 히데아키가 죽었다니요? 언제 그런 일이?"

"그저께 이케부쿠로 거리에서 쓰러져 병원으로 옮겨졌지만 그날 그만. 연락을 받고 저만 이곳으로 와서 집으로 데려가는 중입니다. 지금 배를 기다리고 있어서."

아들의 죽음에 놀라 정신이 없어서인지, 너무나 상심한 탓인지 내용을 종잡을 수가 없었다. 억양에 강한 특색이 있었지만, 유타로는 어디 사투리인지 알 수 없었다.

"저기, 배라고 하시면."

"섬으로 가는 배입니다. 아, 지금 들어오는 모양이에요."

의뢰인은 어딘가 지방의 섬 출신이다. 그저께 길거리에서 쓰러져 병원으로 옮겨졌지만 당일 사망했다. 본가에 연락이 갔고, 모친만 상경해서 아들의 죽음을 확인하고 지금 시신과 함께 본가로 향하고 있다. 그런 내용이리라 짐작했다. 아들의 시신과 함께 여행하는 어머니의 심정을 상상해본다.

"장례식은 조용히 치를 겁니다. 다시 연락하겠습니다. 죄송합니다."

여성이 전화를 끊으려고 하자, 유타로는 황급히 소리를 높였다.

"저기, DVD. 히데아키에게 DVD를 빌려줬습니다. 기념으로 찍은 영상이 들어 있는 건데, 이런 상황에서 죄송하지만 꼭 돌려받았으면 합니다. 혹시 히데아키의 컴퓨터가 어디 있는지 아십니까? 히데아키가 DVD를 컴퓨터로 봤으니까, 거기에 그대로 들어 있을 것 같습니다만."

케이시에게도 들리도록 유타로는 스피커로 통화했다.

"컴퓨터요? 컴퓨터에 관해서는 모릅니다. 집에 있을지도 모르겠군요."

아직은 아들의 일을 냉정하게 말할 수 있을 만큼 감정이 수습되지 않았으리라. 이야기 중간중간에 감정을 다스리는 듯 말이 끊어졌다. 길게 통화하고 싶지 않다는 느낌도 말 사이사이에 배어 있었다. 죄송하기 그지없었지만, 유타로는 원래 염치없는 사람인 양 대화를 이어갔다.

"그러니까, 집이라고 하시면……."

"히데아키가 살던 메지로의 집입니다. 갑작스럽게 생긴 일이다 보니 경황이 없어서 그대로 두고 왔습니다. 소스케가 정리한다고 했으니, 찾으면 연락드릴게요."

새로운 이름이 나왔다.

"소스케……."

"소스케요. 동생."

당연히 알고 있으리라 생각하는 말투였다. 요코타 히데아키에게는 소스케라는 동생이 있고, 그 동생도 도쿄에 있는 상황이리라.

"아, 히데아키의 동생 소스케. 아, 네, 네."

"아시죠? 그러면 소스케에게 연락하라고 하겠습니다."

다시 전화를 끊으려고 해서 유타로는 다급하게 말했다.

"아, 아니, 소스케 군은 잘 모릅니다. 히데아키에게 이름만 들었을 뿐이라서. 아, DVD는 어쩌면 우편함에 넣어뒀을지도 모르겠군요. 이전에 한 번 우편함을 이용한 적이 있거든요. 히데아키가 제게 줄 물건을 우편함에 넣어뒀고, 제가 그것을 가지러 간 적이 있어요. 우편함을 여는 방법은 아니까, 제가 확인해봐도 될까요."

"그러면 그렇게 하세요."

"히데아키의 집이, 거기죠. 그 메지로의……."

"'베르데 메지로'라는 맨션입니다. 그럼 편하실 대로 하세요. 이만 실례하겠습니다. 죄송합니다."

통화를 더 끌었다가는 의심을 받게 된다. 유타로는 전화가 끊어지기를 조용히 기다렸다. 그러나 모친은 전화를 끊지 않았다.

"마시바 씨라고 하셨죠."

끊으려다가 생각을 바꾼 듯한 시간 간격이 있었다.

"네, 마시바입니다."

"히데아키의 친구였습니까?"

가슴이 욱신거리는 기분을 참으며, 유타로는 스마트폰을 향해 수차례 고개를 끄덕였다.

"네. 친구였습니다."

"고맙습니다. 친구라고 해주셔서. 그 아이는 이곳에 친구가 전혀 없어서."

코를 훌쩍이는 소리가 들렸다.

"너무 착해서 하고 싶은 말도 제대로 못 하는 아이라 늘 무시만 당했죠."

친구로서 고인에 대한 좋은 말을 덧붙이고 싶었지만 아무 말도 하지 못했다.

"오랫동안 좋은 추억만 기억해주세요."

전화가 끊어졌다.

"많이 혼란스러운 모양이군." 컴퓨터를 조작하면서 케이시가 말했다.

"자식이 갑자기 죽었으니 무리도 아니지."

전화 앱을 닫고, 유타로는 깊은 한숨을 토해냈다.

"좋은 추억만이라. 뭔가 나쁜 일이 있었다는 뜻일까?"

"그렇게까지 깊은 의미는 없지 않을까?"

케이시는 잠시 생각한 후 고개를 흔들었다.

"뭐, 됐어. 지금 네 스마트폰에 맨션 위치를 보냈다."

"알았어. 일단 다녀올게."

베르데 메지로는 역에서 제법 가까이 위치한 오래된 맨션이었다. 문의 간격을 봤을 때 각 세대의 크기는 그리 크지 않다. 우편함에서 '요코타'의 이름을 찾은 유타로는 201호실로 향했다. 인터폰을 눌렀지만 응답은 없었다. 복도에 방범카메라가 없음을 확인한 후 청바지 벨트 고리에 끼워둔 열쇠고리를 꺼냈다. 열쇠고리에는 집 열쇠와 함께 픽pick과 토크렌치torque wrench가 하나씩 걸려있었다. 토크렌치를 꽂고 픽으로 핀을 찾아간다. 3분 정도 열쇠와 격투를 벌인 유타로는 의뢰인인 요코타 히데아키의 집으로 들어갔다.

방 하나짜리의 아담한 공간이었지만, 위치로 봤을 때 월세는 싸지 않을 터였다. 침대, 책상, 의자. 가구는 제법 비싸 보이는 것들이 많았다. 다양한 악기가 눈에 들어온다. 노트북에 연결할 수 있는 키보드, 작은 기기에 연결되어 있는 기타. 그 외에도 케이스에 들어 있는 기타인지 베이스인지가 몇 대. 모친은 이 집에는 들르지 않고 돌아간 듯하다. 벗어둔 옷이 그대로 있었고, 재떨이에는 담배꽁초가 남아 있었다.

책장에는 악보 책이 가득 꽂혀 있었다. 대부분이 밴드용 악보였다. 외국 록밴드의 것이 많다.

그 책장에는 먼지를 뒤집어쓴 액자가 엎어져 있었다. 유타로는 그 액자를 집었다. 상당히 오래전 사진인 듯했다. 마흔 살 정도의 부부와 두 남자아이. 형인 히데아키가 초등학교 고학년, 동생인 소스케는 저학년일까. 히데아키는 통통하고 둥근 얼굴에, 감은 듯 작은 눈과 뭉툭하고 납작한 코. 게다가 두툼한 입술을 바보처럼 헤벌리고 있다. 못생긴 아이의 표준 같은 얼굴이었다. 옆에 있는 동생 소스케가 훤칠한 미남인 탓에 형 히데아키의 못생김이 한층 두드러진다.

"힘내, 형" 하고 미소 짓다가, 유타로는 그 형이 이미 죽었다는 사실을 떠올렸다. 두 아이 뒤에서 미소 짓고 있는 모친을 바라봤다.

— 고맙습니다. 친구라고 해주셔서.

그 말이 떠올라 차마 더 이상 보지 못하고 액자를 책장에 돌려놓은 순간, 인터폰이 울렸다. 이어서 다시 한번. 유타로는 숨을 죽였다. 그대로 떠나주기를 바랐지만, 현관문을 똑똑 두드리는 소리가 들렸다. 이 집에 침입했을 때 분명히 안쪽에서 문을 잠갔다는 사실을 떠올리며, 유타로는 스스로를 진정시켰다. 상대방이 누구든 곧바로는 들어올 수 없다.

유타로는 소리가 나지 않도록 조심하면서 키보드에 연결된 코드를 뽑고 노트북을 배낭에 넣었다. 근처에 떨어져 있던 전원코드도 배낭에 넣는다. 현관으로 살며시 다가가 자신의 스니커즈를 집어 들고 집 안으로 돌아왔다. 그러는 동안 다시 한번 인터폰이 울렸고, 스피커에서 목소리가 들렸다.

"경찰입니다만 아무도 안 계십니까?"

"경찰?" 유타로는 자신도 모르게 중얼거렸다.

"열쇠로 열겠습니다."

"열쇠를 갖고 있는 거야?"

조그맣게 중얼거리고는, 놓친 것은 없는지 집 안을 재빨리 확인했다. 배낭에 넣은 노트북 이외에 데이터를 보존할 만한 다른 디지털 기기는 보이지 않았다. 유타로는 손에 들고 있던 스니커즈를 신고 뒤쪽을 향해 난 창문을 열었다. 순간, 자신도 모르게 소리를 지르고 말았다.

"뭐야!"

2층이라고 믿고 있었다. 하지만 맨션은 경사지에 지어진 듯했다. 앞쪽 출입구보다 훨씬 낮은 위치에 바닥이 있었다.

"지금 사람 목소리가 들리지 않았습니까?"

스피커에서 다시 목소리가 들렸다. 인터폰이 통화 상태로 되어 있었던 모양이다.

"들렸어. 빨리 열어. 뭘 가만히 있나!"

옆 건물과의 경계에 펜스가 있다. 펜스를 확인한 유타로는 등에 메고 있던 배낭을 배에 끌어안고 창틀에서 몸을 날렸다. 목표했던 대로 펜스 위에 발이 놓인다. 균형을 잃은 몸이 휘청거리자 유타로는 몸을 둥글게 말아 등으로 떨어졌다. 그대로 몸을 굴려 충격을 완화한다. 모두 계산된 동작이었다.

"아얏! 그래도 아프군."

유타로가 몸을 뒤로 젖히면서 일으킨 순간, 위에서 목소리가 들렸다.

"거기, 멈춰!"

올려다보니 뛰어내린 창문으로 양복 차림의 젊은 남자가 얼굴을 내밀고 있었다. 경찰이라는 말이 사실이라면 형사일 것이다.

그의 등 뒤로 중년 남자가 얼굴을 내밀었다가 이내 사라졌다. 앞쪽 계단을 돌아서 이쪽으로 올 작정이라는 것을 눈치챈 유타로는 달리기 시작했다. 달리면서 배낭을 등에 메는 동안, 다시 위에서 목소리가 들린다.

"거기, 기다려. 이봐!"

직후에 둔탁한 소리가 났다. 놀라서 돌아보니 자신이 떨어진 위치에 자신보다 꼴사나운 자세로 젊은 형사가 쓰러져 있었다. 무시하고 도망가려 했지만 그럴 수 없었다. 형사는 꿈쩍도 하지 않는다.

"저기" 하고 유타로가 말을 걸었다. "저기요? 괜찮아요?"

역시 대답은 없었다. 유타로는 조심스럽게 형사에게 다가갔다. 엎드린 채 쓰러진 형사는 아무런 반응도 보이지 않았다. 유타로는 몸을 구부려서 형사의 몸을 바로 눕혔다. 이마가 깨져서 피가 흐르고 있다.

"으악, 아프겠다. 의식을 잃어서 다행인지도."

유타로는 일어서서 바지 뒷주머니에 넣어둔 스마트폰을 꺼냈다.

"지금 구급차 부를게요."

스마트폰 화면의 키패드를 불러 '1'을 두 번 눌렀을 때, 형사가 발목을 잡았다.

"우왓!"

반사적으로 뿌리치고 뒤로 휙 물러선다. 형사는 깨진 이마에서 피를 흘리며 유타로를 바라보고 있었다.

"너, 얼굴 기억해두겠어."

형사는 다시 다리를 잡으려고 팔을 뻗는다. 꽤나 공포스러운 광경이었다. 중년 형사가 다가오는 것을 보고 유타로는 스마트폰을 집어넣었다.

"당했나? 괜찮아?"

멀리서부터 달려오는 중년 형사가 포효하듯 소리를 질렀다.

"아, 아니, 오햅니다. 전 아무 짓도 안 했어요. 안 했다고요. 저, 구급차는 아직 안 불렀으니 필요하면 부르시죠."

유타로는 중년 형사에게 큰 소리로 대답하고, 발밑에 있는 형사에게는 "아, 쾌차하시길" 하고 인사한 후 있는 힘껏 뛰었다.

중년 형사의 "멈춰!" 하는 고함과 쓰러진 형사의 "멈춰어~" 하는 원망이 담긴 외침을 뒤로한 채 유타로는 펜스와 건물 사이의 좁은 골목길을 달려서 빠져나갔다.

케이시는 의뢰인의 노트북에 전원코드를 꽂았다.

"충전이 안 된 게 아니라 배터리 자체가 충전이 안 되는 상태였네."

케이시가 버튼을 누르자 노트북이 신음 소리를 내며 화면 위로 천천히 운영 체제를 가동시켰다.

"이 상태로는 노트북을 직접 조작하지 않으면 방법이 없었겠네. 잘 가져왔어."

케이시는 휠체어의 각도를 바꿔 모구라의 화면을 열었다.

"잘 가져왔다니, 케이! 지금까지 내 얘기 들은 거 맞아? 그걸 가지러 갔다가 난 형사한테 쫓겼다고. 형사가 저 혼자 다쳐놓고는 내 탓을 하더니만 얼굴을 기억해두겠다고 으름장까지 놨어. 뭔가 엄청나게 앙심을 품은 표정이었는데 괜찮을까? 대충 죄목을 만들어서 체포하는 거 아닐까."

"괜찮아. 그런 부류의 사건이라면 마이가 발 벗고 나서서 잘 변호해줄 거야."

천장을 가리키며 케이시는 말했다.

"그건 체포를 전제로 한 위로잖아. 당장의 해결 방법을 생각해달라고."

"신분만 들통나지 않으면 괜찮아."

"신분이 들통났다면?"

"어떻게 들통나는데?"

"그거야 뭐, 끈질긴 탐문이나 인해전술 같은 걸로."

"불법 침입 정도로 그렇게까지 하지는 않아."

"업무 중에 일어난 사고잖아? 좀 더 자기 일처럼 생각해봐, 고용주로서."

계속 닦달하자 케이시는 귀찮다는 듯 유타로를 올려다봤다.

"어쩌라는 건데?"

"집에 형사가 온 걸 보면 의뢰인인 요코타 씨는 뭔가 사건에 연루된 게 분명해. 그가 삭제해달라고 요청한 데이터를 보여줘. 뭔가 알아낼 수도 있잖아. 경찰에게 뭔가 정보를 제공하면 나도 별 탈 없이 끝날 거야."

"데이터는 아무에게도 안 보여줘. 의뢰인의 사망이 확인되면 아무도 모르게 삭제한다. 그게 우리 일이야."

"늘 그렇게 말하지만, 이전에도 데이터를 보길 잘했다고 생각한 적 있잖아?"

케이시가 미간을 좁혔다. 고개를 살짝 기울이고 잠시 허공을 바라보더니, 다시 유타로의 얼굴을 응시하고는 이상하다는 듯 되물었다.

"있었나?"

"당연히 있었지. 오히려 안 보는 게 나았다고 생각한 적이 없지 않았어?"

케이시는 다시 잠시 생각한 후 말했다.

"봤어도 결국 아무것도 달라진 게 없었던 경우가 대부분이었다고 생각하는데. 달라질 게 없다면, 그다음은 예의의 문제야. 우리에게 위임한 건 그 사람의 가장 약하고 여린 부분이다. 그곳에 함부로 손대는 건 고인에 대한 예의에 어긋나는 행위라고 생각하지 않나?"

"예의는, 그건 알겠지만." 유타로는 말했다. "그래도 형사가 부상을 당했잖아."

의뢰인의 컴퓨터에 마침내 운영 체제가 실행된 것을 확인하고, 케이시는 모구라의 키보드를 두드렸다.

"앗, 아직 지우지 마." 유타로는 당황해서 말했다. "예의의 문제는 알겠어. 하지만 나도 별건^{別件}체포* 같은 걸 당하고 싶지는 않아. 그러니까 케이는 아무것도 안 해도 돼. 지금 화장실 가고 싶

---

* 어떤 사건의 혐의자로 체포된 사람에게 유력한 증거가 없을 때, 그 혐의자를 다른 혐의로 체포하는 것을 뜻한다.

지? 엄청 마렵지? 다녀와. 모구라는 그대로 두고."

"별로 안 마려워. 그리고 어차피 이번 건과 관련해서는 보여줄 수 있는 것도 없어."

"뭐? 없다니?"

케이시가 모구라의 화면을 유타로에게 돌렸다. 폴더 안에는 같은 아이콘이 나열되어 있다.

"삭제를 요청한 건 전부 오디오 파일이야. 확장자를 봤을 때는 음악 데이터 같군. 악곡 같은 게 들어 있을 거다."

"악곡? 요코타 씨가 작곡한 걸까."

유타로는 의뢰인의 집에 다양한 악기와 밴드용 악보 책이 있었다는 사실을 케이시에게 이야기했다.

"의뢰인은 작곡가였는지도 모르겠군." 케이시는 가볍게 고개를 끄덕이며 말했다. "삭제 요청이 있었던 건 미완성 작품이거나 아니면 실패작. 또는 단편적인 악상 같은 건지도 모르지. 여하튼 의뢰인은 자신이 죽은 뒤에 이것들을 세상에 남기길 꺼렸다. 이런 걸 그 형사에게 들려준다고 달가워할까? 지운다."

케이시가 모구라의 화면을 자신 쪽으로 돌렸다.

"잠깐만 기다려. 그게 정말로 그냥 악곡일까? 음악 데이터로 위장한 다른 데이터일 가능성도 있지 않아? 한 번만 들어보면 알 수 있잖아. 제발 들려줘."

케이시가 고개를 들고 유타로를 가만히 바라봤다. 마침내 휠체어 등받이에 몸을 기대고 불쑥 말했다.

"뭐야, 말해."

"응? 뭘?"

"데이터를 확인하지 않으면 안 되는 이유. 뭘 감추고 있지?"

"아……." 말문이 막히자 웃음으로 얼버무릴까 하다가 유타로는 결국 포기했다.

"떨어뜨렸어."

"뭘?"

"면허증."

"어디에?"

"기억은 안 나는데, 아마도 창문에서 뛰어내렸을 때가 아닐까 싶어."

"형사가 주웠다?"

"아, 하지만 여러 명함이랑 같이 케이스에 들어 있어서, 면허증을 못 보고 놓쳤을 수도 있어."

"아니면 놓치지 않았을 수도 있고?"

"여하튼 케이스를 주웠을 가능성은 있어."

케이시는 진심으로 한심하다는 듯 한숨을 쉬고 모구라의 터치 패드를 두드렸다. 화가 나서 데이터를 삭제할 거라고 생각했지만 아니었다. 모구라에서 음악이 흐르기 시작했다.

"너무 한심한 이야기를 들어서인지 손이 미끄러졌다."

케이시는 그렇게 말하면서 휠체어를 움직이더니 책상에서 벗어났다.

"아, 어디 가?"

"화장실. 아까부터 마려웠어."

케이시는 휠체어를 움직여 재빨리 사무실에서 나갔다. 화장실이라면 사무실 안에도 있으니, 도저히 함께해줄 수는 없다는 의미일 터다.

"번거롭게 해서 죄송합니다."

케이시가 나간 문을 향해 고개를 숙인 유타로는 책상 앞으로 돌아가 모구라의 화면을 들여다봤다. 나열된 아이콘 하나가 한 곡이라면, 삭제를 요청한 폴더에는 40여 곡이 들어 있는 게 된다. 지금 흐르고 있는 곡은 흥얼거리기 좋은 선율의 밴드 사운드였다. 파일명은 'sayonaranokatati'. 사요나라노 가타치, '이별의 모습'이라는 의미일 것이다. 보컬은 없었으며 전자피아노가 멜로디를 연주하고 있었다.

그 곡을 잠시 듣고 나서 유타로는 다음 곡으로 넘어갔다. 파일명은 'clockworkdog'. '클락워크 도그'인가. 역시 친숙한 느낌의 멜로디가 밴드 사운드로 흐른다. 이 곡을 작곡한 사람이 의뢰인인 요코타 히데아키라면 꽤 재능 있는 뮤지션이었으리라. 질주하는 비트에 넘실거리는 듯한 멜로디. 유타로는 어느새 자신도 모르게 몸을 흔들고 있었다. 그 곡을 잠시 들은 유타로는 다음 곡으로 바꿨다. 파일명은 'flowing'. 분위기가 다른 미디엄 템포의 애달픈 멜로디가 흘렀다. 이 곡에도 보컬은 없었지만, 멜로디만으로 심상心象풍경이 떠올랐다. 예컨대 아직 연인이 아닌 사람과 나란히 걷고 있는 늦여름의 둑길. 옆으로 흐르는 강. 저녁매미의 울음소리. 어렴풋한 동경. 가슴을 죄는 듯한 짝사랑.

케이시가 사무실로 돌아온 건 30분 정도 뒤였다. 유타로는 열곡째를 듣고 있었다.

"뭔가 발견했나?"

"발견한 건 없는데, 이 곡 어때?"

유타로는 모구라를 가리키며 말했다. 파일명은 'silentorion'. '사일런트 오리온'일 것이다. 큰 스케일이 느껴지는 발라드였다. 겨울밤, 언덕 위에 홀로 누워 밤하늘을 올려다보고 있다. 광대한 우주. 그 속에서 반짝이는 작은 별. 그보다 더 작은 자신. 영원처럼 느껴질 만큼의 머나먼 거리.

"곡 좋지 않아?"

유타로가 묻자 케이시는 흐르는 곡에 귀를 기울이며 고개를 끄덕였다.

"그러네. 청춘의 고뇌를 가사에 담아, 예쁘게 생긴 애가 부르면 인기 있겠어."

"어? 그런 평가야? 난 좋은 곡이라고 생각했는데."

"그러니까 동의했잖아."

"지금 그게 동의한 거야?"

"동의한 거야. 이제 지워도 되나?"

"어차피 이렇게 된 거 전부 듣게 해줘."

유타로는 다음 곡으로 넘겼다. 이 곡도 친숙한 멜로디라고 생각하며 발로 리듬을 타다가, 아는 곡이라는 사실을 얼마 후에 깨달았다.

"어? 이게 어떻게 된 거지?"

유타로는 모구라를 가리키며 말했다. 늘 앉던 자리로 돌아와, 유타로가 가리킨 모구라 화면을 들여다본 케이시가 고개를 들었다.

"어떻게 된 거냐니, 뭐가?"

"이거 말이야. 이 곡 몰라? '콜리전'의."

"콜리전?"

"콜리전 디텍션.* 밴드야. 유명한 밴드."

"이상한 밴드 이름이군."

"그래? 아니 뭐, 나도 밴드는 잘 모르지만 이 곡은 알아. 「부스러기 별의 발라드」."

파일명을 확인하니 확실히 'kuzubosinoballad'로 되어 있었다.

"2년쯤 전에 엄청 히트했었어. 영화 주제곡인데 영화도 크게 히트해서 텔레비전에서건 라디오에서건 종일 나왔거든. 어? 들어본 적 없어?"

"없어. 있어도 기억 안 나."

"이 곡이 기억 안 난다니, 어떤 삶을 산 거야?"

유타로 자신도 유행에는 둔감한 편이지만, 그 당시에는 듣지 않고 생활하는 편이 어려울 정도로 어디서든 흘러나왔던 곡이다. 거리로 나가면 편의점에서도 식당에서도 저절로 머리에 박힐 정도로 이 곡이 흘러나왔다. 거기까지 생각하다가 유타로는 새삼 케이시의 휠체어에 눈길을 주었다. 평상시에 뭐든지 혼자 해결하기 때문에 잊고 있었지만, 비장애인처럼 편하게 거리로 나갈 수는 없을 터다.

케이시가 언짢은 듯 헛기침을 하자, 유타로는 휠체어에서 케

---

* Collision detection. '충돌 감지' 또는 '충돌 판정'을 의미한다.

이시에게로 시선을 돌렸다. 케이시는 동정하는 기색에 민감하다. 방금 휠체어를 바라본 건 그런 의미가 아니었다고 설명하려 했지만, 그 전에 케이시가 입을 열었다.

"그래서 이 곡이 의뢰인의 컴퓨터에 있는 게 왜 이상한데?"

"이 곡을 좋아해서 자신이 연주한 걸 녹음한 것일 수도 있겠지만, 만약 그렇다면 굳이 삭제할 필요가 있을까?"

"넌 지금까지 들은 곡들이 의뢰인이 작곡한 곡이라고 생각했잖아? 그렇다면 이 곡도 의뢰인이 작곡했다고 생각하는 편이 자연스럽지. 의뢰인이 작곡했고 그 콜리전인가 뭔가 하는 밴드가 연주했다. 의뢰인은 자신이 죽은 후에 자신의 컴퓨터에 있는 자작곡의 데이터를 전부 삭제하려고 했다."

"아, 그런가. 하지만 너무 엄청난 히트곡이라서. 우와, 요코타 씨 엄청난 사람이네.「부스러기 별」을 만든 사람이었구나."

그러고 보니 맨션은 야마노테센* 전철역에서 가까웠고, 가구도 값비싸 보이는 것들이었다.

유타로가 감탄하고 있는 동안에 케이시는 모구라가 아닌 다른 데스크톱 컴퓨터에 손을 뻗었다. 검색 화면이 나오자 재빨리 키보드를 두드린다. 화면에 '콜리전 디텍션'의 공식 홈페이지가 나왔다.

"콜리전 디텍션. 결성은 5년 전. 모든 곡을 만든 사람은…… 요코타 소스케."

---

* 山の手線. 철도회사 JR히가시니혼(東日本)이 운영하는 도쿄 전차 순환선. 도쿄의 핵심 지역을 지나가는 순환선인 데다 이용 승객이 많아서 서울 지하철 2호선과 비견된다.

"뭐? 요코타 히데아키가 아니라?"

"요코타 소스케. 기타와 보컬 담당."

케이시가 화면에 요코타 소스케의 얼굴 사진을 띄웠다. 섬세하면서도 아름다운 얼굴을 한 남자였다. 날카로운 시선으로 도발하듯 이쪽을 보고 있다. 그 사진이 가족사진의 동생 얼굴과 겹쳤다.

"아, 소스케. 이 사람이 의뢰인의 동생이구나."

"생년월일을 보면 세 살 아래군."

도저히 서른두 살로는 보이지 않는다. 사진 속 요코타 소스케는 좀 더 젊게, 또는 어리게 보였다.

"요코타 씨는 콜리전 보컬의 형이었구나."

유타로는 다음 곡을 틀었다. 파일명은 'loudspeaker'. 이 곡도 들어본 적이 있는 곡 같았다.

"이것도 분명 콜리전의 곡일 거야. 이걸 만든 사람이 요코타 소스케라고?"

"공식 홈페이지에는 그렇게 나와 있어."

"잠깐 봐도 돼?"

케이시의 허락을 받고 데스크톱 컴퓨터의 마우스를 잡은 유타로는 '콜리전 디텍션'이 지금까지 발표한 곡들과 노트북 폴더 속 파일명을 비교했다. 40여 곡의 파일 대부분이 '콜리전 디텍션'의 곡들과 이름이 같았다.

"요코타 씨는 자신의 동생이 만든 곡의 데이터를 컴퓨터에 저장해두었고, 우리한테 그걸 삭제해달라고 의뢰했다는 건가. 그게 무슨 상황인 거지? 컴퓨터로 뭔가 알아낼 수 없어?"

"이 컴퓨터에 있는 건 이 음악 데이터가 대부분이야. 삭제된 데이터를 살려볼 수도 있지만 크게 기대할 건 없어. 메일 소프트웨어도 들어 있지 않고, 브라우저의 이력도 별거 없어. 이걸로 의뢰인의 개인적인 사정을 알아내긴 힘들어 보이는데."

"뭐든 알아낼 방법이 없을까? 이런 삭제 의뢰는 이상하잖아?"

만약 형제간에 무슨 다툼이 있었다면 지금이라도 해결할 방법을 찾고 싶었다.

"맬웨어라고 했었나, 그거 어떻게 하는 거야?"

"의뢰인의 휴대폰이 스마트폰이라면 가능해. SMS로 문자를 보내서 웹 주소로 들어가게 한 후 맬웨어를 심는 거지. 지금은 의뢰인의 모친이 갖고 있다고 했지?"

"노인을 속인다는 거야?" 유타로는 얼굴을 찡그렸다. "보이스피싱 같군."

"그런 방법도 있다는 말이야. 물어본 건 너거든."

"다른 방법은 없어?"

"다른 방법이라."

케이시는 코웃음을 치며 모구라에 USB메모리를 꽂았다. 잠시 모구라를 조작한 후 USB메모리를 뽑아 유타로에게 내밀었다.

"삭제 의뢰가 있었던 폴더는 이 USB메모리에 복사했고, 컴퓨터에 있는 건 삭제했다."

유타로는 USB메모리를 받아 들었다.

"이 컴퓨터는 내일이라도 의뢰인 주소로 보내. 발송인은 모르게 해서. 그리고 그 음악 데이터를 어떻게 할지는 네가 정해."

"뭐?"

"단, 고인에 대한 예의만은 잊지 마."

"예의? 아, 예의. 응."

"오늘은 그만 퇴근해도 돼."

삭제 의뢰가 있었던 데이터를 유타로에게 맡긴다. 지금까지 이런 일은 한 번도 없었다. 유타로는 당황하면서도 USB메모리를 자신의 배낭에 넣었다.

"저기, 케이. 이건 내 방식으로 해도 된다는 뜻이야?"

유타로의 질문에 케이시는 질문으로 대답했다.

"왜 삭제해달라고 의뢰했는지 알고 싶은 이유는 뭐지? 너를 찾아낼지도 모를 형사 때문에? 아니면 의뢰인의 모친에게 위로가 될지도 모르니까? 그것도 아니면 일종의 자기만족?"

유타로가 대답할 말을 찾지 못하자 케이시가 말했다.

"그 부분을 확실하게 해둬. 그러지 않으면 휘둘리게 돼."

"휘둘리다니?"

유타로가 되물었지만 케이시는 대답하지 않았다. 자신에 대한 인정인지 방치인지조차 알 수 없었다. 유타로는 포기하고 사무실 문에 손을 뻗었다. 하지만 그때 케이시가 큰 소리로 말했다.

"아, 그러고 보니."

유타로는 케이시를 돌아봤다.

"네가 이곳에 온 건 우리 명함을 갖고 있어서라고 했지?"

유타로는 자신이 처음에 이 사무실을 찾아왔을 때를 떠올렸다. 겨우 반년 전의 일인데도 아주 오래전의 일처럼 느껴졌다.

"아, 맞아. 그 전까지 난 프리랜서 잔심부름꾼을 자처해왔어. 여기저기에서 조금씩 부탁받은 일을 하며 생활했지. 그때그때 알게 된 사람들이 돈이 궁해지면 연락하라며 연락처를 줬었거든. 그 연락처들을 모아둔 상자가 집에 있어. 그 상자에 이곳 명함이 들어 있었고, 다음 일을 찾던 중에 명함을 발견한 거야. 그럴듯한 회사 같아서 연락했어. 생각만큼 그럴듯한 회사는 아니었지만."

유타로가 덧붙인 농담에 케이시는 응해주지 않았다.

"그 명함은 누구한테 받았어?"

"그게 기억이 안 나. 어디선가 알게 된 누군가가, 내가 마음에 들어서 줬을 텐데. 아, 하지만 그것도 이상하네. 이곳 사원은 케이 혼자뿐인데. 마이 씨가 줬을 리도 없고 말이지. 그러게. 누구한테 받았을까?"

무슨 말인가를 하려던 케이시는 고개를 흔들었다.

"모르면 됐어. 수고해."

유타로는 케이시가 왜 이제 와서 자신이 이곳에 오게 된 경위를 신경 쓰는지 알 수 없었다. 그러나 어떤 의미에서 던진 질문이었는지 물어볼 분위기도 아니었다.

"아, 응. 먼저 갈게."

유타로가 네즈에 위치한 자신의 집에 도착해보니 현관문이 열려 있었다. 집 안에서는 어렸을 때부터 알고 지냈던 후지쿠라 하루나가 다마 씨와 함께 유타로의 귀가를 기다리고 있었다. 유타로는 자신이 집에 들어오지 못할 경우 다마 씨를 돌봐달라며 하루나에게 열쇠를 맡겨두었다. 다마 씨를 부탁한 적은 지금까지 한 번밖에 없었지만, 하루나가 유타로가 해주는 저녁밥을 노리고 기다리는 경우는 한 달에 몇 번 정도 있었다.

하루나는 다다미 위에 드러누워 있었고, 다마 씨는 하루나의 배 위에 몸을 맡기고 있었다.

"어서 와, 유타로."

다마 씨가 손을 흔들었다. 그대로 전통무용 같은 춤을 추기 시작한다. 앞발을 하루나에게 내맡긴 다마 씨는 모든 것을 체념한 듯한 표정을 짓고 있었다.

"다녀왔어. 오늘은, 응? 야간 근무?"

간호사인 하루나의 근무 시간은 그날그날 다르다. 하루나가 몸을 일으킨 틈을 타고 다마 씨가 하루나의 손에서 빠져나와 유타로의 발밑으로 도망쳐왔다.

"야간 근무로 밤을 새우고 그대로 낮까지 일하고, 집에 가서 한 숨 자고 일어나서 여기로 왔어. 저녁, 어때?"

하루나가 가리킨 밥상 위에는 어디선가 사 온 듯한 도시락이 두 개 놓여 있었다.

"최근에 집 근처에 도시락집이 생겼거든. 맛있어서 유타로 것도 사 왔어. 숯불구이 생선이 끝내줘."

"오! 땡큐."

그렇다면 목적은 미소시루겠군. 유타로는 배낭을 내려놓고 주방에 섰다. 냉장고에 있던 남은 채소로 재빨리 미소시루를 만든다.

"아저씨랑 아주머니는?"

"여전히 딸은 내팽개치고 두 분이서 즐거우셔. 어제부터 온천 여행 중. 집에 있어도 같이 밥을 먹어줄 사람이 없어."

미소시루가 완성되자 다마 씨에게도 고양이 사료를 준비해주고 유타로와 하루나는 도시락 뚜껑을 열었다.

"확실히 맛있어 보이는군."

"최근에 저녁밥의 절반을 이걸로 해결했더니 주인 아주머니가 내 얼굴을 외워버렸어. 다 큰 아가씨가 맨날 도시락만 먹으면 어떡하느냐고. 그게 도시락집 주인이 할 말이야?"

"뭐라고 대답했어?"

"이곳 도시락을 연구해서 맛있는 요리를 만들려 한다고 했지. 그랬더니 그다음부터는 반찬 만드는 법을 장황하게 설명해주는 거야. 오늘은 자칫하면 주방까지 끌려갈 뻔했다니까."

한동안 그런 시답잖은 이야기를 나눴지만, 이윽고 하루나가 자신을 힐긋힐긋 살피고 있다는 사실을 유타로는 눈치챘다. 아무래도 목적이 미소시루뿐만은 아니었던 모양이다. 유타로는 몇 차례 자신에게 향해진 시선을 적절한 타이밍에 붙잡고 웃어 보였다.

"뭔데. 말하기 힘든 이야기야? 상담하고 싶은 게 있으면 들어줄게."

"상담은 아닌데."

하루나가 젓가락을 내려놓고 헛기침을 하더니 천천히 몸의 자세를 가다듬는다. 그 분위기에 압도된 유타로도 젓가락을 내려놓고 자세를 바로 했다. 갑자기 변한 분위기에 다마 씨가 무슨 일인가 싶어 고개를 든다.

"최근에 우리 병원에 새로 온 간호사가 있어. 나보다 한참 나이가 많은 베테랑 간호사인데, 그 사람에게서 어제 이상한 이야기를 들었어."

"이상한 이야기?" 유타로가 말했다. "어떤?"

"소문이랄까, 도시전설 같은 이야긴데."

하루나는 한동안 말을 잇지 못했다. 하지만 다마 씨와 유타로가 인내심 있게 기다리고 있자 마침내 이야기를 시작했다.

"그 사람이 이전에 있었던 대학병원에서 일어난 이야기. 그 병원에서 신약 임상시험을 한 적이 있었대. 임상시험에 대해서는 알지? 개발된 신약의 효과를 확인하기 위한 임상시험."

"아, 응." 유타로는 고개를 끄덕였다.

"그렇겠지." 하루나도 고개를 끄덕였다. "블라인드 테스트도 알아?"

"응, 대충." 유타로가 고개를 끄덕였다.

해당 환자를 두 그룹으로 나누고 한쪽에는 신약을, 다른 한쪽에는 인체에 영향을 주지 않는 가짜 약, 예컨대 포도당을 투여한다. 환자는 자신에게 어떤 약을 투여했는지 모른다. 두 그룹이 보인 경과를 관찰해서 약의 효과를 확인한다. 그것이 유타로가 알고 있는 임상시험이었다.

"그 임상시험 중에 환자 한 명이 사망했어. 유족은 신약의 부작용을 의심했지만, 병원에서는 환자에게 투여한 건 신약이 아닌, 몸에 아무런 영향을 미치지 않는 가짜 약이었다고 발표했대. 하지만 사실 그 환자가 복용한 약은 신약이었고, 환자는 신약 부작용으로 사망했다는 소문이 병원 관계자들 사이에 떠돌았대."

유타로의 표정을 살피면서 이야기하던 하루나가 목소리를 낮췄다.

"미안. 이런 이야기 싫지?"

그 이야기가 유타로에게 어떤 의미인지 하루나는 알고 있었다.

"그게……."

유타로는 눈을 감았다.

내리쬐는 태양. 한여름의 마당. 호스가 뿜어내는 물. 희미한 무지개. 모자를 쓴 소녀. 돌아보며 살포시 웃는다. 어깨 너머로 흔들리는 해바라기.

"그게 린 이야기라고 생각하는 거지?"

해바라기를 흔드는 바람이 처마 끝 풍경을 '딸랑' 하고 울린다.

유타로는 천천히 눈을 떴다. 동생의 이름을 입에 올린 건 굉장히 오랜만이었다. 자신이 지금 어떤 표정을 짓고 있을지 알 수 없었다.

유타로의 물음에 하루나는 고개를 끄덕였다.

"그 간호사가 근무했다던 대학병원이 린이 다녔던 그 병원이야. 소와의대부속병원. 게다가 그 임상시험이 있었던 건 신약개발을 국가의 성장전략 중 하나로 자리 잡도록 하려던 시기였다고 했어. 그래서."

다음 말을 하려던 하루나가 고개를 흔들었다.

"미안해, 유타로. 이런 이야기 그만할게."

"괜찮아, 계속해."

하루나가 유타로의 표정을 살폈다. 유타로가 웃어 보이자 하루나는 이야기를 계속했다.

"피해자 유족은 진실을 밝히려고 노력했지만 이내 꺾였대. 개발에 거액을 투자한 제약회사. 그 제약회사로부터 막대한 지원을 받고 있는 의대와 부속병원. 게다가 의약품산업을 국가의 성장산업의 하나로 자리매김하고 싶은 후생노동성. 그 세력들이 합세해서 피해자 유족에게 압력을 가했기 때문이래."

가벼운 현기증을 느낀 유타로는 천장을 올려다보며 천천히 숨을 내쉬었다.

"정말이야? 린이 죽은 후에 정말로 그런 일이 있었어?"

린이 신약 임상시험 중에 숨졌고, 그 후 인터넷에서 유가족에 대한 중상모략이 넘쳐났다. 하루나가 알고 있는 건 그뿐이었다.

"유타로랑 아저씨랑 아주머니에게 내가 모르는 일이 있었던 거야?"

"그런 일은 없었어." 유타로는 시선을 떨구며 하루나에게 말했다. "우리가 부작용을 의심해서 병원을 상대로 소송할 준비를 했던 건 사실이야. 인터넷에서는 임상시험 사고를 국가 탓으로 돌리면서 국가 측에 손해배상을 청구하려는 끔찍한 유족이라고 악플이 달렸지만, 손해배상 따위 생각한 적도 없었어. 우리는 단지 진실을 알고 싶었을 뿐이야. 양쪽 다 변호사를 세워 이야기를 했고, 병원으로부터 제대로 설명을 들었고, 우리 부모님도 납득해서 소송을 그만뒀다. 일어난 일은 그뿐이야. 하지만 그 소문의 모델은 우리가 맞는 것 같군. 린 이야기겠지."

"정말이야?"

하루나는 조용히 물었다.

"린을 잃고 상처받은 유타로에게, 아저씨와 아주머니에게, 이상한 압력을 가한 사람이 정말 아무도 없었어?"

눈물을 머금은 눈으로 자신을 보고 있는 하루나에게 유타로는 웃어 보였다.

"린을 잃고 모두 상처받았어. 그 상처로 인한 아픔을 견디지 못해서 우리 가족은 뿔뿔이 흩어졌고. 하지만 그건 다른 누군가의 탓이 아니야. 우리가 약했던 거야. 린이 죽은 뒤에 일어난 일은 그것뿐이야."

유타로는 그렇게 말한 후 다리를 풀고 다시 젓가락을 잡았다.

"정말 맛있네, 이 집 도시락."

실제로 숯불에 구운 고등어는 식어도 맛있었다. 9년 전이었다면 울었을 것이다. 동생이 죽었는데도 음식이 맛있다는 생각을 할 수 있는 자신을 유타로는 용납할 수 없었다. 학교에서 도시락을 먹다가 울음을 터뜨릴 뻔한 적이 몇 번 있었다. 그런 모습을 보이기 싫어서 고등학교부터는 서서히 발길을 멀리했다.

"이상한 이야기 해서 미안해."

하루나가 다시 사과했다. 유타로가 뭐라고 대답해야 할지 난처해하는 순간, 현관의 미닫이문이 '드르륵' 하고 열리는 소리가 들렸다. 곧바로 낯선 목소리가 이어진다.

"마시바 유타로, 있나?"

그리 크지는 않았지만 울림이 있는 목소리였다. 목소리에는 날카로운 적의가 담겨 있었다. 다마 씨가 그쪽으로 경계의 시선을 향한다. 유타로는 하루나와 얼굴을 마주 본 후 일어섰다.

"뭐야?"

"몰라. 왠지 위험할 것 같으니까 하루나는 여기 있어."

유타로가 그렇게 말하고 문을 열자, 다마 씨가 유타로의 발밑을 스르륵 빠져나가 먼저 현관으로 향했다. 다마 씨를 따라가듯 현관으로 향하자, 그곳에는 어디선가 본 듯한 남자가 서 있었다. 서른 살 전후. 보통 키에 호리호리한 체격. 눈꼬리가 살짝 치켜 올라간 날카로운 얼굴이다.

"마시바 유타로?"

얇은 검은색 코트에 짙은 보라색 니트. 타이트한 블랙진. 발끝이 뾰족한 검은 구두. 양손을 코트 주머니에 꽂고, 턱을 조금 치켜세우고 있다.

"맞는데, 누구지?" 유타로가 대답했다.

"잃어버린 물건을 전해주러 왔다."

남자는 코트 주머니에서 손을 빼더니 집게손가락과 가운뎃손가락 사이에 끼운 가죽 케이스를 유타로에게 내밀었다. 원래는 휴대용 휴지를 넣는 것으로, 몇 년 전인가 하루나가 생일선물로 준 것이다. 유타로는 휴지를 들고 다니는 습관이 없어서 그곳에 면허증과 명함을 보관했다.

"아, 고마워. 다행이다. 이거 어디서 주웠어?"

유타로가 손을 내민 순간, 남자는 가죽 케이스를 끼운 손을 획 올렸다.

"우리 형 집에 떨어져 있던데?"

그 말을 듣고서야 유타로는 그 남자가 누구인지 깨달았다. 직접 만난 적이 없으니 못 알아본 것도 당연하다.

"요코타 소스케?"

유타로는 등 뒤에서 날카로운 비명이 들리자 돌아봤다. 하루나가 오른손으로 유타로의 어깨 너머를 가리키며 왼손을 정신없이 흔들고 있었다.

"어어? 요코타 소스케가 왜 여기에? 콜리전의 요코타 소스케 맞죠?"

"내 팬인가?" 요코타 소스케가 말했다.

그의 퉁명스러운 말투에 하루나는 머쓱해졌다.

"사람을 손가락으로 가리키는 건 무례한 거야." 유타로는 일단 하루나를 나무랐다.

"아, 응. 그렇지." 유타로의 말에 수긍하며 손가락을 거둬들인 하루나는 "죄송해요, 그런 뜻은 아니었어요" 하고 요코타 소스케에게 고개를 숙였다. "갑자기 유명인이 나타나서 조금 놀랐을 뿐이에요."

"아, 네." 요코타 소스케는 짧게 대꾸하고 다시 유타로를 바라봤다. "면허증은 돌려주겠지만 네가 훔쳐 간 건 내놔."

"무슨 말이야?"

"조금 전에 형네 집에 갔더니, 형이 사용하던 컴퓨터가 없어졌더군. 당장 가져와. 너 빈집털이범이냐? 경찰에겐 눈감아주지."

하루나가 손가락으로 유타로의 등을 세게 누르더니 귓가에 입을 대고 속삭였다.

"유타로, 무슨 짓 했어?"

"아, 아니……."

"빨리 가져와! 나도 한가한 사람 아니야."

"유타로, 뭔가 나쁜 짓 했어?" 하루나가 다시 물었다.

"아니, 나쁜 짓은 안 했어."

요코타 소스케가 갑자기 바닥에 있던 유타로의 스니커즈를 걷어차며 거칠게 말했다.

"그렇게 노닥거릴 때가 아닐 텐데. 당장 가져와. 안 그러면 경찰서로 가주지."

현관 바닥에서 튀어 오른 스니커즈가 유타로 옆을 빠져나가 복도 끝으로 날아갔다. 다마 씨와 유타로가 그 행방을 보고 있었을 때였다.

"뭐 하는 짓이야!"

위압적인 목소리였다. 다마 씨와 유타로가 시선을 되돌리자, 요코타 소스케가 얼어붙어 있었다.

"어? 하루나……?" 유타로가 놀라서 하루나를 바라봤다.

"왜 시끄럽게 꽥꽥거리고 난리야. 다 들리니까 조용히 말해. 그보다 당신, 경찰서에 갈 수는 있고?"

"아니, 그건 또 무슨 얘기야?" 유타로가 물었다.

한동안 요코타 소스케를 노려보던 하루나가 마침내 스마트폰을 꺼내 말없이 만지작거렸다. 유타로에게 스마트폰 화면을 내민다. 연예뉴스였다. 유타로는 스마트폰을 받아 헤드라인을 읽었다.

"인기 밴드의 보컬. 마약판매상과 뒷거래?"

"두 달쯤 전에 이 사람이 신주쿠 바에서 마약판매상으로 알려진 남자와 사이좋게 술 마시는 장면을 주간지 기자가 포착했어. 기사가 나간 후 텔레비전 와이드 쇼에서 제법 크게 다뤘지. 이런 상황이면 경찰도 그냥 놔두지는 않겠지? 지금쯤 수사가 시작되지 않았을까."

"아, 그랬구나."

"그게 무슨 상관이야. 훔친 물건만 돌려주면 눈감아주겠다고 하잖아."

"훔치다니, 유타로가 그런 짓……."

반론하려는 하루나를 유타로가 제지했다.

"하루나, 가만 있어."

유타로는 스마트폰을 하루나에게 돌려주고 요코타 소스케를 마주 봤다.

"노트북은 여기에 없어. 다른 곳에 있어. 요코타 씨의 집 주소로 보낼 생각이었는데 다른 곳이 편하면 그쪽으로 보내지."

"너, 좀도둑 아니야?"

"부탁받은 거야. 요코타 씨에게."

요코타 소스케는 그제야 비로소 유타로에게 흥미가 생겼는지 유타로를 유심히 훑어봤다.

"너, 우리 형이랑 무슨 관계야?"

여느 때라면 적당히 꾸며대겠지만, 유타로는 요코타 히데아키에 대해 아는 것이 거의 없었다. 더구나 상대는 친동생이다. 가능한 범위에서 솔직하게 대답하는 수밖에 없었다.

"아무 관계도 아니야. 요코타 씨에게 어떤 일을 의뢰받았을 뿐 만난 적도 없어."

"어떤 일이라니, 뭔데?"

"그건 말할 수 없어. 요코타 씨와 그렇게 약속했어."

요코타 소스케는 더욱 살피는 기색으로 유타로를 들여다보고는 코트 안주머니에서 가장자리가 접힌 명함을 꺼냈다.

"내일까지야. 이 스튜디오로 가져와."

신주쿠에 있는 음악 스튜디오의 명함이었다.

"내일은 온종일 거기에 있을 거야. 노트북을 가져오면 면허증을 돌려주지."

몸을 돌려 미닫이문을 열려는 요코타 소스케에게 유타로가 말했다.

"저기, 요코타 씨의 장례식은 본가 쪽에서 한다며? 안 가봐도 되는 거야?"

뒤돌아본 요코타 소스케가 유타로를 매섭게 노려봤다.

"본가에서 한다는 걸 어떻게 알았지?"

"아, 어머님이랑 얘기를 좀 나눴어."

요코타 소스케는 어떤 상황인지 추측해보려다가 이내 포기한 듯했다.

"모레에 하는 모양인데. 그렇게까지 한가하지 않아. 안 와도 된다고 어머니도 말씀하셨고."

"요코타 씨의 사인은?"

"멍청했던 거지. 멍청함이 사인이야."

요코타 소스케가 미닫이문을 열었다. 유타로는 그 등에 대고 다시 말했다.

"요코타 씨의 집에 경찰이 왔었어. 무슨 이유인지 알아?"

요코타 소스케가 돌아봤다.

"경찰?"

그 모습을 보면 경찰이 왔던 사실을 모르는 듯했다. 소스케는 형사들이 떠난 뒤에 그 맨션에 갔었을 터다.

"당신 얘기를 듣고 싶었던 거 아냐?" 하루나가 끼어들었다. "경찰은 당신 형이 사망한 걸 모르고 멍청한 동생에 대해 탐문하러 갔었겠지. 내 말이 틀려?"

그건 아닐 것이다. 그런 거라면 형사들이 열쇠를 갖고 있었던 게 설명되지 않는다. 유타로는 그렇게 생각했지만, 요코타 소스케가 어떻게 반응할지 궁금해서 입을 다물고 있었다.

요코타 소스케는 하루나에게 무슨 말인가를 하려고 했다. 하지만 생각을 바꾼 듯했다.

"내일까지야. 잊지 마."

유타로에게 그 말만 하고는 집을 나갔다.

다음 날 유타로는 'dele. LIFE'에 출근해서 어제 일어난 일을 케이시에게 설명했다.

"경찰이 열쇠를 갖고 있었다는 건 유족, 아마도 모친의 허락을 받고 요코타 씨의 집에 들어갔다는 뜻이겠지. 그런데 모친은 소스케에게 그 사실을 알리지 않았어. 이게 어떤 상황이라고 생각해?"

"의뢰인의 사망에 사건성이 있다는 뜻이려나. 경찰은 시신을 인수하러 온 모친에게 자택 수사를 허락받았다. 모친은 유명인인 차남을 성가시게 하기 싫어서 그 사실을 덮었다. 행여 시끄러워질까봐 장례식에 안 와도 된다고 했다. 그런 상황 아닌가?"

앞부분은 유타로의 생각과 같았지만 뒷부분은 달랐다.

"사건성이 있는 사망이란 건, 누군가에게 살해됐을지도 모른다는 뜻이지?"

케이시는 데스크톱 컴퓨터의 마우스와 키보드를 조작하고는 유타로를 향해 모니터를 돌렸다.

"어제 네가 돌아간 뒤 이런 기사를 발견했어."

사흘 전 기사였다.

이케부쿠로 거리에서 갑자기 한 남성이 쓰러졌고, 병원으로 옮겨졌으나 그 후 심부전으로 사망. 경찰은 정확한 사인과 남성의 신원을 확인 중.

"후속 기사가 없어."

유타로가 기사를 다 읽기를 기다렸다가 케이시가 말했다.

"사건성이 높다고 의심했다면 후속 기사가 있었겠지. 그게 없다면 타살 가능성은 낮다는 의미다."

그럴지도 모른다. 하지만 유타로의 머릿속에 떠오른 건 다른 가능성이었다.

"아니면 아직 수사 중일 수도 있지. 범인을 추적 중이고 경찰이 매스컴에 정보를 주지 않았다면."

케이시가 잠시 생각한 후 고개를 끄덕였다.

"그렇군. 그럴 수도 있겠어."

"일단 이걸 돌려주고 올게."

유타로는 노트북을 들고 요코타 소스케가 지정한 스튜디오로 향했다.

지하 1층, 지상 3층으로 된 건물에는 층마다 스튜디오가 하나씩 있는 듯했다. 안내데스크에는 아무도 없었지만, 옆에 걸린 화이트보드에 따르면 '콜리전 디텍션'이 임대한 곳은 지하에 있는 가장 큰 스튜디오였다.

지하로 가자 회의실처럼 커다란 책상과 의자가 놓인 공간이 있었고, 그 의자들 중 하나에 요코타 소스케가 흐트러진 자세로 앉아 있었다. 다른 사람은 없었다. 안쪽 문이 열려 있어서 스튜디오 내부도 보였지만, 그곳에도 사람은 없었다.

"혼자야?" 유타로가 물었다.

"오전 11시잖아. 일본의 모든 뮤지션은 아직 자고 있을 시간이지."

"당신은?"

"잠을 못 잤어. 당신 집에서 곧장 여기로 와서 기타를 쳤는데 어느새 아침이 됐더군. 그때부터 맥주를 마시기 시작했더니 오히려 잠이 달아났어."

책상 구석에 빈 맥주 캔이 어지럽게 널려 있었다. 유타로는 배낭을 내리고 안에 있던 노트북을 꺼냈다. 요코타 소스케는 노트북을 끌어당긴 후 의자 등받이에 걸쳐둔 코트의 주머니를 뒤져 면허증이 들어 있는 케이스를 꺼내 유타로에게 내밀었다. 유타로 가 받아 들자 그만 가라는 듯한 손짓을 했다.

그걸로 원래의 용무는 끝난 것이다. 건네준 노트북에는 요코 타 소스케가 기대한 것이 없다. 이제 배낭에 들어 있는 USB메모 리를 파기하면 요코타 히데아키가 의뢰한 대로 음악 데이터는 이 세상에서 영원히 삭제된다.

하지만 유타로는 케이스를 청바지 뒷주머니에 꽂고, 옆에 있는 의자를 끌어당겨 앉았다.

"곡을 만든 사람은 요코타 히데아키 씨였다. 당신은 요코타 씨 가 만든 곡을 마치 자신이 만든 것처럼 속이고 연주했어. 그렇 지?"

요코타 소스케는 나른한 동작으로 고개를 들고 유타로를 바라 봤다.

"형한테 들었나?"

"아니. 요코타 씨의 집에는 작곡할 수 있는 기재가 갖춰져 있었 고, 컴퓨터에 들어 있던 곡의 대부분은 콜리전의 곡이었다. 게다 가 당신은 컴퓨터를 도난당했는데 경찰에 알리지 않고 직접 우리 집으로 왔지. 그럼 빤하지 않나? 요코타 씨는 콜리전의 고스트라 이터였던 거야. 작사도 요코타 씨가 했던 거 아닌가?"

"그래서 뭐 어쩌겠다고? 내가 가짜라고 세상에 알리기라도 하 겠다는 건가?"

"밴드의 다른 멤버는 알고 있나?"

"몰라. 오로지 성공하겠다는 일념으로 죽어라고 연습만 해왔던 자들이야. 히트하면 그걸로 만족이지. 엔카가 인기 있겠다 싶으면 오늘 당장이라도 엔카를 할 자들이야. 누가 만든 곡인지 따위 처음부터 관심도 없었을 거다. 그러니까 당신만 죽여버리면 이 비밀을 아는 사람은 아무도 없어. 어딘지도 모르고 오란다고 태평하게 나타나다니, 당신도 꽤나 어수룩한 사람이군."

깜짝 놀라 주위를 둘러봤지만 이상한 낌새는 없었다. 요코타 소스케가 낄낄거리며 웃고 있었다. 마시겠냐고 묻듯 새 캔 맥주를 들어 올린다. 유타로는 화가 치밀어 무시했다. 요코타 소스케는 들어 올린 캔 맥주를 자신이 마시기 시작했다.

"요코타 씨는 어떻게 생각했을까. 자신의 재능을 가로채고 인기 밴드의 리더로 잘난 척하는 동생을."

"돈은 충분히 지불했어. 록 뮤지션이 손에 넣을 수 있는 건 두 가지뿐이야. 여자는 내 것, 돈은 형 것. 불만 따위 없었을걸."

"명예는? 칭송은?"

"그런 걸 원한다면 정치가가 됐어야지. 록 뮤지션이 되는 것보다 훨씬 쉽고 간단하니까."

"왜 이렇게 된 거야? 요코타 씨가 만들었으니까 요코타 씨의 이름으로 발표하면 좋았잖아. 형이 만들고 동생이 부르고. 그걸로 충분하지 않나? 이런 식으로 사람들을 기만하지 않았어도."

이야기하는 중에 요코타 소스케가 자신의 스마트폰을 들고 만지작거리기 시작했다. 유타로는 자신을 무시하는가 싶어서 울컥했지만, 아니었다. 요코타 소스케는 스마트폰을 책상 위로 밀어서 넘겨줬다. 유타로는 밀려온 스마트폰을 손끝으로 집었다. 화면에는 남자의 사진이 있었다. 유타로는 뭐라고 해야 할지 몰라서 요코타 소스케를 바라봤다.

"당신, 정말로 형을 만난 적이 없군."

"이 사진이……."

"응. 장난 아니지?" 요코타 소스케는 웃었다. "어렸을 때부터 섬에서도 못생긴 걸로 유명했어. 그 못생긴 얼굴 보려고 집으로 찾아와 놀리는 놈들도 있었을 정도지."

기습적으로 셔터를 눌렀을 터다. 사진 속 남성은 정면으로 들이대는 카메라에 놀란 표정을 짓고 있었다. 주변에 있는 기재를 보면 작곡 중이었던 듯하다.

"게다가 원래도 뚱뚱했는데 도쿄로 상경한 이후에 더욱 살이 찌기 시작했어. 사망 당시에는 130킬로그램은 됐을 거야. 이케부쿠로 길거리에 쓰러져서 구급차가 왔는데, 구급대원 셋이서 들것에 눕히질 못하니까 보다 못한 구경꾼들이 도와줬다더군."

비웃는 말투였다. 이 사진도 의뢰인의 외모를 조롱하면서 찍었으리라고 유타로는 짐작했다.

캔을 기울여 남은 맥주를 비운 요코타 소스케는 텅 빈 캔을 빈 캔 더미 속으로 밀었다.

"그래서 뭐?" 유타로는 물었다.

"다름 아닌 록이라고 록. 듣는 사람은 음악 너머에 있는 환상을 원해. 곡을 만든 사람이 이렇게까지 뚱뚱하고 못생기면 환상이고 뭐고 없어. 팔릴 곡도 안 팔린다고."

요코타 소스케의 돌려달라는 손짓에, 유타로는 책상 위로 스마트폰을 밀어줬다.

"심부전이 비만 탓이라고 말하고 싶은 건가?"

"그럴지도. 비만은 건강에 안 좋아."

"사인은 멍청함 아니었나?"

"뭐?"

"비만이 심부전의 원인이 될 수는 있지. 하지만 그것만으로 심부전을 일으킬까? 다른 이유가 있었던 건 아니고?"

"이유?"

"이를테면 약물 과다 섭취."

요코타 소스케의 눈이 날카롭게 번뜩였다. 그 눈빛에는 강렬한 폭력 충동이 담겨 있었다. 프리랜서 잔심부름꾼을 하던 시절에 수차례 봐왔던 눈빛이다.

"당신은 무언가 방법을 써서 요코타 씨에게 약물을 투여했어. 요코타 씨는 그 때문에 심부전을 일으켜 사망했지. 경찰은 시신의 상태를 보고 임의로 요코타 씨의 집을 수색했다. 당신이 마약 판매상과 접촉한 건 자신이 사용하기 위해서가 아니었어. 요코타 씨에게 투여하기 위해서였지. 요코타 씨가 정당한 평가를 요구하기 시작했던 것 아닌가? 진실이 밝혀질까 두려워서 당신은 요코타 씨를, 친형을 살해했어."

"나가, 멍청한 놈."

"그리고 모친도 그 사실을 어렴풋이 알고 있겠지. 알고 있으니까 당신이 장례식에 오는 걸 허락하지 않았어. 당신은……."

"다시 한번 말하지."

유타로의 말을 끊고 요코타 소스케는 손가락 하나를 세웠다.

"나가, 멍청한 놈."

그때에는 이미 요코타 소스케의 눈에서 공격적인 빛은 사라지고 없었다. 유타로는 의자에서 일어났다.

"그 컴퓨터에는 요코타 씨가 새롭게 만든 곡이 들어 있겠지? 미발표곡이."

"마지막으로 곡을 받은 게 이전 앨범 때였으니까 벌써 8개월이 지났어. 그 8개월 동안 몇 곡은 만들었겠지. 그것밖에 없는 사람이었으니까."

"그렇군. 요코타 씨는 그것밖에 없는 사람이었군."

유타로는 자신도 모르게 중얼거렸다. 새 맥주 캔을 딴 요코타 소스케는 더 이상 유타로에게 눈길도 주지 않았다. 흐트러진 자세로 맥주를 마시는 요코타 소스케에게 등을 돌리고 유타로는 스튜디오를 나왔다.

"그것밖에 없는 요코타 씨가 마지막으로 삭제한 것이 그것이었다고 생각하니 마음이 좀 그렇군."

자신의 자리인 소파에 힘없이 누운 채로 유타로는 말했다.

"요코타 씨에게는 가짜가 연주하는 음악이 자신의 전부였어."

유타로는 차마 버리지 못한 USB메모리를 쥐고 있었다.

"요코타 씨는 소스케의 살의를 눈치챘던 게 아닐까. 그래서 우리에게 의뢰한 거지. 동생이 자신을 죽이지 않고 진실을 밝히면 그만이다. 하지만 자신을 살해한다면 신곡은 사라지고 영원히 소스케의 손에는 들어가지 않게 된다."

마지막까지 말없이 이야기를 듣고 있던 케이시가 물었다.

"그건 어떻게 할 생각이지?"

유타로는 USB메모리를 쥐고 있던 손에 힘을 주었다.

"요코타 씨의 작품이니까 모친에게 전해주고 싶지만, 그랬다가는 소스케의 손에 들어갈 수도 있고. 역시 안 되겠지."

"파기할래?"

"그래야겠지. 요코타 씨의 곡이 없으면 밴드는 조만간 사라질 테고. 어쨌든 경찰이 이미 움직이고 있으니까 소스케의 체포는 시간문제일 거야."

그렇게 말하고 유타로는 몸을 일으켰다.

"결국 데이터를 열어보지 않았어도 결과는 마찬가지군. 케이 말이 맞아."

케이시는 아무 말 없이 손을 내밀었다. 유타로는 케이시에게 다가가서 그 손에 USB메모리를 건넸다. 모구라에 메모리를 꽂은 케이시가 터치패드를 조작했다. 마지막으로 터치패드를 한 번 두드린다. 그 모습을 확인한 유타로는 다시 소파로 돌아가 몸을 누이고 눈을 감았다.

'콜리전 디텍션'의 해산이 발표된 건 다음 달의 일이었다. 예정됐던 콘서트는 전부 취소. 발매된 티켓은 모두 환불되었다고 한다. 너무도 갑작스러운 해산 발표는 수많은 억측을 불렀다. 그러나 억측은 머지않아 하나로 수렴됐다.

요코타 소스케, 체포 초읽기에 들어갔나

그런 헤드라인을 인터넷에서 발견했다. 마침내 이케부쿠로를 중심으로 위법약물을 밀매하던 일당이 적발됐고 인터넷이 떠들썩해졌다. 적발된 일당 중 한 명이, 요코타 소스케와 함께 있는 모습이 찍힌 사진이 주간지에 실렸던 남자였기 때문이다.

요코타 소스케는 체포될 것이다. 하지만 그것은 위법약물을 사용한 죄가 아닌, 살인죄다. 유타로는 그렇게 기대하고 있었지만 그 이후 시간이 흘러도 요코타 소스케가 체포되었다는 뉴스는 나오지 않았다.

"요코타 소스케는 어떻게 지내고 있을까."

보도를 걸으면서 유타로가 말했다. 그날의 업무를 끝낸 저녁, 케이시에게 식사를 하자고 청했더니 웬일로 케이시가 응했다. 케이시가 가고 싶은 식당이 있는 듯했고, 두 사람은 택시를 타고 시부야 근처까지 왔다.

"인터넷에 여러 가지 소문들이 떠돌더군. 해외도피를 꾀하고 있다느니, 이미 출국했다느니. 어차피 그런 얘기들도 한풀 꺾였지만."

'콜리전 디텍션'이 해산한 지 한 달이 지나자, 세간의 관심은 급속하게 시들해졌다. 두 사람의 모친은 지금 어떤 심정일까, 그런 생각을 하자 유타로는 우울해졌다.

계절을 앞지른 듯한 차가운 바람이 불어와, 유타로는 파카 주머니에 양손을 꽂았다.

"식당은 어디야?"

"밥 먹기 전에 잠깐 어디 좀 같이 가줘."

"응? 상관은 없는데, 어디?"

케이시는 대답하지 않고 휠체어를 전진시켰다. 따라가보니 건물로 둘러싸인 작은 광장에 이르렀다. 역으로 이어지는 통로인지 많은 사람이 한 방향으로 걸어간다. 케이시는 휠체어를 멈추고 사람들이 향하는 쪽으로 턱짓을 했다.

"저쪽에 있는 사람, 얼굴 보이나?"

광장 구석에서 한 남자가 땅바닥에 앉아 어쿠스틱 기타를 튜닝하고 있다. 뒤집어쓴 후드 속 얼굴을 응시하고 유타로는 소리를 지를 뻔했다. 머리가 자란 데다 수염이 더부룩하다. 낡은 싸구려 옷을 아무렇게나 겹쳐 입은 듯한 허름한 복장이다. 그럼에도 그곳에 앉아 있는 사람은 틀림없는 요코타 소스케였다.

"SNS에서 조금 화제가 됐었어. 요코타 소스케를 닮은 남자가 이 근처에서 노래하고 있다고."

한 방향으로 걷는 사람들의 무리 너머에서 남자가 기타 튜닝을 마쳤다.

"겉모습이 완전히 달라진 것도 그렇지만, 무엇보다 하고 있는 음악이."

요코타 소스케가 기타를 울리자 케이시는 눈을 감았다. 유타로는 순간적으로 '콜리전'다운 듣기 편한 멜로디를 기대했다. 하지

만 요코타 소스케가 연주하기 시작한 곡은 전혀 다른 분위기의
음악이었다.

"블루스."

유타로의 귀에는 그렇게 들렸다.

누군가에게 받은 낡은 기타에 대한 노래였다. 늙어빠진 기타,
너는 어떤 노래를 해왔니, 하고 요코타 소스케는 노래하고 있었
다. 내가 새로운 곡을 가르쳐줄게. 늙어빠진 기타야, 새로운 노래
를 부르자. 언젠가 내가 죽으면 너는 다시 새로운 노래를 만나겠
지. 그때는 내가 모르는 노래를 부르면 돼.

어딘가 달관한 듯, 될 대로 되라는 듯한 권태로움. 그럼에도 밀려
오는 애잔함. 몇 번을 다시 태어나도 떨쳐낼 수 없을 듯한 나른함.

노래하는 방식도 달랐다. 그곳에 있는 사람은 유타로가 아는
인기 밴드의 보컬이 아닌, 노래를 부르는 걸로 간신히 호흡을 이
어가는 듯한 위태로운 남자였다. 조용하면서 격렬한 노랫소리에
유타로는 귀를 빼앗겼다.

"늘 생각해." 케이시는 말했다. "이 말을 처음 이렇게 사용한 사
람은 누구였을까 하고. 그때의 대상은 무엇이었을까 하고."

"뭐?" 유타로가 물었다.

"멋지다." 케이시는 빙긋이 웃으며 말했다. "콜리전인가 뭔가
하는 것 따위, 이거에 비하면 애들 장난이야."

요코타 소스케가 노래를 끝냈다. 그동안 걸음을 멈춘 사람은
한 사람도 없었다. 모두, 차가운 바람에 등을 떠밀린 것처럼 고개
를 숙이고 바삐 걸어간다. 하지만 요코타 소스케는 그런 것에 전

혀 신경 쓰지 않는 듯했다.

"오랫동안 보고 있으면 눈치챌 거다." 케이시가 말했다. "아니면, 이야기 나눠볼래?"

요코타 소스케가 다음 곡을 부르기 시작했다. 독방에 갇힌 남자의 노래였다. 남자는 옆 독방에 있는 다른 남자에게 말을 걸고 있었다. 배가 아프면 자신의 손으로 배를 문질러, 배를 문질러. 미안하군, 난 도와줄 수가 없어.

"요코타 소스케에게도 작곡 재능이 있었다, 그런 뜻?"

"요코타 히데아키 이상의 재능이지." 케이시는 고개를 끄덕였다.

"그렇다면 왜 요코타 씨의 곡을?"

"그것밖에 없는 사람이었잖아? 요코타 히데아키에게는 그것밖에 없었어. 그것 외에는 아무것도 없는 형을 위해서 동생은 그 곡을 불러줬어."

형에게는 그것밖에 없으니까. 동생은 자신이 원래 가진 재능을 봉인하면서까지, 단지 인기만 있을 듯한 형의 곡을 노래했다. 단지 성공하기만을 원하는 멤버들을 데리고.

"그리고 온 국민이 알 만큼 히트시켰지." 케이시는 말을 이었다. "형은 아마도…… 아마도 죽을 만큼 기뻐했을 거야."

"하지만 마약판매상과의 관계는 어떻게 된 건데?"

"경찰이 움직였다는 건, 요코타 히데아키의 체내에 약물을 복용한 흔적이 있었기 때문일 테지. 그건 그냥 요코타 히데아키가 상습적으로 마약을 복용했기 때문이 아니었을까? 경찰이 정말로 잡고 싶은 건 사용자가 아니야. 판매책과 거기에 연결된 밀매

루트지. 경찰은 요코타 히데아키의 죽음을 통해 판매책과 관련된 증거를 찾으려고 모친의 허락을 얻어 집을 수색했다. 그리고 아마도 무언가를 발견했다. 그래서 일당이 적발됐다."

"하지만 소스케는 판매책과 함께 있다가 사진에 찍혔잖아."

"약물 의존은 본인의 의지만으로는 벗어나기 힘들어. 소스케는 증상이 심해지는 형을 더 이상 두고 볼 수 없어서 판매책과 협상하러 갔던 게 아닐까. 형에게 약을 팔지 말라고. 물론 상대도 해주지 않았겠지만."

유타로는 요코타 소스케의 스마트폰 사진을 떠올렸다. 작곡을 하고 있는 형을 찍은 한 장의 사진. 셔터를 누른 건 조롱하는 마음에서 그런 게 아니라, 열심히 작곡에 몰두한 형의 모습을 담고 싶어서 그랬을 뿐인 건가.

옆 독방에는 이제 아무도 없다고, 요코타 소스케는 계속 노래하고 있었다. 아, 알고 있었어, 알고 있었어.

"자신이 동생의 재능을 옭아매고 있다는 건 의뢰인도 알고 있었겠지. 그래도 그만둘 수 없었다. 음악이 자신의 전부니까. 멈추지 않으면 안 된다고 계속 생각했을 거다. 약물도, 동생이 거짓말을 하게 만드는 일도. 그러나 그만둘 수 없다는 것도 알고 있었다. 나약한 남자였을 거다. 그래서 최소한의 배려로 죽음을 서둘렀다."

"그러면 요코타 씨가 우리에게 삭제를 의뢰한 건."

"자신이 죽으면 자신의 음악도 전부 저세상으로 가져간다. 그렇게 하면 동생은 해방된다. 네게는 어떤 곡도 남기지 않아. 앞으로는 너 자신의 음악을 해줘. 그런 메시지다. 그리고 그 메시지는 소스케에게 전해졌어."

"뭐?"

"악곡이 들어 있을 줄 알았던 컴퓨터에 악곡은커녕 거의 아무런 데이터도 들어 있지 않았다면, 보통은 항의하러 왔겠지? 네 집도 알고 있고. 그러나 소스케는 오지 않았다. 깨달은 거지. 그것이 형의 메시지라는 걸."

유타로는 자신과 헤어진 뒤의 요코타 소스케를 상상했다. 컴퓨터의 전원을 켜고 음악 데이터를 찾는다. 듣고 싶어서가 아니다. 하지만 형이 마지막으로 남긴 곡이다. 불러주지 않으면 안 된다. 형이 사라진 이 세상에 울려 퍼지게 해주지 않으면 안 된다. 그런 마음으로 켠 컴퓨터에는 아무것도 남아 있지 않았다. 새로운 곡은커녕 이전 곡까지 전부 사라졌다. 한동안은 영문을 몰랐을 터다. 그 후 형의 마음을 깨달았을 때, 요코타 소스케는 눈물을 흘렸을까?

긴 봉인에서 해방된 음악이 연주되고 있었다. 가만히 귀만 기울이고 있어도 몸 깊은 곳이 흔들리는 듯한 음악이었다. 하지만 그 음악에 귀를 기울이는 사람은 아무도 없었다. 수많은 사람이 요코타 소스케 앞으로 지나갈 뿐이다.

"최고로 멋진 음악이다." 케이시가 말했다. "절대 팔리지는 않겠지만."

언젠가는 이 독방에서 나갈 수 있을 거야. 걸어서 나갈 수 있다면 좋겠군. 복통이 사라지질 않아, 사라지질 않아.

오로지 바람을 향해 더듬더듬 노래를 부르는 요코타 소스케가 있었다.

"언제부터 눈치챘던 거야?" 유타로가 물었다.

"눈치챈 건 아무것도 없어. 단지, 네가 생각했던 가능성 이외의 가능성도 있지 않을까 생각했지."

유타로는 몰래 쓴웃음을 지었다.

"역시 케이는 이길 수 없는 건가."

무슨 말이냐는 눈빛으로 케이시가 유타로를 바라봤다.

두 곡을 끝낸 요코타 소스케가 손가락을 푸는 듯한 동작을 취하고 다시 기타를 잡았다.

"가자. 눈치채겠다." 케이시가 말했다.

"아니, 상관없지 않을까. 눈치챈대도." 유타로가 말했다. "조금만 더 듣고 가자."

"그래." 케이시도 동의했다. "상관없겠지."

요코타 소스케가 기타를 울렸다. 어디에도 기록되지 않을 음악이 빌딩 사이로 흐르기 시작했다.

유령 소녀들 Phantom Girls

유타로는 코밑이 간지러워 긁으려다가 손가락에 아직 선향 냄새가 남아 있음을 깨달았다. 이전에 할머니가 사용하시던 선향과 같은 것을 사려고 했지만 좀처럼 찾을 수 없었다. 이번에 린의 산소에 가져가려고 산 선향도, 선향 자체의 냄새는 비슷했지만 불을 붙이자 감도는 냄새는 할머니가 사용하시던 것과 한참 달랐다. 할머니가 사두셨던 선향은 오래전에 떨어졌고, 상품명을 적은 메모와 영수증도 보이지 않는다. 의지할 건 기억밖에 없었지만, 이제는 기억에 있는 그 냄새가 맞는지조차 유타로 자신도 확신할 수 없었다.

다른 곳에도 선향의 냄새가 배어 있지는 않을까 하고, 입고 있던 플라이트 재킷의 어깨 부근에 코를 대봤지만 냄새는 나지 않았다. 정말로 냄새가 나지 않는 건지, 냄새에 익숙해진 것뿐인지 알 수 없었다. 유타로는 마음을 다독이기 위해 플라이트 재킷을 가볍게 손으로 툭툭 턴 후 사무실 문을 열었다.

"좋은 아침."

늘 있는 자리에서 늘 그렇듯, 케이시는 컴퓨터를 보고 있었다. 인사에 대꾸가 없는 것도 드문 일은 아니다. 하지만 표정이 평상시와는 많이 달랐다. 빠르게 손가락을 움직이는 케이시의 기색을 살피면서 유타로는 말했다.

"왜 그래?"

그렇게 물어본 유타로가 소파까지 가서, 플라이트 재킷을 벗고 소파에 앉아, 다시 한참을 기다린 후에야 겨우 대답이 돌아왔다.

"뭐가?"

케이시는 시선을 모니터에 단단히 고정한 채 유타로를 쳐다보지도 않는다.

"뭐긴 뭐야. 즐거워 보여서."

다시 한참을 기다린다.

"그래?"

유타로는 케이시와 대화하기를 포기하고 방금 다녀왔던 산소에 대해 생각했다. 그곳에는 동생 린 혼자뿐이다. 린이 죽었을 당시에는 언젠가 그곳에 부모님이 들어가고, 자신이 묘소를 지키고, 마침내 자신도 들어가고, 자신의 아이가 대를 이어가리라는 막연한 상상을 했었다. 하지만 지금은 부모님이 돌아가시더라도 두 분 모두 그 묘소에는 묻히지 않을 것이다. 자신이 죽을 때까지 린은 혼자다.

나이 든 사람들하고만 있을 린이 가여워서.

린을 위해 묘소를 새로 만들었을 때 부모님은 그렇게 말씀하셨지만 속내는 달랐을 것이다. 그곳에 있는 사람이 린 혼자이길 바라셨다. 마시바 집안의 산소가 아니라 오로지 린 한 사람을 위한 무덤이길 바라셨고, 순수하게 린만을 위해 합장하고 싶으셨을 터다. 유타로도 그 기분을 충분히 이해했다.

그러고 보니 한동안 조부모님 산소에 성묘를 가지 않았다. 마시바 집안의 산소는 아버지가, 그리고 그 뒤에는 아버지의 현재 가족이 지키려니 생각은 했지만, 구태여 확인한 적은 없다. 아버지의 현재 가족 입장에서는 아버지가 돌아가시면 한 번도 본 적 없는 사람들이 있는 곳에 안장하기보다는 새롭게 묘지를 만드는 쪽을 선택할지도 모른다. 그때가 되면 마시바 집안의 산소는 자신이 잇게 될까. 계승자나 연고자가 없어진 무연고 무덤이 늘어나고 있다고, 아까 갔었던 묘지의 직원이 얘기하는 걸 들었다. 그곳에 존재하면서도 이 세상에 인연이 없는 존재. 그 존재가 이상한 걸까. 그런 존재가 있는 이 세상이 이상한 걸까. 지금까지 대체 얼마만큼의 사람이 죽고, 얼마만큼의 무덤이 만들어지고, 얼마만큼의 무덤이 잊혔을까.

유타로가 멍하니 그런 생각을 하고 있을 때였다.

"커피, 마실 건가?"

갑작스러운 물음에 유타로는 고개를 들었다. 어느새 문 앞까지가 있던 케이시가 유타로를 보고 있었다. 그 목소리의 주인이 분명히 케이시이고, 자신을 향해 한 말이라는 걸 깨달은 유타로는 한동안 어리둥절했다.

"아, 어? 뭐라고?"

"커피 사러 간다. 너도 마실 건가?" 케이시는 기계적으로 말했다.

케이시가 커피를 마시고 싶은 듯한 행동을 했었을까. 유타로로 자신이 그 사실을 눈치채지 못했음에 대해 비꼬는 걸까. 순간 그렇게 생각했지만, 케이시의 표정에 그런 느낌은 없었다.

"아, 아니. 커피라면 내가 사 올게. 그런 건 아무래도 내가 할 일이고." 유타로는 소파에서 몸을 일으키며 말했다.

"그런 건 확실히 네 일이지만, 내가 이미 여기까지 왔으니까 오늘은 됐어. 필요한지 안 필요한지만 말해."

"아, 필요합니다. 마시겠습니다."

"알았다."

케이시가 사무실을 나갔다.

"고맙습니다." 이렇게 말하고 유타로는 다시 소파에 앉았다.

이상한 날이라고 생각했다. 선향에 불을 붙인 순간 냄새가 변하고, 케이시가 커피를 직접 사러 나갔다. 유타로는 가까이에 있던 잡지를 집었지만 읽고 싶은 마음이 사라져서 몸을 일으키고는, 바닥에 굴러다니던 축구공을 발끝으로 차올렸다. 가슴 높이까지 올라온 공을 발등으로 받아 작은 동작으로 리프팅을 시작한다. 100번을 넘긴 순간 더 하고 싶은 마음이 없어져서 마지막으로 얼굴 높이까지 차올려 손으로 잡는다.

공에 쓰인 글자 'to K'가 보인다. 소파에 엎드려 왼손 집게손가락 위에 올린 축구공을 오른손으로 두드리듯 해서 돌리고 있자, 사무실 문이 열렸다. 유타로는 목을 빼고 문 쪽을 바라봤다.

"응? 무슨 일이니?"

중학생쯤으로 보이는 여자아이가 문을 열고 안을 들여다보고 있었다. 긴 머리를 뒤로 묶고 있어서 여자아이려니 했지만, 중성적인 얼굴과 곡선이 없는 체형만을 보면 남자 초등학생이라고 생각했을 것이다. 딱 달라붙는 청바지에 지나치게 큰 짙은 남색의 블루종을 입고, 차가운 느낌의 은테 안경을 끼고 있다.

"아, 다른 곳이랑 헷갈렸니?"

유타로는 축구공을 던져버리고 몸을 일으켰다.

"변호사사무소에 온 거니? 그러면 위로 가렴."

여자아이는 유타로를 무시하고 거리낌 없이 사무실 안쪽을 둘러보더니, 다시 시선을 돌려 유타로를 말끄러미 응시했다.

"당신인가요?"

"뭐?"

"그러니까" 하면서 여자아이는 시선을 돌리다가 내려간 은테 안경을 손가락으로 밀어 올리며 유타로에게 말했다. "모구라를 만든 사람이 당신이냐고요."

의미를 알 수 없어서 유타로는 모구라 쪽을 돌아봤다.

"흐음" 하고 고개를 갸웃거린 후 다시 여자아이에게 시선을 돌린다. "뭐?"

여자아이가 사무실 안으로 들어와 유타로 앞에 섰다. 얼굴을 눈앞까지 쑤욱 내밀어, 유타로는 자신도 모르게 몸을 뒤로 젖혔다.

"뭐? 아니……."

"아니죠?"

유타로를 가만히 바라보더니 여자아이는 말했다.

"보기에도 어리숙해 보이네요. 그렇게 치밀한 프로그램을 만들 타입이 아니야. 그 프로그램을 만든 사람은 어디 있죠?"

"프로그램……."

"모구라라고 하는, 그 원격 조종 프로그램 말이에요."

"그걸 만든 사람은 케이라고 하는, 우리 소장님인데……."

"어디 있어요?"

대화의 속도가 변했다. 이쪽 말에 대한 대답이 이상할 정도로 빠르다.

"아, 커피 사러. 방금."

유타로가 몸을 젖힌 상태로 그렇게 대답했을 때, 사무실 문이 열리고 케이시가 돌아왔다. 여자아이가 눈을 휘둥그레 뜬 이유는 휠체어를 예상하지 못했던 탓일까. 무릎 위에는 근처의 커피숍 로고가 들어간 종이봉투가 놓여 있다.

"커피에 밀크와 설탕은?"

늘 앉는 자리로 휠체어를 이동시키면서 케이시는 말했다.

"아, 커피? 난 평소대로 블랙이면 되는데. 그보다 케이. 이 아이, 손님이야."

"그러니까 그 손님에게 묻고 있잖아."

케이시는 책상 너머에 휠체어를 세우고 말했다. 컵에 든 커피를 종이봉투에서 꺼낸다.

"네 건 이거야."

케이시는 유타로를 향해 컵 하나를 책상 위에 놓고, 여자아이에게 시선을 향했다.

"이게 네 거. 이건 밀크와 설탕. 아, 그냥 커피 말고 카페오레를 사 올 걸 그랬나."

케이시는 컵과 함께 1인용 밀크와 스틱 설탕을 곁들여 책상 위에 놓고는, 마지막으로 자신의 컵을 꺼낸 후 종이봉투를 접었다.

"어? 뭐야?" 유타로는 책상 위에 놓인 세 개의 컵을 보며 말했다.

유타로가 떠올린 의문을 여자아이가 그대로 말했다.

"제가 올 걸 알았어요?"

"누군가가 올 건 알았지. 안내, 보여줬지?"

순간 놀라 말을 잇지 못하던 여자아이는 마침내 천천히 고개를 한 번 끄덕였다. 조금 연극적인 몸짓이었다.

"그렇군요. 그런 프로그램을 만든 사람이니까, 이쯤은 예상했겠죠. 그 모구라라는 프로그램을 만든 사람이 당신이죠?"

케이시는 고개를 끄덕였다. 여자아이가 무슨 말인가를 하려 했지만 기선을 제압하려는 듯 케이시가 입을 열었다.

"식기 전에 마셔."

케이시는 그렇게 말하고 커피를 마셨다. 잠시 생각한 여자아이는 책상 앞으로 가서 커피가 든 컵을 집었다. 뚜껑을 열고 밀크도 설탕도 넣지 않은 채 입으로 가져간다.

"뭔데? 무슨 일이야?" 유타로도 책상 앞으로 이동해 컵을 들면서 말했다. "이게 무슨 상황인지 설명 좀 해줘."

"두 시간쯤 전에 제법 정교한 맬웨어를 심은 메일이 왔었어. 어떤 짓을 할지 몰라서 준비해둔 모래상자에서 놀아줬지."

"응? 모래상자? 모래상자라니?"

"나쁜 짓을 해도 상관없는 가상환경을 만들어서 맬웨어의 동작을 해석하는 거야. 통칭 샌드박스. 아이들이 노는 모래밭을 의미해."

여자아이가 얼굴을 찡그렸다. '아이들'이라는 말에 반응한 건지, 삼킨 커피가 써서 그런 건지 알 수 없다.

"아무래도 악의가 있는 것 같지는 않고 우리 사이트의 본성을 확인하고 싶을 뿐인 듯해서 그 부분은 알려줬다. 메일이든 전화든 해서 슬쩍 떠볼 줄 알았는데, 한 시간이 넘게 지나도 아무런 연락이 없길래 직접 찾아올 거라고 짐작했지."

그렇게 말하고 케이시는 여자아이 쪽을 바라봤다.

"그냥 기다리기만 하는 것도 바보 같아서 아까 조금 조사해봤다. 네가 사용한 IP 주소는 우리 의뢰인 중 한 명인 하타노 아이리가 계약 당시 우리 서버에 접속했을 때의 IP 주소와 같더군. 하지만 계약서상 하타노 아이리는 스물네 살. 넌 어떻게 봐도 하타노 아이리는 아니야. 자, 넌 누구고 무슨 용건으로 이곳에 왔지?"

여전히 얼굴을 찡그린 채 커피를 한 모금 더 마신 여자아이가 케이시를 보며 물었다.

"늘 그런 말투로 말해요?"

"그런 말투?" 케이시가 되물었다.

여자아이는 포기한 듯 유타로를 봤다.

"아니, 평상시는 그렇지 않은데." 유타로는 잠시 생각한 후 대답했다. "더 무뚝뚝하고 더 말이 없지. 이렇게 말을 많이 하는 걸 보니 너를 환영하는 것 같은데."

"엄청 얕잡아 본다는 기분이 드는데요?"

"아, 그건 대체로 누구한테든 그러니까 이해해."

불만스러운 듯 여자아이는 '흥' 하고 콧방귀를 뀌었다. 동시에 케이시도 불쾌한 듯 콧방귀를 뀐다.

"그래서 용건은?" 케이시가 물었다.

"그 프로그램은 뭐죠? 아이리를 의뢰인이라고 하셨나요? 의뢰인은 또 뭐죠? 두 사람은 아이리와 어떤 관계죠?"

"우리 홈페이지는 확인했지? 사후에 불필요해진 데이터를 삭제하는 것, 그게 우리 일이다. 하타노 아이리는 의뢰인, 즉 우리 고객이고."

"아이리는 대체 무엇을……."

질문하려는 여자아이를 케이시가 막아섰다.

"일단은 네 이야기를 먼저 듣고 싶군. 난 커피까지 준비해줬어. 이름 정도는 밝혀도 되지 않을까? 하타노 아이리와 같은 IP 주소를 쓰는 걸 보면 가족? 동생인가?"

이전에 케이시가 'IP 주소는 인터넷상에 배정된 주소 같은 것'이라고 설명해준 기억이 났다. 보낸 사람의 이름은 다르지만 주소가 같으니까 두 사람이 가족인지 묻고 있는 것이라고 유타로는 이해했다.

여자아이는 턱을 조금 당기고 평가하듯 케이시를 바라봤다.

"도모토 나나미. 아이리의 이웃입니다."

"초등학생?"

"중학생. 열네 살입니다."

"그렇게 안 보이는군."

"다들 그렇게 생각하는 건 알지만, 대놓고 그렇게 얘기하는 사람은 처음이네요."

"딱히 나쁜 뜻은 아니야."

"그러시군요."

"괜찮아. 키가 안 커도 어른은 될 수 있어. 초조할 것 없어."

대꾸할 말을 찾지 못한 여자아이가 입술을 삐죽였다.

유타로와 대화할 때는 일방적으로 공격했던 여자아이가 수세로 돌아섰다. 케이시가 말이 많은 건 여자아이를 환영해서가 아니라 주도권을 뺏기지 않기 위해서인지도 모르겠다고 유타로는 생각했다.

"이웃이라고 한다면" 하고 유타로가 말했다. "이웃의 이분과는 어떤……."

"같은 맨션이고, 우리 옆집에 아이리가 살았어요. 아이리는 스마트폰을 너무 많이 사용해서 자주 통신 제한에 걸렸기 때문에 제가 사용하는 와이파이를 빌려준 거고요."

"그래서 IP 주소가 같았군." 케이시가 말했다.

"의뢰인의 이웃께서는 왜 이곳에……."

유타로를 막아선 건 이번에는 여자아이가 아니라 전자음이었다. 모구라가 눈을 뜨는 소리다. 케이시가 모구라의 화면을 열고 키보드와 터치패드를 조작한다. 이윽고 화면을 유타로에게 돌리고 케이시가 말했다.

"이번 의뢰인은 하타노 아이리. 24세. 스마트폰이 48시간 동안 사용되지 않았을 때 그 스마트폰 속의 데이터를 삭제하도록 의뢰했다."

모구라 화면은 의뢰인이 계약할 때 필요 사항을 기재하는 페이지를 보여주고 있었다. 하타노 아이리라는 이름이 한자로 적혀 있다. 그 밖에 다른 정보는 생년월일과 긴급연락처로 적어둔 전화번호뿐이다.

"하지만 지금 그 스마트폰에 접속할 수가 없어. 배터리가 나갔거나 아니면" 하고 케이시는 여자아이를 힐끗 본 후 말했다. "누군가가 심^{SIM}카드를 뽑았을지도 모르겠군. 일단 사망 확인을 해줘."

"아, 사망 확인!" 유타로는 옆에 있는 여자아이를 엄지손가락으로 가리켰다. "이쪽?"

케이시가 고개를 끄덕였다. 유타로는 헛기침을 한 번 하고 나서 도모토 나나미라고 이름을 밝힌 여자아이에게 물었다.

"그러니까, 저기 뭐 좀 물어볼게. 네 이웃인 하타노 아이리 씨가 지금 어떤 상태인지 알고……."

"죽었습니다."

나나미가 말했다. 표정 하나 변하지 않았다. 좀 더 이어질 말이 있으려니 하고 기다렸지만, 나나미는 더 이상 입을 열지 않았다.

"사망 확인 끝냈어." 유타로가 케이시에게 말했다. "사망했대."

"그럼 의뢰인의 스마트폰을 찾아서 통신 가능한 상태로 해줘. 데이터를 삭제할 거야."

"그러니까" 하며 유타로는 다시 나나미를 향해 물었다. "하타노 씨의 스마트폰이 지금 어디에 있는지……."

"우리 집이요."

"아, 하타노 씨의 이웃집에. 그러니까 그건 왜…….."

"아이리가 병원으로 옮겨진 후, 아이리의 스마트폰에서 수상한 앱을 발견했어요. 집으로 돌아가서 컴퓨터에 연결해 조사해봤더니 어떤 특정 서버의 원격 접속을 승낙하는 앱이었죠. 너무 수상해서 삭제하려고 했지만 거미줄처럼 집요하게 달라붙어 있는 프로그램이라서 제 기술로는 삭제할 수 없었어요. 그냥 뒀다가는 언제 앱이 작동할지 모르니까 심카드를 뽑고 와이파이 접속도 차단했습니다."

그로부터 48시간이 흘렀을 터다. 그렇다면 하타노 아이리가 사망한 건 좀 더 이전이 된다.

"넌 하타노 씨랑 친했니?"

이 질문은 끝까지 말할 수 있었다. 나나미가 웬일로 말을 고르고 있었다.

"그 표현은 별로 적당하지 않아요." 나나미는 조금 생각한 후에 말했다. "아이리는 저 말고는 달리 교류하는 사람이 아무도 없었어요."

"아, 그렇구나." 유타로는 고개를 끄덕였다.

스물네 살의 여성과 중학생 여자아이의 우정. 눈앞에 있는 여자아이의 기묘한 괴팍함이 신경 쓰였지만, 정상이 아닌 쪽은 스물네 살의 여성이었는지도 모른다. 같은 맨션에서 이웃에 사는 중학생 외에는 아무하고도 교류하지 않았던 스물네 살의 여성. 유타로는 그 생활상이 잘 떠오르지 않았다.

"그러면 그 스마트폰 있잖아, 전원을 켜서 통신 가능한 상대로 해줬으면 하는데……."

"그렇게 하면 여기서 원격 접속해서 데이터를 삭제하는 거죠?"

나나미가 질문한 상대는 케이시였다. 케이시는 유타로에게 눈길을 줬지만 유타로가 어깨를 으쓱하자, 단념하고 나나미를 바라보며 말했다.

"그래. 그게 우리 일이야."

"아이리가 삭제하려던 데이터는 뭐죠?"

"조사해본 거 아니었어?"

"그렇게 복잡하게 암호화된 프로그램은 해독 못 해요. 그 말이 듣고 싶다면 해드리죠. 두 손 두 발 다 들었습니다."

"삭제할 데이터 내용은 아무에게도 알려주지 않을뿐더러 우리도 보지 않아. 당연히 네게도 가르쳐줄 수 없어."

"그러면 저도 전원을 켜지 않을 거예요."

"곤란한데."

"곤란한 건 그쪽 사정이고요."

"그건 어린애의 방식이야."

더 이상의 말다툼을 피하기 위해 케이시는 헛기침을 한 번 하더니 지겹다는 듯 말을 이었다.

"그거야말로 어른과 아이의 차이라고 해도 좋을 거다. 곤란한 일이 생겼을 때 계속 고민만 하는 건 아이. 해결하는 건 어른. 너희 집에 있는 스마트폰은 네 것이 아니야. 우리는 의뢰인의 가족을 찾아서 네게 반환을 요구하도록 요청할 거다."

"그러면 전 그 스마트폰을 부숴버릴 겁니다."

"그래도 상관없어." 케이시는 말했다. "우리 업무는 데이터 삭제거든. 의뢰를 받은 데이터 이외의 데이터를 보존하는 건 우리 일이 아니지. 네가 의뢰인의 스마트폰을 망가뜨린다면 그걸로 우리 업무는 끝나게 돼. 단, 망가뜨릴 거면 완벽하게 해줘. 데이터가 다시는 복원될 수 없는 수준으로."

"그 데이터를 꼭 삭제해야 해요? 어차피 아이리는 죽었어요. 데이터가 삭제됐든 말든 아무도 신경 쓰지 않아요."

"우리가 신경 써. 한 번 편법을 써서 일을 대충 처리해버리면 다시는 그 이전으로 돌아갈 수 없어. 일이란 건 그런 거다."

무슨 말인가를 하려는 나나미의 기선을 다시 제압하며 케이시는 덧붙였다.

"어른에게는 말이지."

나나미는 침묵했다. 케이시는 이제 이야기가 끝났다는 듯 시선을 돌렸다. 둘 다 양보할 기미는 없어 보인다. 유타로는 어쩔 수 없이 입을 열었다.

"네가 하타노 씨의 친구라면 그녀의 뜻대로 해줘야 하지 않을까. 하타노 씨는 남기고 싶지 않은 데이터를 삭제해달라고 우리에게 요청했어. 그게 어떤 내용인지는 모르지만 삭제하고 싶다는 뜻은 확실히 밝혔으니까, 그 뜻을 존중해서 삭제하는 게 좋지 않겠니?"

어디선가 들어본 이야기라고 생각하며 말했는데, 케이시가 늘 자신에게 했던 말이었음을 깨달았다. 그래서 나나미가 다음에 어떤 말을 할지 자연스럽게 예상할 수 있었다.

"당신 두 사람과는 상관없다고 생각합니다만."

"그래, 네 말이 맞아." 유타로는 말했다.

자신이 지우는 거라면 괜찮다. 하지만 당신에게 지울 권리는 없다. 설령 그것을 고인이 의뢰했다고 해도. 고인과 가까운 사람이라면, 자신도 그렇게 느꼈으리라고 유타로는 생각했다.

"그 부분에 대해서는 항상 생각해. 이 데이터를 지울 자격이 과연 우리에게 있을까 없을까……."

"있다는 뜻인가요?"

"몰라. 모르지만 지우고 있어. 그렇게 의뢰받았으니까."

나나미는 잠시 유타로를 주시한 후 케이시에게 시선을 옮겼다.

"그 스마트폰을 넘겨줄 생각은 없습니다. 어른의 방식으로 제게서 빼앗겠다면 그렇게 하세요."

무언가 말하려는 케이시 앞에 나나미는 한 손가락을 세웠다.

"아이에게는 아이의 방식이 있습니다."

나나미는 두 사람에게서 등을 돌리고 나가버렸다. 나나미가 닫은 문을 바라보는 케이시의 눈이 웃고 있었다.

"엄청 피곤한 여자아이 같은데." 유타로는 말했다. "케이는 왠지 즐거워 보이네."

무슨 뜻이냐고 묻는 시선으로 바라보던 케이시는 아, 하고 고개를 끄덕였다.

"어떤 지인의 어린 시절이 상상이 가서. 닮았거든. 프로그램을 만드는 스타일이."

"프로그램?"

"저 아이가 우리에게 심어서 보낸 맬웨어는 아마 직접 만들었을 거다. 그것도 독학으로. 전혀 세련되지가 않았지. 그런데도 불필요한 부분에 이상하게 공을 들였어. 오리지널 프로그램에는 본성이 드러나거든. 대담하면서도 쓸데없이 꼼꼼해. 무의미할 정도로 자신의 스타일을 고집하지. 그 사실을 스스로도 알고 있으면서 모른 척해. 그 지인도 어린 시절에는 분명 그런 느낌이었겠다 싶으니까, 그만 우스워서. 저런 타입은 평범하게 살아가기가 힘들 거다."

케이시가 웃고 있었다. 그 사람의 기억을 떠올린 듯했다. 단순한 친밀감과는 다르다. 미묘한 쓸쓸함도 느껴지는 웃음이었다.

"그 지인이 누군데?"

케이시는 순간 망설였지만 대답했다.

"나쓰메라는 자다. 네가 오기 전에 이곳에서 일했어."

"아."

이곳에서 일하기 시작한 이후 몇 번인가 들어본 이름이었다.

to K

축구공이 머릿속에 떠올랐다.

"그 나쓰메라는 사람은 어떤 사람이야? 단순한 직원은 아니었던 것 같은데."

"내가 고용했다기보다 와준 거지. 나쓰메에게서 여러 가지를 배웠어. 특히 디지털 보안에 관해서는 나쓰메보다 실력 있는 기술자는 그리 많지 않을 거다."

"케이의 스승이야? 대단하네."

케이시의 웃음 속 씁쓸함이 짙어졌다.

"나쁜 버릇이 있지만."

"나쁜 버릇?"

"자꾸 사람을 주무르려고 해."

그게 어떤 의미인지 물으려는 순간, 케이시는 나나미가 나간 문을 턱으로 가리켰다.

"근데 괜찮겠나? 저 애를 쫓아가는 게 의뢰인의 스마트폰을 찾기에 가장 손쉬운 방법일 것 같다만."

"어? 앗, 그런 거야?"

"응, 지금으로서는 다른 방법이 없어."

"그런 건 빨리 말하라고!" 이렇게 말하면서 유타로는 소파 등받이에 걸쳐두었던 플라이트 재킷을 잡아당겼다.

"뭔가 알아내면 연락할게."

케이시의 목소리를 뒤로하고 유타로는 사무실을 뛰쳐나왔다.

사무실이 있는 빌딩을 나오고 오래지 않아 나나미의 뒷모습을 발견했다. 말을 걸까 하다가 유타로는 생각을 바꿨다. 조금 전에 그렇게까지 거부 의사를 밝힌 나나미를 설득해서 의뢰인의 스마트폰을 손에 넣기는 힘들 것이다. 스마트폰이 집에 있다면 일단 집의 위치를 확인해두는 게 급선무다. 유타로는 조금 거리를 두고 나나미를 미행하기 시작했다.

나나미는 근처 역에서 전철을 탔다. 집에 가는 것이리라 생각
했지만, 나나미는 이내 전철에서 내려 지상으로 나가더니 긴자
대로를 걷기 시작했다. 유타로는 신중하게 그 뒤를 쫓았다. 나나
미의 발걸음이 전철에 타기 전과 다르다. 어딘가 특정 목적지를
향한다기보다는 어슬렁어슬렁 산책하는 것 같았다. 나나미가 우
연히 뒤를 돌아봤다가는 걸릴지도 모르겠다는 생각에 유타로는
차도를 건너 맞은편 보도로 이동했다. 아직 점심시간 전인 긴자
의 보도에 나나미와 비슷한 또래는 없었다. 그러고 보니 학교는
어떻게 한 걸까 하는 의문이 문득 떠올랐지만, 미행 대상으로서
는 편한 상대였다. 어른들 속에 어린이가 한 명. 그 작은 몸이 긴
자의 보도에서는 오히려 눈에 띄었다. 나나미는 근무 중인 어른
들과는 다른 속도로 느릿느릿 보도를 걷고 있다. 근처에서 누군
가와의 약속이 있고, 그때까지 시간이 남아서 돌아다니는 걸까.
그런 생각을 하고 있는데 나나미가 갑자기 한 브랜드숍 앞에서
발길을 멈췄다. 시계와 보석, 귀금속 제품으로 유명한 브랜드였
다. 나나미는 스마트폰을 꺼내더니 진열창에 전시된 물건을 촬영
했다. 예쁜 것에 마음을 빼앗기는 걸 보니 역시 여자아이구나 싶
어서 유타로는 조금 웃음이 나왔다. 그래도 매장 안으로 들어갈
용기는 없어 보였다. 유리창 너머로 반짝이는 매장을 가만히 엿
보고 있다. 이윽고 나나미가 움직였다. 자동문 앞에 서더니 천천
히 열리는 자동문이 답답하다는 듯 문틈을 비집고 매장 안으로
들어갔다. 유타로가 따라 들어가야 할지 고민하는 순간 나나미가

나왔다. 나나미를 위해 열린 자동문이 채 닫히지도 않았을 만큼 순식간에 일어난 일이었다. 매장에서 나온 나나미는 다시 같은 속도로 어슬렁어슬렁 길을 걷기 시작했다.

같은 일이 몇 번인가 반복됐다. 나나미는 유명 브랜드숍 앞에 멈춰 서서 유리 진열창을 사진으로 찍고, 타이밍을 노려 매장 안으로 들어갔다가 곧바로 나온다.

30분 정도에 걸쳐 대로를 산책한 나나미는 안쪽 길로 들어가더니, 다시 그곳에 있던 쥬얼리숍의 진열창을 스마트폰으로 찍고 안으로 들어갔다. 어차피 금방 나오겠지 생각했는데, 이번에는 바로 나오지 않았다. 지금까지 들렀던 매장만큼 고급 브랜드는 아니지만, 그래도 긴자에 있는 쥬얼리숍이다. 어린애가 들어갈 만한 곳은 아닐 터였다. 나나미가 무엇을 하는지 궁금해진 유타로가 매장 안을 엿보려고 움직인 순간 전화가 왔다. 케이시였다.

"하타노 아이리에 대해 조금 알아봤다. 본명으로 SNS를 했더군. 그걸 보면 신주쿠에 위치한 IT 기업에서 근무했던 회사원인 것 같다."

IT 기업. 컴퓨터에 해박한 듯한 나나미와의 연결점이 그거였구나, 하고 유타로는 생각했다.

"SNS는 일단 공개 제한을 걸어두긴 했는데 느슨해서 생각만 있으면 거의 아무나 볼 수 있었어. 그곳에서 사용했던 사진으로 검색해봤더니, 다른 인터넷 커뮤니티에도 똑같은 사진으로 글을 올린 사람이 있었어. 그 커뮤니티에서는 닉네임을 사용했지만, 그것도 하타노 아이리일 거다. 둘 다 내용은 음식이 맛있다거나 패션이 멋지다거나 풍경이 아름답다거나, 그런 소소한 것들뿐이야. 그래도 인터넷상에서는 좀 인기인이었는지 꽤 많은 코멘트가 달려 있어. 하지만 전부 평범한 내용뿐이고 특별히 눈길을 끌 만한 코멘트는 없어. 아, 그리고 이걸로는 주소를 알아내지는 못할 것 같으니, 그 여자아이를 놓치면 스마트폰을 찾기까지는 고생 좀 할 거다. 지금 어떤 상태지?"

유타로는 지금까지 나나미가 보인 행적에 대해 케이시에게 설명했다.

"뭘 하는 건지 잘 모르겠어. 정말로 그냥 내키는 대로 브랜드숍을 구경하는 것뿐인지도 모르고."

"긴자의 브랜드숍이라. 그쪽 분야라면 지금 마침 적당한 사람이 있지."

목소리가 멀어지더니 케이시가 누군가에게 이야기하는 소리가 들렸다. 잠시 아무 소리도 들리지 않다가 다른 사람이 전화를 받았다.

"유타로 군? 오늘도 열심히 일하고 있군."

"아, 마이 씨. 안녕하세요."

그 순간 나나미가 매장에서 나왔다. 바로는 아니라고 해도, 매장 내에 있던 시간은 겨우 오륙 분 정도였다. 걷기 시작한 나나미의 발걸음이 지금까지와는 달라졌다.

"지금 미행 중이라서요, 혹시 끊어져도 이해하세요."

"응, 똑바로 잘 해" 하고 마이는 웃었다. "그럼 짧게. 무슨 이야긴지는 모르겠지만, 지금 케이가 말한 브랜드는 귀금속, 그것도 디자인보다는 보석에 정평이 나 있는 브랜드야. 원래는 원석을 취급했다거나, 커팅 전문점이었다는 등 전부 그런 쪽 브랜드야."

확실히 거리에는 다른 유명한 브랜드숍도 있었지만, 대부분은 힐끗 바라보기만 했을 뿐 나나미는 발길을 멈추지 않았다. 내키는 대로 돌아다니는 것처럼 보였지만 사실은 매장을 고르고 있었던 것이다.

거기까지 생각했을 때, 통화 상대는 다시 케이시로 바뀌었다.

"그렇다고 한다."

"그건 무슨 의미지?"

나나미는 이제 확실한 목적지를 향하는 듯한 발걸음이다. 유타로는 나나미를 놓치지 않도록 신경을 집중하면서 케이시에게 물었다.

"보석에 정평이 나 있는 브랜드라면, 케이는 뭐가 생각나?"

"환금하기 쉽다."

"뭐?"

"값어치 있는 보석이면 반지나 목걸이에서 빼낸 보석도 돈으로 바꿀 수 있어. 훔친 물건이라면 그대로 파는 것보다는 꼬리를 잡히지 않을 확률이 높지. 상대가 열네 살의 여자아이가 아니라면 보석 강도를 위한 사전 작업으로 의심했을 거다."

"아무리 그래도 그건 아니지."

"그렇지. 하지만 하타노 아이리의 SNS를 보면 꽤 사치스러운 생활을 했어. 고급 레스토랑에도 자주 드나든 듯했고, 평상시에 쇼핑하는 곳도 싸구려 매장은 아니야. 쇼핑 중간에 잠깐 휴식을 취할 때도 호텔 라운지에서 차를 마시기도 하고. 뭐, 월급이 많았을 수도 있고 그런 거에만 돈을 썼는지도 모르지. 여하튼 느낌으로는 연봉이 육칠백만 엔은 되는 듯한 생활 수준이다. 스물네 살의 사무직 여성으로서는 지나치게 부자연스럽다고 할 정도는 아니지만, 씀씀이가 너무 크다는 느낌이다."

"부모가 부자인 거 아닐까? 용돈이 월급보다 많다든가."

"자신이 어떻게 생활하는지를 그렇게까지 과시하는 사람이다. 만약 부모가 부자라면 어딘가에 그 사실을 자랑했을 것 같은데 부모에 대한 정보는 전혀 없어."

"그럼 애인은? 돈 잘 버는 연상의 남자친구라든가."

"애인은 없어. 애초에 그녀의 SNS는 애인 없는 여자의 애인 만들기가 메인 테마야. 맛있는 걸 먹고, 예쁜 옷을 입고, 즐거운 생활을 하고, 행복에 둘러싸여 있다 보면 저절로 멋진 여성이 되고, 저절로 멋진 애인이 생길 거라는 속 편한 콘셉트 하에 일상의 온갖 사진을 올리고 있어. 코멘트를 다는 이들도 그런 태도에 공감하는 또래 여성들이야. 애인이 생겼다면 그 과정까지 포함해서 상세하게 SNS에 올렸을 거다. 그리고 또…… 아, 미행은 괜찮나?"

"응, 괜찮아."

나나미는 지하철역도 JR역도 지나쳐 걸어간다. 확실한 발걸음은 어슬렁거릴 때보다 미행하기 편하다.

"그리고 또, 뭐?"

"하타노 아이리는 병이 있었던 건 아닌 듯해."

"뭐?"

"하타노 아이리가 병원에 이송된 후 나나미가 스마트폰에서 이상한 앱을 발견했다고 해서, 난 하타노 아이리가 지병으로 자택에서 쓰러졌고, 그런 그녀를 나나미가 발견해서 구급차를 불렀다고 생각했어. 우리랑 계약한 걸 봐도 하타노 아이리는 생사가 걸린 질환을 앓고 있었을 거라고 생각했지. 하지만 SNS를 보면 하타노 아이리는 건강 그 자체였다. 다양한 음식을 먹고, 휴일마다 여기저기 여행을 다녔어. 장기 휴가로 해외여행을 다닌 적도 여러 번 있었던 모양이야."

"그렇다면 하타노 씨는 왜 죽었을까. 우리랑 계약한 이유는 또 뭐고."

"그 부분이 이상하다면 이상하지."

그렇게 말하는 케이시에게서 유타로가 느낀 위화감을 케이시 자신도 눈치챈 듯했다.

"여하튼 스마트폰을 찾아서 통신 가능한 상태로 만들어. 데이터만 지우면 우리 업무는 끝이다."

케이시는 변명하듯 덧붙이고 전화를 끊었다.

이제껏 케이시가 계약자의 개인 사정에 흥미를 보인 적은 없었다. 계약자에 대해 알려고 하는 유타로를 늘 제지해왔다. 그런데 최근에는 달라지고 있었다. 본인도 의식하지 못한 변화일까. 방금 유타로가 그 사실을 깨닫자 그제야 케이시도 자신이 그랬다는 걸 깨달았다.

유타로가 그 변화의 의미에 대해 생각하는 동안, 나나미가 보도에서 벗어났다. 최근에 생긴 외국계 고급 호텔로 들어간다. 높게 솟은 건물을 올려다본 유타로도 호텔로 들어갔다.

들어가자마자 보이는, 천장이 높게 뚫린 넓은 홀에는 거대한 크리스마스트리가 장식되어 있었다. 시기적으로 봤을 때 조명을 마지막으로 점검하는 중일 것이다. 거대한 트리 옆에서 같은 작업복을 입은 몇몇 작업자가 일하고 있었다. 그 옆을 빠져나간 나나미는 로비의 소파에 털썩 앉았다.

누군가와의 약속.

유타로는 그렇게 생각하며 로비로 가지 않고 옆의 에스컬레이터로 향했다. 2층이 회랑처럼 되어 있어서 로비를 내려다볼 수 있다. 유타로는 나나미를 뒤에서 내려다볼 수 있는 위치로 이동하고 기둥 뒤에 숨은 채 감시하기 시작했다. 하지만 나나미에게 다가오는 사람은 없었고, 나나미도 누군가를 기다리는 느낌은 아니었다. 스마트폰을 만지작거리는 그 모습은, 단지 시간을 때우고 있을 뿐인 것처럼 보였다.

인내심을 갖고 나나미를 감시하고 있자, 딱 12시가 된 순간 로비 한쪽에서 '와아' 하는 환호성이 터졌다. 크리스마스트리의 조명이 점등된 듯했다. 2층에 있는 유타로의 눈높이를 넘어설 만큼 높은 트리로, 다채로운 조명이 반짝이는 모습은 아름답다기보다 장관이었다.

나나미도 눈길을 빼앗긴 듯했다. 소파에서 일어나 크리스마스트리 앞에 스마트폰을 갖다 댔다. 나나미는 트리 사진을 몇 장 찍은 후 로비 소파로 돌아가지 않고 호텔 안쪽으로 걷기 시작했다. 유타로는 황급히 에스컬레이터를 타고 내려와 나나미의 뒤를 쫓왔다.

놓쳤다고 생각한 나나미의 모습을 카페레스토랑 안에서 발견했다. 실내에 20석 정도, 그 너머로 테라스에 5석 정도가 있었고 나나미는 테라스 자리에 앉아 있었다. 함께 있는 사람은 없었다. 실내에 있는 자리들에는 한껏 차려입은 부인이나 런치미팅 중인 비즈니스맨으로 가득했지만, 조금 추운 탓인지 테라스에는 나나미 혼자뿐이었다. 이번에야말로 약속인가 하고, 유타로는 복도 끝에 몸을 숨기고 나나미를 감시했다. 테라스는 환해서 감시하기 편했다. 그러나 한참을 기다려도 아무도 나타나지 않았다. 나나미도 주위에 신경 쓰는 기색 없이 스마트폰을 만지작거리고 있다. 마침내 음식이 나왔고 나나미는 혼자 식사를 시작했다. 레스토랑 앞에 놓인 메뉴판을 확인해보니 나나미가 먹고 있는 건 가장 값싼 파스타 런치코스인 듯했다. 하지만 그래도 3,000엔이다.

복도 끝에 휴대폰 사용을 위한 통화 구역이 있었다. 유타로는 그곳에 있는 의자에 앉아 감시를 계속하면서 케이시에게 전화를 걸었다. 현재의 상황을 설명하자, 케이시가 코웃음을 치는 소리가 들렸다.

"어린애가 혼자서 호텔 런치라니. 우아하군. 그래서?"

"뭐?"

"이 전화를 건 용건이 뭐냐고. 뭘 조사해줄까?"

"아니, 지금은 12시가 지났고, 미행 대상인 나나미는 맛있어 보이는 런치를 먹고 있다는 거지. 이대로 지켜보고만 있다가는 나중에 배가 고파서 아무것도 못 할 것 같다, 뭐 그런 얘기야."

"용건은 없는 건가?" 케이시가 어이없어하는 목소리로 물었다. 그대로 전화를 끊나 했지만 케이시는 이야기를 계속했다. "하타노 아이리의 근무처에 대해 조사해봤다. 그래 봐야 별 정보는 없었지만 아무래도 독립적인 SI 같아."

"에스아이?"

"시스템 인터그레이터.* 생긴 지 얼마 안 된 데다가 꽤 소규모 회사야. 사업 실적에 대해서도 조사해봤지만 거의 아무것도 안 나와. 내세울 만한 업적이 없는 거겠지. 실제 업무는 타 회사의 하청을 받아 일하는 것일 거다."

시스템 인터그레이터에 대해 물어볼 틈도 없이 이야기가 진행되어버렸다. 유타로는 어쩔 수 없이 물었다.

"그게 어쨌다는 건데?"

"아무리 생각해도 하타노 아이리의 월급은 그리 많지 않았을 거라는 뜻이다. 이런 규모의 SI가 스물네 살의 사원에게 연봉 250만 엔 이상을 줬다면, 난 그 사장을 존경할 거다."

"그러니까 수입과 실생활이 맞지 않았다는 뜻?"

"그래."

"하타노 씨에게는 월급 이외의 수입이 있었겠네."

"그렇겠지."

그게 어떤 걸까. 테라스에서 혼자 유유히 런치를 즐기는 나나미를 바라보면서 유타로는 잠시 생각했다.

* System Integrator. 시스템을 기획, 개발해서 납품하는 기업. 시스템 개발의 아웃소싱 업체에 해당된다.

"있잖아, 만약에 나나미가 그 브랜드숍에서 촬영한 상품을 정말로 살 생각이라면, 어떻게 되는 거야?"

"뭐?"

"나도 중학생 여자아이니까 설마 살 생각은 아니겠지 생각했어. 하지만 매장의 진열창 앞에 멈춰 서고, 매장 안으로 들어간다는 건 일반적으로 그곳 상품을 살 생각인 사람의 행동이지? 잠깐씩만 매장에 들어갔던 건 진열창에 전시된 상품의 가격을 확인하기 위해서였다고 볼 수 있지 않을까?"

"가능성이 없는 건 아니지만."

유타로는 환한 테라스 자리에서 우아하게 런치를 먹는 나나미를 바라봤다. 확실히 주변 분위기와 어울리지 않는 손님이지만, 나나미는 주눅 든 기색이 전혀 없었다. 괜히 그런 척하는 걸로도 보이지 않는다. 나나미는 분명 이런 곳에 익숙하다. 지금도 방금 나온 디저트를 사진으로 찍고는 거리낌 없이 먹고 있다.

"하타노 씨와 나나미는 무언가 공통의 돈줄을 붙잡고 있었던 건 아닐까. 그걸로 적은 월급을 받는 사무직 여성과 평범한 중학생에게는 어울리지 않는 생활을 예사롭게 하고 있었다."

"돈줄이라니, 예를 들면?"

"모르지. 살고 있는 맨션의 쓰레기장에서 지폐 다발이 든 보스턴백을 주웠다든지, 비밀번호가 적혀 있는 대부호의 현금인출카드를 주웠다든지."

"하타노 아이리가 삭제를 의뢰한 데이터는 그 돈줄과 관련된 무언가였다……." 케이시가 중얼거렸다.

"분명 그거야. 그래서 나나미는……."

유타로는 거기까지 말하다가 뭔가 이상함을 느꼈다.

"그래. 그 데이터가 남에게 알리고 싶지 않은 비밀 돈줄에 관한 거라면, 도모토 나나미는 차라리 그 데이터가 삭제되길 원하겠지."

"맞아, 그렇겠지."

"아니면, 삭제되면 곤란한 건가? 그 데이터가 삭제되면 두 사람의 돈줄이 사라진다거나. 예컨대 누군가를 협박할 빌미."

"여자 둘이서 협박을?"

"상대가 여자라면 충분히 가능하지. 상대가 남자라고 해도 방법은 있고."

"흐음." 유타로는 생각에 빠졌다.

유타로로서는 조금 상상하기 힘든 가능성이었지만, 나나미가 그런 짓을 할 것 같지는 않다는 것만으로는 부정할 근거가 되지 않는다.

"여하튼 꽤나 실체를 알기 힘든 상대야. 아이라고 만만하게 봤다가는 당할 수도 있어. 조심해."

"알았어."

유타로는 전화를 끊었다.

그로부터 15분쯤 지나자 우아한 런치를 마친 나나미가 카페레스토랑에서 나왔다. 로비로 돌아가지 않고 들어왔던 곳과는 다른 문으로 향한다. 유타로도 통화 구역을 나와 그 뒤를 쫓았다.

나나미는 호텔에서 나와 지하철역으로 연결된 계단을 내려갔다. 유타로는 잠시 시간을 두고 계단을 따라 내려갔다. 계단을 끝까지 내려간 나나미가 왼쪽으로 꺾어졌을 때였다. 유타로가 걸음 속도를 높였을 때 등 뒤에서 소리가 들렸다.

"아악!"

돌아보니 목소리의 주인공은 허리가 굽은 노파였다. 계단에서 발이 미끄러져 비틀거리며 두 계단 정도는 버텼지만, 거기서 균형을 잃었다. 유타로는 황급히 뛰어 올라가 넘어지려는 노파의 몸을 받아 안았다.

"악!" 유타로의 가슴에 안긴 노파가 소리를 질렀다. "어이쿠, 깜짝이야."

"괜찮으세요?"

"아이고, 살았다. 청년이 없었으면 제대로 구를 뻔했구려."

"조심하세요. 손잡이를 꼭 잡고 다니셔야죠."

"그러니까 조심해야 하는데. 늙은이가 말이지."

노파와 같이 웃고는, 나나미를 쫓으려고 돌아서려는 순간이었다. 아래쪽에서 목소리가 들렸다.

"괜찮으세요? 무슨 일 있으세요?"

나나미의 목소리였다. 유타로는 그 자리에서 얼어붙었다.

"다치셨어요?"

나나미는 아직 유타로인지 모르는 듯했다. 뒷모습인 데다가, 사무실에서는 입지 않았던 플라이트 재킷을 입고 있다.

"괜찮아. 이 청년이 도와줬어. 아무렇지도 않아."

노파는 유타로의 몸 옆으로 고개를 쑥 내밀고 대답했다.

"그렇지?"

노파가 동의를 구했지만 말을 할 수는 없었다. 돌아보는 것은 더더욱 할 수 없었다.

"역무원을 불러드릴까요?"

나나미가 계단을 올라오고 있었다.

"괜찮아. 젊은 남자와 포옹도 했으니 횡재했지, 뭐."

노파가 유타로의 팔을 툭툭 쳤다. 나나미가 웃었다.

"괜찮으신 것 같네요. 그럼 전 갈게요."

나나미가 계단을 내려가는 소리가 들렸다. 유타로는 안도의 한숨을 내쉬었다.

"이제 괜찮으니 청년도 어서 가봐. 고마워요."

"아, 별말씀을요. 그럼 조심히 가세요."

유타로는 노파에게 말하고 나나미의 뒤를 쫓아 계단을 내려갔다.

사무실에서 만났던 사람이라는 걸 기억해내도 안 되지만, 자신의 뒤에서 계단을 내려왔던 사람이라는 걸 알아차린 시점에서 미행은 실패로 끝난다. 눈이 마주치는 건 물론이고, 한순간이라도 모습을 보이면 미행을 들킬 수 있다. 유타로는 신중하게 나나미 뒤를 쫓았다. 지하철에 탄 나나미는 환승을 한 번 해서 신주쿠 방면으로 향했다.

신주쿠역에서 지상으로 나온 나나미는 이번에는 백화점으로 들어갔다. 아직 집에 가지 않는 건가, 하고 유타로가 맥이 빠져 있는 동안, 나나미는 에스컬레이터를 타고 3층으로 올라갔다. 숙녀용품 매장이었다. 나나미는 부리나케 구석으로 향한다.

"아."

나나미가 사라진 장소를 확인하고 유타로는 중얼거렸다. 여자 화장실이었다.

유타로는 여자 화장실로 향하는 통로가 보이는 여성구두 매장으로 들어가, 높은 진열장 뒤로 갔다. 형형색색의 펌프스가 빼곡하게 진열되어 있다. 이내 여성 점원이 다가왔다.

"저기, 찾으시는 물건 있으세요?"

공손함 뒤에 수상쩍어하는 기색도 담겨 있는 목소리였다.

"아, 아니, 선물을 좀. 어떤 게 좋을까 싶어서."

"펌프스 찾으세요?"

"아뇨, 일단 좀 둘러봐도 될까요. 어떤 게 있는지도 잘 몰라서."

"그러십니까. 그럼 천천히 둘러보세요."

점원이 빙긋 웃고는 물러났다.

유타로는 구두를 보는 척하면서 진열장 너머를 힐긋힐긋 확인했다. 금방 나올 줄 알았던 나나미는 5분이 지나도 10분이 지나도 나오지 않았다. 15분이 지났을 즈음 유타로는 팔짱을 꼈다. 역시 너무 오래 걸린다. 하지만 여자 화장실이니 확인하러 들어갈 수도 없다. 어떻게 된 걸까 하고 유타로가 생각에 잠겼을 때였다.

"어서 오세요."

아까의 여성 점원이 큰 소리로 말했다. 매장에 스무 살쯤 되는 남자가 들어오고 있었다. 대학생인가. 캐주얼한 차림이다. 여성구두 매장에도 남자 손님이 오는구나, 하고 살짝 안심한 순간 그 남자와 눈이 마주쳤다. 남자는 험악한 표정을 지으며 유타로를 향해 걸어왔다. 키는 유타로보다 작았지만 어깨가 넓었다. 중심을 낮춘 묵직한 걸음걸이였다. 무도는 아닐 터다. 럭비일까. 유타로가 그런 추측을 하는 동안, 남자는 유타로의 눈앞까지 다가와 유타로를 매섭게 노려본다.

"이런 짓, 좋지 않습니다." 남자가 말했다.

경험이 많아 보이지는 않는다. 그래도 한판 붙을 각오인 듯했다. 긴장감으로 볼이 붉어졌음에도, 굳은 결의로 유타로를 보고 있었다. 왜 그러는지 이유는 알 수 없지만, 남자는 한판 붙겠다는 의지를 충분히 다진 채 유타로 앞에 서 있는 것이다.

"뭐가 말이야?" 유타로는 어리둥절한 채 물었다.

"손님?" 아까의 점원이 당황하며 말을 걸어왔다. "저기, 무슨 일이시죠?"

"아, 아니, 아무것도 아닙니다." 유타로는 점원에게 웃어 보이고는 다시 남자를 향해 돌아섰다. "내가 그쪽한테 뭔가 나쁜 짓을 했다면 사과하지. 근데 내가 뭘 했지?"

"시치미 떼지 마십시오. 부끄럽지 않습니까?"

"부끄럽다니…… 뭐가?"

유타로가 되물었을 때였다. 숨을 헐떡이며 다른 남자가 매장으로 달려왔다. 나이는 유타로와 비슷한 정도. 넥타이를 매고 있어서 언뜻 회사원처럼 보였지만, 머리는 밝은 갈색을 띠고 귀에는 피어싱을 하고 있었다. 유타로를 발견하자, 흐트러진 호흡도 가다듬지 않고 성큼성큼 다가와 두 손으로 유타로의 어깨를 툭 밀었다.

"뭐 하는 거야!"

저항도 하지 못하고 미는 대로 뒤로 밀려가며 유타로가 말했다.

"당신도?"

유타로의 어깨를 민 두 번째 남자가 첫 번째 남자에게 묻자, 첫 번째 남자가 고개를 끄덕였다.

"게시 글을 보고 왔습니다. 마침 근처에 있었던 터라. 당신은?"

"시부야에 있다가 서둘러 택시를 타고 날아왔지."

"그렇습니까."

두 사람이 작게 웃음을 나눴다. 전혀 다른 타입의 두 사람이었지만, 굳은 악수라도 나눌 분위기였다.

"잠깐만. 게시 글이라니 무슨 말이야? 내가 당신들한테 뭘 어쨌다고?"

"우리한테가 아니다. 나나민한테지." 두 번째 남자가 말했다.

"나나민? 어라? 나나미 말이야?"

"스토커 주제에 어디서 함부로 이름을 불러."

두 번째 남자가 따귀를 때릴 듯 빠르게 손을 들어 올렸다. 유타로는 더킹* 동작으로 두 번째 남자의 공격을 피한 후, 왼발로 바닥을 차서 첫 번째 남자의 바로 눈앞으로 뛰어들었다. 굽힌 무릎을 펴면 첫 번째 남자를 거의 바로 위에서 내려다보게 된다.

"대답해. 게시 글이란 게 뭐야."

"나나민이 자신의 SNS에서 도움을 요청했어." 기가 눌린 듯 유타로를 올려다보며 첫 번째 남자가 말했다. "이상한 남자가 따라오고 있다, 신주쿠에 있는 백화점의 여자 화장실에 숨었는데 무

---

* ducking. 무릎을 굽히고 머리를 숙여서 상대방의 안면 공격에 방어하는 복싱 기술.

서워서 못 나가고 있다. 경찰까지 부르고 싶지는 않으니까 근처에 누가 있으면 와서 도와달라고."

"그래서 당신들 두 사람이 왔다?"

그렇게 말한 순간, 또 다른 남자가 숨을 헐떡이며 매장으로 다가왔다. 안경을 끼고 체형이 마른 서른 안팎의 남자였다.

"당신인가?"

날카로운 목소리로 고함을 치듯 유타로에게 말한 세 번째 남자는 첫 번째와 두 번째 남자에게 시선을 던진다. 두 사람이 고개를 끄덕인다.

"지금 또 한 사람이 경비원을 데려올 거다. 경비원에게 사정을 설명하고 끌어내자."

"아니, 그건 곤란한데."

유타로가 진심으로 난처해하며 한숨을 쉴 때였다. 통로에 나나미가 나타났다. 소동이 일어난 모습을 곁눈질하며 재빠른 걸음으로 자리를 뜨려고 한다.

"엇? 저 애가 진짜 나나민?" 세 번째 남자가 중얼거렸다.

"여러분 고마워."

나나미는 고개를 살짝 숙인 채 손을 흔들고 총총히 달려갔다.

"어이, 이봐. 여기 좀 해결하고 가!"

유타로가 불렀지만 나나미는 돌아보지도 않았다.

"이 자식, 까불지 마."

유타로가 뒤를 쫓으려고 하자 첫 번째 남자가 유타로의 허리로 맹렬하게 달려들었다.

"이제 그만하세요. 나잇살이나 먹어서는 저런 어린애를 쫓아다니다니. 보기 흉합니다."

"아니, 저런 어린애의 SNS에 휘둘리는 당신들이 할 소리는 아니지."

"여하튼 경비원이 올 때까지 얌전히 있어."

세 번째 남자가 다가와 등 뒤에서 겨드랑이 밑으로 양팔을 넣어 목 뒤로 죄려고 한다.

"얌전히 있을 수가 없어. 저 아이를 쫓아가야 하거든."

몸을 비틀어 첫 번째 남자의 팔을 허리에서 떼어낸 후 세 번째 남자의 팔을 거꾸로 비틀어 올렸을 때, 두 번째 남자가 뛰어들었다.

"또 그 소리냐! 이 더러운 스토커 새끼가."

비틀고 있던 세 번째 남자의 팔을 놓아주고, 달려든 두 번째 남자의 주먹은 스웨이 백* 동작으로 피했다.

"아니, 그러니까, 쫓아간다는 게 그런 의미가 아니라."

"저기입니다!" 하고 외치는 소리에 고개를 돌리자, 네 번째 남자가 제복 차림의 경비원을 데려오는 중이었다.

"아, 짜증 나."

다시 태클을 걸어온 첫 번째 남자의 몸을 옆으로 피하고, 정면으로 마주하게 된 세 번째 남자의 눈앞에서 기습적으로 손뼉을 쳐서 눈을 감게 만든 후 옆으로 빠져나간 순간, 두 번째 남자가 날린 주먹을 패링** 하듯 가볍게 쳐냈다. 달려오는 네 번째 남자와

* sway back. 복싱에서 상체를 숙였다 젖히는 동작.
** parrying. 상대의 공격을 뿌리치는 복싱 기술.

경비원을 피하려면 나나미가 사라진 방향과는 반대되는 방향으로 가야 하지만 달리 방법이 없었다. 태클에 걸린 첫 번째 남자는 유타로 등 뒤에 있던 진열장에 처박혀 있었다. 손뼉에 놀란 세 번째 남자가 뒤로 넘어져 진열대에 부딪혔고, 그곳에 진열되어 있던 부츠 위에 엉덩방아를 찧었다. 주먹에 패링을 당한 두 번째 남자가 균형을 잃고 근처에 있던 아까의 여성 점원에게 매달렸고, 점원은 비명을 질렀다.

"아, 짜증 나."

유타로는 그 참상에 다시 한번 한숨을 내쉬고 달려갔다.

케이시가 보여준 스마트폰 화면에는 여성구두 매장에서 점원과 이야기를 나누는 유타로의 사진이 있었다. 몰래 촬영한 듯했다. 고개를 돌리고 있어서 얼굴은 나오지 않았지만, 체격과 입고 있는 옷으로 유타로임을 알 수 있었다.

유타로는 케이시에게 스마트폰을 돌려줬다.

"제대로 휘말렸군." 케이시가 웃었다.

"맞는 말이지만, 그렇게 즐거워할 일은 아닌 것 같은데." 유타로는 입술을 삐죽 내밀었다.

"지하철 계단에서 눈치챘을 거다. 그 순간에는 모른 척하고, 사람들을 모으기 쉬운 신주쿠로 이동해서 도움을 요청한 거지. 머리 회전이 꽤 빠른 아이야."

"그 SNS는?"

"자칭 디지털 아이돌인 나나민이 사용하는 SNS야. 다양한 옷을 입고 화장을 한 나나민을 볼 수 있지. 실로 변신 능력이 대단해. 도저히 그 은테 안경의 여자아이와 동일 인물로는 보이지 않아. 여기에도 수많은 코멘트가 달려 있는데, 죄다 어린 여자아이를 좋아하는 남자들이 남긴 거다."

"나, 로리콘 인간들에게 로리콘으로 불린 거야? 뭔가 조금 기분 나쁘군. 그걸로 알아낼 수 있는 건 없어?"

"개인정보로 적혀 있는 건 부잣집 따님들이 다니는 도내의 여학교에 다니고 있다는 정도야. 학교 이름도 밝히지 않은 데다가 주소에 관한 정보는 아무것도 없어. 사진은 전부 실내에서 찍은 거라 위치를 추측해볼 수도 없고, 사진 데이터에도 위치 정보가 없어."

"그러면 이제 완전히 실마리가 끊겼다는 뜻?"

"상대는 그렇게 생각하겠지."

비웃는 듯한 웃음을 짓는 케이시를 보며 유타로는 안도했다.

"아니구나?"

"어른이 아이에게 당하기만 해서 쓰나. 아이에게 아이의 방식이 있다면, 어른에게는 어른의 방식이 있지."

"어떻게 할 건데?"

"상대의 IP 주소는 알아. 그걸 통해서 인사를 해줘야지."

"인사라니, 아, 해킹? 해킹하는 거야?"

"엄밀하게 말하면 크래킹이겠지만."

케이시가 데스크톱 컴퓨터에 USB메모리를 꽂고 마우스를 조작한다. 유타로는 책상 뒤로 돌아가 모니터를 들여다봤다. 모니터에 윈도우 창이 몇 개 열려 있고, 윈도우마다 숫자와 알파벳과 기호가 나열되어 저 혼자 흐르기 시작했다.

"이거, 뭐 하는 거야?"

"해당 IP 주소가 열려 있는 포트를 찾아서, 상정된 사용 소프트의 제로데이 취약성을 확인하고 있어."

무엇을 물어봐야 할지조차 알 수 없었다.

"아, 그러니까?"

"상대방의 컴퓨터에 잠입하기 위한 입구를 찾고 있어."

"뭐? 이걸로 돼? 뭔가 좀 더 키보드를 무섭게 두드리거나 하는 거 아냐? 그런 거 있잖아. 엄청난 속도로 타이핑하면서."

"하고 싶은 놈은 그렇게 하겠지. 난 귀찮아서 안 해."

"에이, 이런 게 해킹이야? 상상했던 것과 좀 다른데."

"기대에 부응하지 못해 미안하군."

"내가 할 수 있는 일이 있어?"

"되도록이면 방해가 되지 않는 거리에서, 방해가 되지 않는 일을 해줘."

"아, 응."

유타로는 맥없이 소파로 향했다. 20분도 채 되지 않아 케이시는 작업을 끝냈다. 언짢은 듯 코웃음을 치는 소리에 유타로는 책상 앞으로 돌아왔다.

"알아냈어?"

"이 IP 주소의 사용자는 알아냈어. 하지만 도모토 나나미가 아니야. 다케우치 유고, 스물여덟 살의 평범한 회사원이다. 다케우치 유고에 대해서는 주소도 근무처도, 교우관계도 성적 취향도 알아냈지만, 그는 도모토 나나미를 알지도 못할 거다."

"아, 혹시 그거야? 타인의 IP 주소를 이용해서 뭔가 위장하는, 그런 이야기?"

이전에 그런 뉴스를 본 적이 있었던 것 같았다. 케이시는 깜짝 놀란 듯 고개를 들었다.

"저기, 그런, 개가 말하는 거라도 보는 듯한 눈으로 보지 말아줄래."

"그 이상의 충격이야."

"너무하시는군."

"뭐, 됐어." 케이시는 말했다. "나도 처음에는 그런 거라고 생각했는데 아니더군. 더 단순하고 더 성가셔. 도모토 나나미는 이 다케우치 유고가 사용하는 무선 랜^{LAN}의 전파를 무단으로 사용하고 있어."

"그게 무슨 말이지?"

"1층으로 올라가서 스마트폰을 꺼낸 후 얼마나 많은 와이파이 전파가 잡히는지 확인해봐. 이 근처면 20개는 되는 전파가 사용할 수 있는 강도로 잡힐 거다. 각각의 전파에는 암호가 걸려 있지만 풀 수 없는 건 아니야. 조금 오래된 암호화 방식을 사용하는 전파라면 10초 만에 풀 수 있어."

"아, 그렇지만 나나미는 자신이 사용하는 와이파이를 하타노 씨에게도 빌려줬다고, 분명히 그렇게 말하지 않았나?"

"자신이 몰래 사용하는 다케우치 유고의 와이파이 전파를 하타노 아이리도 사용할 수 있게 해줬겠지."

"아, 그렇군."

그 뻔뻔함이 재밌어서 유타로는 웃었다.

"그래서? 와이파이 전파를 몰래 사용하면 어떻게 성가신데?"

"아마도 도모토 나나미는 이 와이파이 전파를 다시 사용하지는 않을 거다. 근처에 있는 다른 와이파이 전파의 암호를 풀어서 사용하겠지. 이미 이 IP 주소로는 도모토 나나미에게 접속할 수 없어."

"단서는?"

"일반적인 무선 랜 기기의 전파가 도달할 수 있는 거리는 장애물이 없으면 200미터 이상. 하지만 실제로 시내에서 장애물이 없을 수는 없을 테고, 불편 없이 일상적으로 사용했다고 가정하면 두 사람의 맨션은 이 무선 랜 기기에서 기껏해야 수십 미터 범위 안에 있을 거다."

"그러니까 그 다케우치 유고 씨의 집 근처에 두 사람의 맨션이 있고, 그곳을 찾아낸다는 거네?"

"그래. 발로 뛰어서."

케이시 입장에서는 디지털로 연결된 라인을 통해 파악하는 것이 편하겠지만, 유타로는 실제로 눈으로 볼 수 있고 손으로 만질 수 있는 것을 찾아내는 편이 훨씬 편하다.

케이시가 모니터에 이타바시구의 지도를 띄웠다.

"여기가 다케우치 유고의 주소야. '메종 나카마루'라는 다세대 주택이군. 이곳을 중심으로 근처의 공동주택을 확인해봐."

"우편함에 도모토 씨와 하타노 씨가 나란히 있는 맨션을 찾으면 되겠지? 아니, 하타노 씨의 명패는 이미 없을지도 모르겠군. 그래도 도모토 씨의 옆집이 비어 있는 맨션을 찾으면 되는 거니까 간단해."

"그러면 좋겠다만."

케이시가 우려한 대로 수색은 간단하지 않았다. 다케우치 유고 씨가 사는 집 부근에는 주택이 밀집해 있는 데다가, 생각에 따라서는 '맨션'이라고 부르지 못할 것도 없는 공동주택도 많았다. 이름이 적혀 있지 않은 우편함도 꽤 있었다. 게다가 한 지점을 중심으로 해서 동심원상으로 수색 범위를 넓혀가는 건 지도상에서는 간단해 보였지만, 실제로는 적재적소에 길이 나 있는 것이 아니었다. 놓친 공동주택은 없는지. 놓친 골목은 없는지. 유타로는 케이시와 일일이 전화로 연락해가며 주택가의 좁은 골목길을 우왕좌왕했다. 그 과정은 말 그대로 이 잡듯이 샅샅이 뒤지는 수색이어서, 효율성과 합리성을 좋아하는 케이시에게는 가장 괴로운 유형의 작업이었다.

"이제 그만하지. 하타노 아이리의 회사로 찾아가보자."

결국 케이시가 그렇게 말했다. 휴대폰을 통해 들리는 케이시의 목소리는 이미 30분 전부터 지긋지긋하다는 느낌을 감추려고도 하지 않았다. 수색을 시작한 지 두 시간. 오후 5시를 넘어서자 주위가 어두워졌다.

"회사로 찾아간다고 해도 직원의 개인정보 같은 건 가르쳐주지 않을 텐데?"

"대놓고 물어보는 게 아니야. 뒤로 조사할 거야."

"뒤로 조사를 한다니, 아, 해킹? 에이, IT 기업을 해킹한다고?"

"IT 기업이라고 해봐야 영세한 SI, 그러니까 아웃소싱 업체야. 어떻게든 될 거야. 완전히 문외한이 아닌 만큼, 오히려 보안 해독도 쉬워."

"그래도 되는 거야?"

"여하튼 돌아와. 일기예보가 맞는다면 곧 비도 내릴 거다."

확실히 공기가 습해져 있었다. 마지막이라고 생각하고 유타로는 걷고 있던 골목길의 막다른 곳까지 가봤다.

"어? 이건 길 아닌가?"

"어딘데?"

"아까 맨션에서 오른쪽으로 나와서 막다른 곳. 단독주택 사이에 좁은 골목이 있어. 이거, 사유지가 아니라 길이지?"

"여기 있는 지도로는 확인이 안 되는군. 지도에는 막다른 곳으로 돼 있어. 아, 아니, 그 끝에 건물이 있는데. 확실히 이 지도에는 그 건물로 통하는 길이 없는 걸로 나와 있어."

"가볼게. 일단 전화 끊어."

유타로는 전화를 끊고 좁은 골목길로 들어갔다. 조금 걸어가자 목조로 된 낡은 2층짜리 다세대주택이 있었다. '하루미야소'라고 적힌 변색된 플라스틱 간판이 있다.

"하지만 아무래도 이건 맨션이라고 부르기 힘든데."

사람이 사는지 안 사는지조차 의심스러웠다. 불이 켜진 집은 하나도 없다. 그래도 혹시 몰라서 다세대주택의 1층부터 거주인의 이름을 확인하려는 순간이었다. 가장 먼저 확인하려던 1층의 첫 번째 집 문이 열렸다.

"앗!" 유타로가 놀라 소리를 질렀다.

나나미는 아무 말도 못 하고 그 자리에 우뚝 멈춰 섰다.

"이거, 반갑군." 유타로가 말했다.

순간적으로 도망치려고 했지만 불가능하다는 걸 깨달은 듯했다. 나나미가 갑자기 도전적인 태도로 유타로를 노려봤다. 유타로는 되도록 호의적인 미소를 지으며 나나미 앞으로 다가갔다.

"뭐예요?"

"하고 싶은 말은 많지만, 일단 한 가지만 가르쳐……."

"아이리의 스마트폰은 버렸어요. 쓰레기 수거일에 내다 버렸습니다."

"아, 아니, 그것도 묻고 싶긴 한데, 그게 아니……."

"그게 아니면 뭔데요?"

"그 사람들, 괜찮았어? 구두 매장을 엉망진창으로 만들어서, 백화점에서 변상하라고 했……."

"그건 그쪽과는 상관없어요."

"그렇지는 않지. 내게도 어느 정도 책……."

"책임이 있는 건 나예요. 그쪽이 아니에요."

"아니아니, 잠깐 기다려봐. 잠시 생각 좀 할 테니까." 유타로는 그렇게 말하고 그 자리에서 잠시 생각했다. "나잇살이나 먹었다는 사람들이 SNS에 올라온 글에 휘둘려 사실 확인도 안 하고 나를 공격해왔지. 거기까지는 그 사람들의 책임이지? 그리고 그 사람들을 떼어내기 위해서 백화점에 폐가 될 걸 알면서도 조금 몸을 움직였어. 이건 내 책임. 결과적으로 그만큼의 피해가 생겼어. 그러니까 너한테는 책임이 없고, 내게는 약간의 책임이 있어."

가만히 유타로를 응시하고 있던 나나미가 갑자기 위를 올려다봤다. 몸을 휙 돌려 방금 나왔던 문을 열고 유타로를 돌아본다.

"안으로 들어오세요."

"뭐?"

"비 와요."

하늘을 올려다본 유타로의 이마에 빗방울이 툭 떨어졌다. 다음 계절이 바로 코앞까지 왔다는 사실을 알려주는 차가운 비였다.

"아, 응."

유타로는 나나미를 따라서 집 안으로 들어갔다.

실내는 외부만큼 엉망은 아니었다.

현관으로 들어가면 바로 마루를 깐 주방. 작은 식탁도 있다. 들어가서 바로 오른쪽에 문이 나 있는 곳은 아마도 화장실과 욕실일 것이다. 안쪽의 장지문 너머로 방이 하나 있을 터다.

나나미는 싱크대 위의 전등을 켜고 식탁 의자에 앉았다. 유타로에게 말없이 맞은편 의자를 권한다. 유타로는 의자를 빼서 앉았다.

싱크대 위의 전등은 집 전체를 비추기에는 너무 빈약했다. 천장을 올려다보니 전등이 있어야 할 자리에 아무것도 없이 전선만 늘어져 있었다.

"피해보상을 청구하지는 않았대요." 나나미가 입을 열었다. "매장을 엉망으로 만든 사람은 그들이고, 그들이 사정을 설명했더니 눈감아준 모양이에요."

스마트폰을 꺼내 잠시 만지더니 유타로에게 내밀었다. 나나미의 SNS에 달린 댓글이었다.

'나나민이 무사해서 다행이야~' 기린 일러스트의 아이콘을 쓰는 '애니멀 매뉴얼' 씨의 글이다. '백화점 측에서 조금 화를 냈지만, 문제없었음.'

"이 사람은 누구야?" 유타로는 스마트폰을 돌려주면서 물었다. "럭비선수 같은 놈? 똘마니 같은 놈? 아니면……."

"몰라요." 나나미가 말했다.

"아, 응. 그렇구나."

빗발이 조금 강해졌다. 다세대주택 전체가 고요했다.

"저기, 부모님은 어……."

"엄마뿐이에요. 지금 일하러 가셨어요. 저녁까지 슈퍼마켓에서 계산원으로 일하고, 그 일이 끝나면 술집입니다."

"아, 응. 그렇구나."

"네."

어디선가 개가 짖고 있었다. 툭툭 떨어지는 낙숫물 소리가 귀에 거슬렸다.

"나나미는 도내에 있는 명문 여학교에 다닌다고……."

"놀리시는 건가요?"

"아, 아니, 놀리는 게 아니……."

"그런 건 당연히 거짓말이죠. 집을 보면 모르겠어요?"

"아, 거짓말. 그래, 그렇구나."

"학군으로는 바로 저쪽에 있는 중학교예요. 사흘밖에 안 다녔지만."

"등교 거부?"

"제가 방금 그렇게 말했잖아요?"

"아, 응. 그렇……."

"말끝마다 확인하는 거, 그만두세요."

"아, 네. 조심하겠습니다."

간신히 개 짖는 소리가 멈췄다. 귀에 거슬리는 낙숫물 소리는 계속되고 있었다.

"그래서 이 옆집에 살던 사람이 하타노 씨였다는 거지? 하타노 씨와는 어떤……."

"농성 동지입니다."

"농성 동……."

"이곳, 철거 계획이 있어요. 돈을 줄 테니 나가래요. 그러나 얼마 되지도 않는 보상금으로는 나갈 수도 없어요. 이 주변에서 월세 4만 엔에 욕실도 있고, 엄마와 함께 살 만한 집은 거의 없어요. 다른 집 사람들은 전부 나갔고, 남아 있는 건 우리와 아이리뿐이었어요."

"하타노 씨도 이곳에서 나가기 싫었던 거니? 하지만 하타노 씨는 돈도 많아 보이고……."

"SNS?"

"아, 응. 하타노 씨 걸 봤는데……."

"아이리는 사실 무직이에요. 돈이 있어도 무직이면 이사 갈 집을 구할 수 없으니까 아이리도 이곳을 나갈 수 없었죠."

"무직이라니, 그러면 하타노 씨는 생활을 어떻게……."

"전문대를 졸업한 후 근무했던 회사가 악덕 회사여서 2년 만에 건강이 나빠졌고 퇴직당했어요. 몸이 조금 나아졌을 때는 저금해둔 돈도 완전히 바닥이 나서, 할 수 없이 유흥업소에서 일하기 시작했대요. 이곳으로 이사 온 건 그 무렵이었어요. 일반 회사의 면접도 봤지만 전부 떨어졌죠. 그래도 근본이 성실한 사람이라서, 일반 회사에서 일하고 싶다며 열심히 면접을 보러 다녔어요. 취직활동을 하면서 자존심 상하는 말을 듣고 유흥업소에서는 안 좋은 일을 당해서 이번에는 마음이 망가졌고 결국 유흥업소에도 나갈 수 없게 됐죠. 유흥업소에서 번 돈을 탕진하고 있었어요."

"저기, 영세한 기업이긴 해도 SI라고 했던가? 뭔가 그런 IT 회사에서 근무한다고……."

"그곳은 아이리가 면접에서 떨어진 회사예요. 검색해봤더니 대단한 회사이기는커녕, 블랙 기업에 가까운 악덕 회사더군요. 그래도 반응이 가장 긍정적이었던 면접이었는지, 아이리는 그 회사에 떨어진 걸 무척 아쉬워했어요."

"왜 그런……."

나나미가 고개를 들고 유타로를 매섭게 노려봤다. 그 강렬한 시선에 유타로는 기가 죽었다.

"혹시 그 질문이."

나나미의 입술이 분노로 떨리고 있었다.

"혹시 그 질문이, 왜 그런 거짓말투성이 계정을 SNS에 만들었는지 묻는 거라면, 다시 한번 생각해주세요. 그 질문에 무슨 의미가 있죠?"

맞는 말이었다. 물어볼 필요도 없다. 두 사람 모두, 지금의 모습과 다른 자신을 원했던 것이다.

"아, 그래……."

나나미가 양손으로 식탁을 내리쳤다.

"미안하다고 말하면 주먹을 날릴 겁니다."

유타로는 말을 삼켰다. 그 모습을 본 나나미가 어깨에서 힘을 뺐다.

귀에 거슬리는 낙숫물 소리는 여전히 들리고 있었다. 조용해졌던 개가 다시 짖기 시작했다. 아니면 다른 개인지도 모른다. 나나미는 개 짖는 소리가 들리는 쪽으로 시선을 옮기며 한숨을 쉬고, 의자 등받이에 몸을 기댔다.

"애초에 왜 그랬느냐고 묻는다면, 그래요, 확실히 그 회사 면접에서 떨어진 게 계기가 됐는지도 몰라요. 면접 직후에 면접관이 마치 합격한 것처럼 말했나봐요. 아니, 그것도 아이리의 착각인지 모르지만. 여하튼 아이리는 드디어 일반 회사에서 근무할 수 있게 되었다고 기뻐했어요. 하지만 역시 불합격이었고 정말 낙담했어요. 자신에게 오는 문자는, 유흥업소의 출근하라는 재촉과 우리 회사와는 연이 닿지 않았다고 하는, 면접 본 회사들 측에서 보낸 불합격 통지뿐이라고. 예전부터 불안정했지만 그 무렵에는 정말로 위태위태했어요. 손목을 긋는 자해도 몇 번이나 했고, 아이리는 더 이상 자기 자신을 믿지 못하겠다며 울었어요."

"그랬구나."

'dele. LIFE'에 의뢰한 건 병이 있어서가 아니라 자신의 자살충동을 걱정해서였구나, 하고 유타로는 생각했다.

"그래서 제가 권했어요. 그 회사에서 근무하고 있는, 또 하나의 하타노 아이리를 만들어보라고요. 제가 하는 것처럼."

"아, 나나민*?"

"일곱 빛깔의 활기 비타민을 여러분에게 주는 디지털 아이돌, 나나민이 찾아뵐게요."

나나미가 눈가에 V 사인을 하며 혀를 낼름 내밀었다. 유타로와 나나미는 처음으로 눈을 마주 보고 웃었다.

"시작한 건 초등학교 때였어요. 그 무렵부터 스마트폰만이 유일한 친구였죠. 아, 불쌍하게 생각할 필요는 없어요. 저 스스로 원했던 거니까. 디지털 아이돌 나나민은 말하자면 그 유일한 친구와 소통하기 위한 매개체였어요. 처음에는 엄마의 화장품으로 메이크업을 하고 엄마의 옷을 입었죠. 그러다가 아이리와 알게 된 후에는, 둘이 백화점에 가서 아이리가 화장품 매장의 판촉 사원에게 메이크업을 받았고, 마치 내친김에 한다는 듯 저도 메이크업을 받았죠. 그 상태로 위층의 의류 매장으로 올라가는 거예요. 같이 시착실에 들어가 시착실 거울을 커다란 천으로 덮어요. 그렇게 하면 사진으로는 시착실인지 알 수 없죠. 그곳에서 제가 옷

* '나나'는 숫자 일곱을 의미한다.

을 갈아입고 아이리가 사진을 찍어줬어요."

"재밌겠다." 유타로는 미소 지었다. "그거, 엄청 재밌을 것 같아."

"그 회사의 면접에서 떨어졌을 때, 아이리도 또 하나의 아이리를 만들었어요. 또 하나의 아이리는 이름도 없는 작은 IT 기업의 사무직 여성이고, 좋은 남자친구를 만나기 위해 자신을 연마하죠. 아이리는 그런 평범한 여자를 선망했어요. 아이리는 그런 사람이었어요."

작지만 평범한 회사에 근무하고, 남자친구는 없지만 긍정적인 자세로 예쁜 것, 맛있는 것, 즐거운 것을 찾아다니는 하타노 아이리. 그런 여성이 되고 싶어 애태우는 또 하나의 하타노 아이리.

"비참하죠?"

"전혀 그렇지 않아. 하타노 씨가 혼자 그런 걸 했다면 비참하달까, 뭔가 피곤한 사람이라고 생각했겠지만, 나나미랑 둘이서 했다면 역시 즐거웠을 것 같아. 난 그렇게 생각해."

"아이리가 생각하는 또 하나의 아이리가 너무 밋밋해서, 제가 여러 가지로 덧붙였어요. 예쁜 옷도 잔뜩 갖고 있고, 늘 맛있는 음식을 먹으러 다니고, 휴가 때는 해외여행도 가는 그런 여자로 만들었어요."

"옷은 나나민과 같은 방식으로 할 수 있었겠네." 유타로가 말했다. "하지만 늘 맛있는 음식을 먹으러 다니고, 더구나 해외여행 같은 건."

"분위기 좋은 레스토랑이 있으면 식당 이름이 나오지 않도록 사진을 찍어둬요. 기회가 있으면 실내 사진도 찍고요. 그다음에는 둘이서 음식을 만들고, 테이블클로스만 세팅해서 식탁에 올리는 거죠. 사진은 반드시 클로즈업해서 찍고요. 조금이라도 뒤에서 찍으면 들통나니까요. 그때마다 100엔 숍에서 사 온 양초나 꽃으로 식탁을 장식하죠. 식당 이름은 밝히지 않고 '오늘은 아오야마에서 이탈리안'이라고 하거나 '니시아자부에서 캐주얼 프렌치 런치'라고 하는 등. '조금 비싸지만 맛있었다'고 덧붙이면 의외로 다 믿거든요. 게다가 가끔은 큰맘 먹고 실제로 레스토랑에 들어갈 때도 있어요. 돈이 없으니까 대체로 차만 마시죠. 하지만 그런 곳에서 나온 카페라테는 이미 그것만으로 싸구려 식당과는 달라요. 각자의 생일에 런치를 먹은 적도 있었고. 그런 사진도 올리면 신뢰성이 한층 높아지죠."

호텔 테라스 자리에 있던 나나미의 모습을 떠올렸다.

고급 식당에 익숙했던 건 아니었다. 하지만 몇 번 들어간 적도 있고, 그런 곳에 예사롭게 드나드는 또 하나의 자신을 수없이 상상해왔다. 그때 그곳에 있던 나나미는 절반은 진짜였고 절반은 가짜였을 터다.

"해외여행은?"

"아시아 국가 사람들의 블로그나 SNS 같은 걸 뒤져서 사진을 모아요. 일본인 걸 사용하면 들킬 염려가 있거든요. 비치베드에 누워서 발만 나오게 찍은 사진을 조금 가공하고 '칸쿤 최고'라는 식으로 써두면 들키지 않아요. 왜냐면 발끝 너머의 바다는 정말로 칸쿤이니까요."

컴퓨터 화면에 얼굴을 맞대고 알지도 못하는 사람의 기념사진을 고르고 있는 두 사람의 모습은, 역시 즐거워 보일 듯했다. 나나미의 컴퓨터는 장지문 너머의 방에 있을까.

유타로는 거기까지 생각하다가 본래의 용건을 떠올렸다.

"그래서 하타노 씨의 스마트폰 말인데."

나나미는 유타로를 보고 이내 눈길을 돌렸다가, 마침내 "네" 하며 고개를 한 번 끄덕인 후 의자에서 일어났다. 장지문 너머로 사라진 나나미는 금방 돌아왔다. 원래 자리에 앉아 다이어리형 케이스에 들어 있는 스마트폰을 식탁 위에 놓는다.

"하타노 씨는 왜 죽었니?"

나나미가 고개를 들었다. 잠시 잊고 있었던 낙숫물 소리가 다시 거슬리기 시작했다.

"스스로." 나나미는 말했다. "욕조에서 스스로 목을 그었어요."

"네가 발견했니?"

나나미는 고개를 끄덕였다.

"저런, 너무하군." 유타로는 중얼거렸다.

"다행이었어요." 나나미가 말했다. "어차피 저밖에 발견할 사람이 없으니까. 그래서 빨리 발견해줄 수 있어서 다행이었어요. 이틀이나 사흘 뒤였다면 정말 너무 불쌍하잖아요."

"하타노 씨의 시신은?"

"어머니가 인수하러 왔다고 해요. 몇 년 동안 만나지 않았다고, 아이리가 말했었어요."

"그래."

나나미는 식탁 위에 놓인 스마트폰을 유타로 쪽으로 밀었다.

"배터리는 없지만."

"하타노 씨의 데이터를 삭제하는 게 왜 싫었니?"

"끝을 맺고 싶었어요."

"끝?"

"또 하나의 아이리의 끝. 열심히 행복을 찾아왔던 하타노 아이리는 마침내 멋진 남자친구를 만나 고급 호텔 테라스에서 런치를 먹은 후, 조명이 아름답게 장식된 크리스마스트리 앞에서 청혼을 받았어요. 여러분, 지금까지 고마웠어요. 이 계정은 오늘로 정지합니다. 여러분에게도 꼭 행복이 찾아오기를. 끝. 그렇게 매듭짓고 싶었어요."

"보석 브랜드 매장을 돌아다녔던 건."

"애인에게 청혼을 받은 아이리는, 그 사람과 고급 브랜드 매장을 돌며 약혼반지를 찾는 거예요. 아세요? 요즘은 약혼반지를 둘이서 같이 고르는 게 주류라는 거. 저는 애인에게 받는 게 더 멋지다고 생각하지만."

디자인보다 보석에 정평이 나 있는 브랜드는, 약혼반지에 어울리는 브랜드이기도 하다.

"SNS에 올리기 위한 사진이었구나."

나나미가 고개를 끄덕였다.

"점원 눈치를 보면서 내부 사진도 찍었어요. 그러는 편이 신뢰성이 높아지니까."

"마지막의 쥬얼리숍은?"

"그곳도 사진만 찍고 바로 나오려 했는데, 점원이 불러 세워서.

얘기를 나눠보니 친절한 사람이었고, 반지를 낀 사진도 찍게 해줬어요. 제 손은 작으니까 사진을 가공해서 아이리의 마지막을 장식할 사진으로 만들 생각이었죠."

"그렇게 하렴."

유타로가 말하자 나나미는 고개를 저었다.

"아이리가 삭제해달라고 의뢰한 건 또 하나의 아이리의 데이터였다고 생각해요. 분명 SNS의 데이터를 삭제하도록 설정했을 겁니다. 아이리는 아마도 또 하나의 아이리를 견딜 수 없었을 거예요. 나도 이런 아이리가 될 수 있었는데, 하는 생각이 들자 아마 비참해서 견딜 수 없었을 거예요. 아이리를 죽인 건 또 하나의 아이리입니다. 그렇다면."

나나미는 고개를 들고 유타로를 노려봤다.

"그건 제가 아이리를 죽인 거겠죠? 또 하나의 아이리를 만들도록 권유한 사람이 저니까요. 제가 아이리를."

격정적인 목소리로 말한 나나미는 갑자기 입을 다물고 고개를 숙였다. 낙숫물 소리가 이어지고 있었다.

"이제는 아무 의미도 없는 일이에요. 이거, 가져가주세요."

"난 이렇게 생각해. 하타노 씨는……."

"당신은 아이리를 몰라요. 아이리에 대해서 아무것도 모른다고요."

"아, 응. 그래, 그렇지."

유타로는 다이어리형 케이스에 든 스마트폰을 집었다. 계속해서 내리는 차가운 빗방울 하나하나가 집의 온도를 조금씩 빼앗아가는 듯한 기분이 들었다. 의미 있는 말은 아무것도 생각나지 않았지만, 무슨 말이든 해야 했다.

"하지만 하타노 씨에게 나나미는 유일한 친구였지?"

고개를 들고 유타로를 본 나나미는 조그맣게 웃었다.

"아이리에게는 저밖에 없었고, 제게는 아이리밖에 없었어요. 그런 관계는 친구라고 부르지 않아요."

"그럼 뭐라고……."

"그건 카테고리입니다. '루저'라는 카테고리. 그 카테고리에 있던 사람이 우리 주변에는 저와 아이리, 두 사람뿐이었다. 그런 거예요."

"그런 말이 어디……."

"그만 가세요. 비가 더 거세질 것 같아요."

무슨 말인가를 하려던 유타로를, 나나미가 단호한 시선으로 제지했다.

"그만 가주세요."

유타로는 의자에서 일어났다. 그 집을 나올 때까지, 나나미에게 해줄 말은 하나도 떠오르지 않았다.

유타로는 케이시가 건네준 수건으로 비에 젖은 머리를 닦으면서 나나미와 나눈 대화 내용을 보고했다. 케이시는 스마트폰을 충전기에 연결해 기동시키고, 모구라 화면을 열었다. 한동안 키보드와 터치패드를 조작하던 케이시가 고개를 들었다.

"의뢰인 하타노 아이리는 이 스마트폰에 있는 모든 데이터를 삭제하도록 설정했어."

"모든 데이터라니?"

"말 그대로 전부. 문자도, 문서 파일도, 음악 파일도, 사진 파일도, 전부야. 스마트폰은 샀을 때와 똑같이 초기 상태가 돼."

"그렇다면……."

"하지만 SNS의 데이터는 포함되어 있지 않아."

"뭐?"

"하타노 아이리는 SNS에 올린 데이터 삭제까지는 설정하지 않았어."

하타노 아이리의 데이터는 사라진다. 면접에 떨어졌음을 알리는 수많은 문자도. 유흥업소에서 보낸 출근 재촉 문자도. 어쩌면 있었을지도 모를 일상의 불만을 적은 메모도. 가끔은 들었을 수도 있는 마음에 드는 음악도. 분명 몇 장은 있었을 진짜 생활이 담긴 사진도. 그리고 남은 것은…….

"결국 남는 건 또 한 사람, 가짜 하타노 아이리의 데이터뿐이라는 거야?"

"그래, 그렇게 되겠지."

디지털 세계에만 존재하는 밝고 긍정적인, 빛 속의 환영.

"그래도 될까? 나나미와 둘이서 만들어낸 또 하나의 자신을 하타노 씨는 싫어하지 않았다고, 그렇게 생각해도 될까? 아니면 역시 하타노 씨는 또 하나의 하타노 아이리에게 살해당했다고 받아들여야 할까?"

"아니면 하타노 아이리에게, 디지털 세계 속에 만들어낸 하타노 아이리는 또 하나의 자신 같은 것이 아니라 유일한 친구와 함께 놀았던 기록이었을 수도 있겠지. 그것이 하타노 아이리가 이 세상에 남기고 싶었던, 단 하나였는지도."

유타로는 그 말에 대해 생각해봤다. 현재를 바꿀 수 없다면, 그것은 나나미에게 유일한 구원처럼 느껴졌다.

"그렇게 생각해?" 유타로가 물었다.

"그럴 가능성이 있다는 얘기야. 그 가능성을 믿고 안 믿고는 살아 있는 사람들의 문제지."

케이시는 그렇게 말하고 터치패드를 한 번 두드렸다. 진짜 하타노 아이리가 삭제되고, 가짜 하타노 아이리가 디지털 세계에 살아남았다.

유타로는 늘 앉는 소파에 앉았다. 케이시가 모구라를 닫고 스마트폰의 충전코드를 뽑았다.

"이건 어떻게 하지. 우리가 갖고 있어도 되나?"

그렇게 말하면서 다이어리형 케이스에서 스마트폰 본체를 꺼낸 케이시는, 곧바로 다시 케이스에 넣고 유타로에게 내밀었다.

"아니다, 유품으로 도모토 나나미에게 전해주면 어떨까? 문제 없겠지."

"문제는 없겠지만."

유타로는 소파에서 일어나 책상 앞으로 갔다.

"하지만 나나미가 원할까. 안에 아무것도 없는 텅 빈 스마트폰은 별 의미가 없을 것 같은데."

"스마트폰 속 데이터 삭제는 의뢰를 받았지만, 외부의 데이터 삭제는 의뢰받지 않았어."

"외부? 외부의 데이터라니?"

케이시가 가볍게 위아래로 흔들고 있는 스마트폰을 유타로가 받아 다이어리형 케이스에서 본체를 뺐다. 스마트폰 본체 뒤쪽에 스티커 사진이 붙어 있었다. 눈이 커다래지거나 피부가 반질반질해지지 않은, 있는 그대로의 두 사람이 찍혀 있었다. '나나민'도 아니고, '또 하나의 하타노 아이리'도 아닌, 우울한 표정의 중학생과 어두운 눈빛의 20대 여성이다.

"왜 이런 표정으로 찍는 거야." 유타로는 자신도 모르게 웃었다. "좀 더 웃거나 어떻게 좀 하면 좋잖아."

"그런 두 사람이었겠지." 케이시가 말했다.

"그렇구나. 그러네."

유타로는 스마트폰을 다시 케이스에 끼우고는 플라이트 재킷 주머니에 넣었다.

"갔다 올게."

"그래."

유타로는 케이시에게 고개를 끄덕이고 빗속의 다세대주택으로 돌아가기 위해 사무실을 나왔다.

그림자 추적 Chasing Shadows

1

　유타로가 공원에 도착하자 돌아갈 준비를 하는 가족의 모습이 눈에 띄었다. 유타로는 광장을 한 번 둘러본 후 스마트폰을 꺼냈다. 시간은 오후 3시 50분. 부재중 전화는 없다. 스마트폰을 플라이트 재킷 주머니에 집어넣고 근처에 있는 벤치에 앉는다. 바로 눈앞으로 한 가족이 지나갔다. 아빠, 엄마, 초등학교 3학년쯤 되는 오빠와 그보다 두 살 정도 어려 보이는 여동생. 오빠의 손에는 축구공이, 여동생의 손에는 플라스틱 원반이 들려 있다. 오늘은 아침부터 기온이 올라서 따뜻한 초겨울의 기분 좋은 날씨였다. 가족이 지나간 자리에 그들이 보낸 오늘 하루의 냄새가 감도는 듯한 기분이 들었다. 그 냄새는 햇살을 머금은 잔디밭 냄새와 닮아 있었다.

　정면에서 이쪽으로 걸어오는 회색 점퍼 차림의 남자가 아버지라는 걸 확인한 유타로는 자리에서 일어났다. 조금 야위었다. 팔자주름이 훨씬 깊어졌다. 흰 눈썹이 늘어났다. 그것들을 눈으로 확인한 유타로는 웃음을 지어 보였다. 지나치게 억지웃음 같았지만 표정을 바꾸기도 애매했다.

"어? 와 있었어?"

"그래." 아버지는 고개를 끄덕이며 등 뒤를 돌아봤다. "저쪽에 앉아 있었다."

"미안. 못 봤어."

아버지가 정면에 섰다. 서로 마주 본 시간은 극히 짧았다. 먼저 시선을 거둔 아버지가 벤치에 앉았고, 유타로도 다시 그 옆에 앉았다.

"이곳, 오랜만이네." 유타로는 광장을 바라보며 말했다. "옛날에는 자주 왔었잖아."

예전에 유타로의 가족은 이 공원에서 도보로 5분쯤 걸리는 곳에서 살았다. 하지만 아버지와 어머니가 이혼했고, 유타로는 친할머니가 계시는 네즈에 살게 된 것이다. 아버지와 어머니도 각자 다른 곳에서 새로운 가족을 만들었다. 유타로는 예전에 살던 집에 지금은 어떤 사람이 살고 있는지 모른다.

"아, 그랬었지."

대답하는 아버지의 목소리에 어딘지 거북한 음색이 담겨 있었다. 그럴 의도는 아니었던 유타로는 화제를 바꾸려고 했지만 적당한 말이 떠오르지 않아 바로 용건을 꺼냈다.

"갑자기 연락해서 미안해. 묘지 문제에 대해 확실하게 논의해 뒀으면 해서."

"묘지?"

"아, 거기 말고, 마시바 집안의."

"아, 우리 산소 말이구나."

"어제 성묘하고 왔어. 한동안 안 갔었지?"

다른 산소에 비해 심하게 황폐하지는 않았지만, 자신 이외의 누군가가 손질을 한 흔적은 없었다.

"아, 그래. 한동안 못 가봤구나."

아버지의 목소리가 죄지은 듯한 음색으로 바뀌었다. 이 부분도 아버지를 탓할 의도는 없었다.

"내 마음대로 해도 된다면 내가 적당히 돌보겠지만, 그래도 마시바 집안의 산소니까. 어떻게 할 생각인지 명확히 해두는 편이 좋을 것 같아서."

지금의 가족에게 산소 관리를 맡길 것인지 말 것인지 알 수 없어서 유타로가 불안해한다는 것을 알았을 터다. 아버지는 고개를 끄덕여 보였다.

"알았다. 우리 산소에 관해서는 내가 방법을 생각해두마. 넌 할머니에게 성묘하고 싶을 때만 가면 돼."

'우리 산소'라는 말이 신경 쓰였다.

유타로는 아버지를 힐긋 바라봤다. 아버지는 유타로에게 시선을 향하고 있지 않았다.

"린의 묘는 내가 잘 관리할게." 유타로는 시선을 다시 정면으로 향하고 말했다.

"보고 싶을 때는 언제든 와도 돼."

아버지는 잠시 틈을 둔 후 "알았다" 하고 대답했다.

"일은 어때?" 유타로가 물었다. "잘되어가?"

"올드 루키다 보니 처음에는 여러 가지 실수도 했지만. 최근에는 그래도 안정이 됐어."

9년 전, 린이 죽고 얼마 후 아버지는 다니던 회사를 권고사직을 당하듯이 그만두었다. 하지만 그 후 얼마 되지 않아서 거의 특별대우 수준의 처우를 받으며 관련 회사에 들어갔다.

"올드 루키? 펄펄 나는 자유계약선수겠지." 유타로는 웃었다.

아버지의 얼굴에 거북한 미소가 떠오른다.

이거였구나. 유타로는 쓸쓸한 기억을 떠올렸다.

지금 한 말에도 나쁜 뜻은 없었다. 아버지 역시 나쁜 뜻으로 한 말이라고는 생각하지 않을 것이다. 그럼에도 받아들이는 쪽은 상대방의 말 속에 담긴 이면의 의미를 순간적으로 느껴버린다. 말한 사람 입장에서는 별 뜻 없이 한 말을 너무 깊게 생각한다고 여기게 된다. 결국 서로가 거북해져서 침묵한다. 부모님이 이혼하기 전의 반년 동안 유타로의 집에는 거의 대화가 없었다. 서로가 서로에게 상처 주기 싫어서 오로지 침묵 속에서 생활했다.

"엄마는?"

아버지가 물었다. 궁금해서가 아니라, 묻지 않으면 안 된다고 느껴서 그랬을 터다.

"가끔 연락하고 있어." 유타로가 말했다. "생존 확인 정도지만."

사망 확인, 이라고 말하려던 자신이 우스웠다. 아버지와, 또는 어머니와 얼마만큼 연락이 안 됐을 때 자신은 사망 확인을 위해 움직일까, 그런 생각을 했다.

'dele. LIFE' 사무실에 가고 싶다. 의외라는 생각이 들 정도로 강렬한 감정이었다. 그곳에 케이시가 없어도, 늘 이용하는 소파에 엎드려 커피를 마시고 초콜릿을 먹으면서 빈둥빈둥 시간을 보내고 싶었다.

"엄마는 건강하고?"

"아, 응. 잘 지내시는 것 같아."

"그래."

"이런 일로 불러내서 미안." 유타로는 그렇게 말하고 벤치에서 일어났다. "한 번은 확실하게 얘기해두고 싶었어."

"아, 그래."

따라 일어선 아버지의 눈을 정면으로 바라봤다.

할머니 집의 소유권 이전에 대해. 집에 있던 유품의 처리 방법에 대해. 마시바 집안의 산소 관리에 대해. 이렇게 하나씩 일을 정리할 때마다 이 사람과의 인연이 하나씩 끊어진다. 유타로는 그렇게 느끼고 있었다. 아마도 마지막으로 남는 것은 린의 묘지에 관한 일이 될 것이다. 그리고 언젠가 이 사람은 그 모든 걸 자신에게 맡기리라.

그래도 괜찮아.

힘없는 미소를 지으며 자신을 응시하는 아버지에게 유타로는 그렇게 말해주고 싶었다.

자신이 없었다면 아버지도 어머니도 좀 더 유연하게 딸의 죽음을 마주했을지도 모른다. 적어도 좀 더 유연하게, 결혼 전의 완전한 타인으로 돌아갈 수 있었을 터다. 자신의 존재 탓에 두 사람은 그렇게 할 수 없었다.

그러니까, 전부 내게 맡겨도 괜찮아.

유타로는 그렇게 생각했다.

넷이 함께했던 그 시간은 전부 내게 맡기고 눈을 돌려도 괜찮아. 추억에 잠기고 싶어질 때만 돌아봐주면 돼, 난 그곳에 꼭 있을 테니까.

하지만 물론 그런 말을 하지는 못했다.

"그럼 또 봐." 유타로는 쾌활하게 손을 들었다.

"그래. 건강해라." 아버지도 어설프게 웃으며 손을 들었다.

다음 날 아침 유타로가 사무실에 도착하자, 곧바로 케이시의 언짢은 목소리가 날아들었다.

"늦어."

"응? 평상시랑 똑같은데?"

"평상시랑 똑같으니까 늦은 거다. 넌 출근 시간이 몇 시라고 생각하는데?"

"뭐, 그냥 오전 중이면 세이프가 아닐까."

케이시는 반론하려다가 유타로의 표정을 보고 미간을 찡그렸다.

"뭐가 웃겨?"

"아니, 아무것도 안 웃겨."

케이시는 다시 물어보려다 귀찮아졌다는 듯 손을 내젓고, 모구라의 화면을 유타로에게 돌렸다.

"일해. 신호가 왔다."

"의뢰인은 어떤 사람이야?"

유타로는 그렇게 물으면서, 벗은 플라이트 재킷을 소파에 휙 던진다.

"무로타 가즈히사, 62세. 한 달 동안 컴퓨터가 작동되지 않았을 때 컴퓨터의 데이터를 삭제해달라고 의뢰했어. 하지만 그 컴퓨터에 연결이 되지 않아."

"한 달이면 꽤 기네."

"평상시에는 별로 사용하지 않는 컴퓨터인지도 모르지. 일단은 사망 확인을 해."

유타로는 책상 앞으로 가서 모구라 화면을 바라봤다. 무로타 가즈히사의 이름이 한자로 쓰여 있었고, 긴급연락처로 휴대폰 번호가 적혀 있었다. 스마트폰으로 그 번호에 전화를 걸었다.

"네."

누군가가 전화를 받았지만 이름은 밝히지 않았다. 목소리로 봤을 때 의뢰인 나이보다 훨씬 어릴 것 같았지만 확실하지는 않았다. 유타로는 세일즈맨 어투로 이야기를 꺼냈다.

"아, 저기, 무로타 가즈히사 씨의 휴대폰이 맞습니까? 저는 요전에 가야바쵸의 맨션 건으로 안내해드렸던 사람입니다만."

"가야바쵸의 맨션?"

"자료를 받아보시고 투자에 관심을 갖게 되셨다고…… 저기, 실례지만 본인 맞으십니까? 죄송합니다. 목소리가 조금 다른 듯 해서요."

만약 본인이라면 상황을 설명하고 끊으면 된다. 그러나 아니었다.

"아버지는" 하고 말을 꺼낸 상대방은 다시 고쳐 말했다. "무로타 가즈히사 씨는 돌아가셨습니다. 맨션 이야기는 듣지 못해서 잘 모르겠습니다."

그대로 전화를 끊으려는 분위기여서 유타로는 황급히 목소리를 높였다.

"네? 돌아가셨다고요?"

케이시에게 눈짓을 하고, 스마트폰을 스피커통화 모드로 바꿔 책상 위에 놓는다.

"그것도 모르고 큰 실례를 했습니다. 언제 그런 일이……."

"벌써 2주 전의 일입니다. 급성대동맥해리라고 아세요? 너무 갑작스러운 일이라서 가족들도 깜짝 놀랐다니까요."

62세의 무로타 가즈히사 씨의 자녀라면 적어도 20대 중반은 됐을 테지만 그 나이로 보기에는 말투가 너무 어린 느낌이 들었다.

"삼가 조의를 표합니다. 괜찮으시면 선향을 올리고 싶습니다만."

"아, 그건" 하며 상대방은 머뭇거렸다. 방문이 귀찮은 것이다. "근처 병원에서 추모회가 있는 듯하니 그쪽으로 가주세요."

사망한 환자를 위해 병원에서 추모회를 열어준다는 뜻인가? 유타로가 의아하다는 표정으로 케이시를 쳐다보자, 케이시도 미심쩍어하는 표정을 지어 보였다. 유타로는 조금 밀어붙여보기로 했다.

"저, 병원이라고 하시면."

"아, 그렇죠. 그곳을 병원이라고는 하지 않죠."

목소리에 쓴웃음이 섞여 있었다.

"클리닉입니다. 아버지가 이사로 계셨던 '오고시 미용클리닉'. 그쪽에 문의해주세요."

이번에는 유타로가 말릴 틈도 없이 "그럼 실례하겠습니다" 하고 상대방은 전화를 끊어버렸다.

"아무래도 좀 번거로워지겠군." 이렇게 말하며 케이시는 데스크톱 컴퓨터를 조작했다.

"보통은 자택이나 근무처, 둘 중 한 곳에 컴퓨터를 두겠지?"

"그렇겠지. 여기가 근무처인가."

유타로는 책상을 돌아, 케이시가 보고 있는 모니터를 들여다봤다. '오고시 미용클리닉'의 홈페이지였다. 신주쿠의 본원을 비롯해 도쿄, 가나가와, 지바에 여섯 개의 체인점이 있는 듯하다. '쌍꺼풀' '지방흡입' '얼굴 리프팅' '가슴확대'. 옅은 분홍색을 기조로 한 홈페이지는 그런 글자들로 장식되어 있었다.

케이시는 '클리닉 소개'를 클릭했다. 젊은 원장과 나란히 선 무로타 가즈히사 이사장의 사진이 실려 있었다. 오고시 마사루 원장은 밝은 색상의 양복만 눈에 띄는 궁상맞은 얼굴의 남자였지만, 무로타 이사장은 멋진 반백 머리의 신사다운 풍모였다. 미용성형술의 사회적, 심리적 장점을 논하는 대담 형식의 글 아래에 각자의 이력이 적혀 있었다.

"이전에는 소와의과대학에서 교수를 했었네."

이력을 읽으면서 케이시가 말했다.

"왜 이런 곳에서 이사를 하고 있었지?"

"……소와의대?"

유타로가 중얼거리자 케이시가 고개를 들었다.

"왜?"

"아, 아니, 아무것도 아니야. 전직 의대 교수가 클리닉에서 이 사장으로 있는 게 이상해?"

"일단 의대 교수가 되면 대부분은 정년까지 있을 수 있어. 의뢰인은 지금 62세고, 이사가 된 건 3년 전. 소와의대의 정년이 몇 세인지는 모르지만, 60세 이전일 리는 없을 거다. 정년 전에 의대 교수를 그만두고 미용클리닉의 이사장에 취임하는 건, 아주 특이하다고 할 정도는 아니더라도 조금 의아하긴 하지. 더구나 명문인 소와의대야. 보통은 정년까지 버틸 텐데."

"돈으로 스카우트한 건 아닐까? 이런 곳은 돈 많이 벌잖아."

"클리닉 측에서 보면, 소와의대 교수의 직함을 가진 채로 이사장이 되어주는 편이 훨씬 유리할 거야. 굳이 스카우트해서 빼올 필요는 없지."

"그렇군."

"뭐, 전직하게 된 경위에 대해 우리가 고민할 필요는 없지. 문제는 컴퓨터의 위치야."

"이사장이 사망한 후 책상을 정리하면서 컴퓨터도 처분했을 수 있겠네. 클리닉에 문의해볼까?"

"문의한다고? 구체적으로 뭐라고 말할 건데?"

유타로는 잠시 생각했다.

"그쪽 컴퓨터가 바이러스에 감염된 듯하다, 감염원을 특정하고 싶으니 모든 컴퓨터를 온라인 상태로 해달라. 어때?"

"그렇게 말하는 너는 누군데?"

"음, 누구일까. 컴퓨터 서비스를 하는 회사?"

이번에는 케이시가 잠시 생각했다.

"이 정도 규모의 클리닉이라면, 시스템 관리를 외주에 맡겼을 가능성이 높겠군. 너라면 그런 말을 듣는다고 시키는 대로 하겠어?"

"컴퓨터의 전원을 켜고 인터넷을 연결하는 것뿐이잖아? 그냥 사용할 수 있는 상태로 만드는 것뿐이니까 할 거 같은데."

"그렇군. 그 정도로 생각하는군." 케이시는 서랍에서 꺼낸 USB 메모리를 데스크톱 컴퓨터에 꽂았다. "그럼 감염을 시켜볼까."

"뭐?"

"그래야 설득력이 있지."

"아, 그야 그렇지만, 그런 걸 할 수 있어?"

키보드를 향하려던 케이시가 고개를 들고 무슨 소리냐는 듯 유타로를 바라봤다.

"아, 할 수 있는 거구나."

"그 시나리오로 가려면 어차피 시스템 관리를 맡고 있는 회사가 어디인지를 찾아야 해. 그러는 김에 하는 거다."

케이시는 별일 아니라는 듯 말하고 키보드를 조작했다. 윈도우 창 두 개가 열리더니 글자가 저절로 흐르기 시작한다. 케이시는 키보드에서 손을 떼고 가끔 마우스에 손을 얹어가며 화면을 바라보고 있었다. 마침내 윈도우 창 중 하나가 닫히고 다른 윈도우 창이 열렸으며, 그곳에서도 글자가 저절로 흐르기 시작했다. 그러는 동안에도 다른 윈도우 창이 열리고 글자가 흐른다. 복수의 프로그램이 서로 연결되어 하나의 작업을 해나간다는 건 대충 추측할 수 있었지만, 각각의 프로그램이 구체적으로 무엇을 하고 있는지는 설명을 부탁한다 해도 전혀 이해할 수 있을 것 같지 않았다. 케이시는 곁눈질로 모니터를 보면서 다른 모니터로 '오고시 미용클리닉'에 대해 검색하기 시작했다. 그쪽에 대해서는 이해할 수 있겠다 싶어서 유타로는 말을 걸었다.

"뭐 해?"

"맬웨어를 심은 가짜 메일을 보내기 위한 조사야. 저기서 기다려도 돼. 금방 끝나."

케이시가 상대해주지 않자 유타로는 늘 앉는 소파에 앉았다. 하필이면 가까이에 잡지도 신문도 없었다. 따분해진 유타로는 문득 생각이 떠올라 말했다.

"다음에 다마 씨 데려와도 돼?"

케이시는 대답하지 않았다.

"다마 씨, 우리 집 고양이." 유타로는 덧붙였다.

케이시가 모니터에서 아주 잠깐 시선을 떼고 유타로를 봤다.

"왜지?"

"이유가 있는 건 아니고, 이곳에서 놀게 해주면 즐거워할 거 같아서. 케이에게 소개도 해주고 싶고. 게다가 일이 없을 때 케이는 컴퓨터를 하니까 괜찮겠지만, 난 엄청 무료하거든."

"너 시간 때우려고 고양이를 데려온다고? 일과 고양이를 좀 더 존중해야 할 것 같은데."

"아, 그렇게 되나. 맞아, 그러네."

그대로 따분한 시간을 보내고 있자 케이시가 고개를 들었다.

"해도 돼."

"해도 되다니?"

"클리닉에 전화해도 된다고. 클리닉 내의 모든 컴퓨터가 감염됐을 거야."

"뭐? 벌써?"

"실제로는 자가 증식만 할 뿐 아무런 해도 끼치지 않는 프로그램이지만, 클리닉이 사용하는 보안 소프트웨어로 검사하면 웜으로 판단할 거다."

"웜이란 건 바이러스를 말하는 거야? 응? 보안 소프트웨어가 바이러스라고 판단하는 바이러스를, 그 보안 소프트웨어가 들어 있는 컴퓨터에 감염시켰다? 와, 그런 게 가능한 거야?"

"그 부분에 대해 설명하는 건 간단하지만, 네가 알아듣게 설명하기는 어려워. 듣고 싶어?"

"아니, 됐습니다."

"여기가 클리닉의 시스템 관리를 맡고 있는 회사다."

케이시가 모니터 한 대를 유타로 쪽으로 돌렸다. 유타로는 소파에서 일어나 책상 앞으로 돌아왔다. 모니터에는 사무실의 IT 환경을 구축해서 관리하는 'IT파워 엔터프라이즈'라는 회사의 홈페이지가 띄워져 있었다.

"케이가 전화하는 편이 낫지 않아? 이쪽에 대해 잘 아니까."

"난 너만큼 거짓말을 잘하지 못해. 연기도 못 하고."

그렇게 말한 케이시의 얼굴에는 씁쓸한 웃음이 배어 있었다. 쓴웃음과 자조가 섞인 듯한, 유타로가 지금까지 본 적 없는 표정이었다. 뭔가 다른 생각으로 웃고 있는 것처럼도 보였다.

"그래?"

유타로는 스마트폰을 책상 위에 놓고 스피커통화로 클리닉에 전화를 걸었다. 전화는 접수처를 통해 사무국 담당자로 돌려졌다. 조금이라도 의심스러워하면 상사에게 전화를 바꿔주겠다고 하고 케이시에게 맡겨버릴 생각이었지만, 유타로가 시키는 대로 사용 중인 컴퓨터의 바이러스 검사를 한 담당자는 당황한 듯 물었다.

"확실히 감염된 것 같습니다. 어떻게 하면……, 컴퓨터를 전부 끌까요? 아니, 업무 중이라서 안 되려나. 그건 안 될 것 같습니다."

"그럴 필요는 없습니다. 이쪽에서 감지한 시점에 손을 써뒀습니다. 그 바이러스가 문제를 일으킬 일은 이제 없습니다. 하지만 감염원을 특정해야 하니, 클리닉 내에 있는 모든 컴퓨터를 온라인 상태로 해주시겠습니까."

"클리닉 내의 컴퓨터는 전부 네트워크에 연결되어 있습니다만."

"이상하군요. 저희 쪽에서 지금 직원이 작업을 하고 있습니다만 감염원이 보이지 않습니다. 감염은 아마 한 달 정도 전에 일어난 듯합니다. 그동안에 네트워크에서 제외된 컴퓨터는 없습니까?"

"한 달 전이면…… 아, 이사장님의. 그동안 네트워크에서 제외된 컴퓨터가 한 대 있습니다."

"그 컴퓨터를 다시 연결해주십시오."

"아, 그게, 그 노트북 컴퓨터는 얼마 전에 돌아가신 이사장님의 개인 물건이어서 지금은 이곳에 없습니다만."

케이시가 재빨리 키보드를 두드렸다. 모니터에 '개인 컴퓨터를 연결했단 말입니까!' 하는 문장이 나왔다.

"개인 컴퓨터를 연결했단 말입니까!" 유타로가 언성을 높였다.

"죄송합니다. 보안상으로는 확실히 문제가 있습니다만, 그래도 이사장님이셔서."

'한숨.'

유타로는 한숨을 쉬었다. 잘했다는 듯 케이시가 고개를 끄덕인다.

"그럼 그 컴퓨터는 지금 이사장님의 자택에 있겠군요?"

"아, 네. 개인 물품은 전부 아드님이 가져갔을 겁니다. 아드님은 아직 독신이라 이사장님 내외분과 함께 살고 있다고 들었으니까, 분명 그곳에 있을 겁니다."

"그렇습니까."

"저기, 전 어떻게 해야……."

"분명 그 컴퓨터가 감염원일 겁니다. 하지만 돌아가신 이사장님의 명예도 있고 하니, 이번에는 조용히 처리하는 건 어떻겠습니까."

"조용히라고 하시면……."

"현재 클리닉 내에 있는 컴퓨터는 이미 문제가 없는 상태이고, 이후의 대응을 맡겨주신다면 이쪽에서 처리해두겠습니다."

유타로의 말을 음미하듯 잠시 틈을 둔 후, 담당자는 살피듯 말했다.

"저희 원장님에게 알리지 않아도 괜찮습니까?"

"네."

"감사합니다."

안도의 한숨을 쉰 담당자는 의심하는 기색도 없이 무로타 가즈히사 씨의 자택 주소와 전화번호를 가르쳐주었다.

"기치조지에 있군. 갔다 올게." 전화를 끊고 유타로가 말했다. "같은 내용으로 찾아가도 괜찮을까?"

"상대방에 따라 다르지. 상대가 디지털에 해박하면 연기만으로 속이기에는 한계가 있어."

"흐음, 어떻게 하지?"

잠시 생각한 케이시는 "본인에게 확인해볼까" 하고 중얼거리고는, 책상 위의 전화기를 들더니 무로타 가즈히사 씨의 자택 전화번호를 눌렀다. 상대방은 바로 전화를 받았다.

"저는 '오고시 미용클리닉'의 IT시스템 보수를 맡고 있는 'IT 파워 엔터프라이즈'의."

거기까지 말한 케이시는 다음 말을 잇지 못했다. 본명을 댈지 가짜 이름을 댈지 고민한다는 것을 유타로도 알 수 있었다.

"……사토라고 합니다."

어지간히도 평범한 가짜 이름에 유타로는 웃음을 터뜨릴 뻔했다. 하지만 케이시가 머뭇거린 건 그때뿐이었다. 클리닉의 시스템이 바이러스에 감염됐다고 말한 케이시는 그 내용을 상세하게 설명하고, 무로타 가즈히사 씨의 컴퓨터를 검사할 수 있도록 약속을 받아냈다.

"그럼 바로 저희 직원을 파견하겠습니다. 네, 알겠습니다. 협조
해주셔서 감사합니다. 그러면 잠시 후 찾아뵙겠습니다."

5분 정도 통화하고 전화를 끊은 케이시에게 유타로가 박수를
쳤다.

"거짓말도 연기도 수준급인데."

"네 흉내를 냈을 뿐이다." 케이시는 언짢은 듯 대답했다.

"누구야? 아까의 아드님?"

"응. 디지털에 관해서는 잘 모르는 게 확실해. 와이파이는 되는
것 같으니까 그 자리에서 전원을 켜고 인터넷에 연결해. 그냥 확
인하는 척만 하면 돼. 데이터는 이곳에서 삭제할 테니."

"알았어. 아, 이 차림으로?"

"IT 기업 기술자니까 복장은 상관없지만, 그래도 배낭은 역시
좀 그렇군. 저 가방을 가져가."

케이시는 사무실 구석에 있던 가죽제 서류가방을 턱으로 가리
켰다.

"혹시 모르니까 원격 조종 프로그램이 든 USB메모리도. 명함
은 지금 만들어줄게."

의뢰인 무로타 가즈히사 씨의 자택은 기치조지역에서 도보로
15분쯤 걸리는 한적한 주택가에 있었다. 저택이라고 할 정도는
아니지만, 차 한 대를 여유 있게 주차할 수 있는 공간과 작은 정
원도 갖춘 일본식 집이었다.

"'IT파워 엔터프라이즈'에서 나왔습니다."

처음에 전화했을 때의 세일즈맨 어투와 비슷해지지 않도록 조심하면서, 유타로는 인터폰에 대고 얘기했다. 현관문이 열리고 땅딸막한 체형의 남자가 붙임성 좋게 유타로를 맞았다.

"아, 어서 오세요."

위아래로 검은색 운동복을 입고 그 위에 파란색 솜옷을 걸치고 있다. 뻣뻣해 보이는 머리는 자다 일어난 듯 헝클어져 있었고 수염이 덥수룩했다.

"마시바라고 합니다. 이렇게 협조해주셔서 감사합니다."

케이시가 만든 가짜 명함을 내민다. 그 명함을 본 순간 남자의 표정이 흐려졌다.

"마시바 씨, 입니까?"

남자는 받아 든 명함을 뚫어지게 바라봤다. 뭔가 의심스럽다고 느낀 걸까. 유타로는 조금 당황했다.

"그러니까, 조금 전에 담당자인 사토가 전화를⋯⋯."

"아, 네. 컴퓨터 때문에 오셨죠. 얘기 들었습니다. 들어오세요, 이쪽입니다."

"죄송합니다. 무로타 씨께서 돌아가신 지 얼마 되지도 않아."

"아니요, 괜찮습니다."

유타로가 신발을 벗고 들어가는 동안에 남자는 멋대로 자기소개를 시작했다.

"아, 저는 아들 이치로一郞라고 합니다. 이름 그대로 첫째 아들이죠. 하지만 공교롭게 둘째 아들도 셋째 아들도 태어나지 않아서요."

그렇게 말한 무로타 이치로는 "와하하" 하고 큰 소리로 혼자 웃었다. 통화할 때도 느꼈지만 겉모습으로 가늠되는 나이에 비해 말투가 상당히 유치하다.

"아, 슬리퍼가 없어서 죄송합니다. 올라오세요, 2층입니다."

유타로는 이치로의 뒤를 따라 계단을 올랐다.

"오늘, 출근 안 하셔도 괜찮으십니까?"

"제 일은 가사도우미라서. 이곳이 직장입니다."

"아, 가사도우미" 하고 유타로는 고개를 끄덕였다. "아, 자택에 서. 그렇군요."

달리 할 말이 없었다.

"부모님은 어떡해서든 저를 의학부에 보내려고 여러모로 노력하셨지만, 워낙에 반편이 같은 장남이라서 말이죠. 제가 스물 다섯을 넘기자 그제야 포기해주시더군요. 최근 2년 정도는 두 분 모두 제 눈길을 피하며 지내셨죠. 죄송한 마음이야 있지만, 그래 도 집안일에는 재능도 있는 것 같고."

그렇게 말하고 다시 "와하하" 하고 웃는다.

유타로는 어떻게 대꾸해야 할지 몰라서 "아아" 하고 애매하게 고개를 끄덕였다.

2층에 있는 세 개의 방 가운데 한 곳으로 안내받았다. 무로타 가즈히사 씨가 서재로 사용했던 방일 터였다. 커다란 책상이 있 고 벽 쪽으로 책장이 있었다. 하지만 책상 위도 책장 안도 텅 비 어 있었다. 여러 개의 종이상자가 입을 벌린 채 놓여 있었다.

"마침 정리를 하던 중입니다. 제가 이 방을 쓸까 해서요. 아, 앉 으세요."

이치로는 그렇게 말하면서 책상 옆에 놓인 종이상자 앞에 무릎을 꿇고 그 속에서 노트북과 전원코드를 꺼냈다. 노트북을 책상 위에 놓고 전원코드를 콘센트에 꽂아준다.

"실례하겠습니다."

유타로는 남자가 권한 의자에 앉아 노트북을 열고 전원을 켰다. 브라우저가 기동하더니 핀PIN번호 입력을 요구한다.

"아, 비밀번호는 모르는데요."

유타로의 등 뒤에서 보고 있던 이치로가 말했다.

"아, 네. 그건 괜찮습니다. 잠깐 실례하겠습니다."

유타로는 스마트폰을 꺼내 전화를 걸었다. 케이시가 곧바로 받는다.

"아, 사토 씨. 수고하십니다. 마시바입니다. 지금 무로타 씨의 컴퓨터 전원을 켰습니다. 그쪽에서 확인이 됐습니까?"

"안 돼"라는 케이시의 대답이 돌아왔다.

"그건 무슨 말씀이십니까?"

"의뢰인이 우리 앱을 설치한 컴퓨터는 방금 네가 전원을 켠 컴퓨터가 아니야. 의뢰인이 삭제를 요청한 데이터는 그 컴퓨터에 없어."

"아, 그렇군요." 유타로가 말했다. "그러면 이쪽 현장에서는 어떤 작업을 하면 되겠습니까?"

"의뢰인이 사용하던 다른 컴퓨터를 찾아서 온라인 상태로 만들어줘."

"그건 어떤 절차로 실행하면……."

무슨 소리가 들려 돌아보니, 이치로가 책상 옆에 있던 사이드 캐비닛을 열고 한가롭게 내용물을 확인해가며 종이상자에 담고 있었다.

"일단 그 컴퓨터에 있는 정보를 봐야겠군. 또 다른 컴퓨터의 소재를 알 수 있을지도 몰라. 가져간 USB메모리를 꽂아. 그다음은 유족에게 물어보는 수밖에 없겠지."

"잘 알겠습니다. 그러면 이후에 다시 보고하겠습니다."

유타로는 전화를 끊고 가방 속에서 USB메모리를 꺼내 컴퓨터에 꽂았다. 의자를 돌려 이치로에게 말을 건다.

"죄송합니다만, 무로타 씨가 사용하셨던 다른 컴퓨터도 볼 수 있겠습니까? 이쪽 컴퓨터의 바이러스는 해결했습니다만, 이 컴퓨터가 직접적인 감염원이 아닌 듯합니다. 아마도 무로타 씨의 다른 컴퓨터가 감염원이고, 거기에서 데이터를 옮길 때 이쪽 컴퓨터도 감염된 것으로 보입니다."

"다른 컴퓨터요? 아니요, 아버지가 사용하셨던 컴퓨터는 그것뿐입니다."

유일하게 사용했던 컴퓨터에 데이터가 없다면 다른 어떤 가능성이 있을까. 유타로는 열심히 머리를 굴려봤지만 아무것도 떠오르지 않았다. 의뢰인 무로타 가즈히사 씨에 관한 정보가 너무 부족하다.

"무로타 씨가 다른 장소에서 컴퓨터를 사용하신 적은 없을까요?"

"아버지의 생활은 집과 클리닉을 왕복하신 것뿐이라서요. 다른 장소에서 컴퓨터를 사용하신 적은 없을 것 같은데요. 저와는 달리 피시방 같은 곳에도 안 가셨을 테고."

그렇게 말한 이치로는 "아, 전 피시방 좋아합니다. 집보다 편해서" 하고 덧붙이고는, 다시 "와하하" 하고 웃었다.

"피시방은 아니겠죠." 유타로는 친근하게 웃어 보인 후 물었다. "저, 어머님, 그러니까 무로타 씨의 부인은 지금 어디에 계십니까?"

나쁜 사람 같지는 않지만 믿음이 가지 않는다. 의뢰인의 특별한 데이터가 들어 있는 컴퓨터라면, 아들에게는 알리지 않더라도 아내에게는 뭔가 이야기를 했을지도 모른다.

"어머니는 지금 은행이니 증권회사니, 법무사니 세무사니 하는 곳에. 갑작스럽게 일어난 일이라 여러 가지로 뒤처리가 힘든 모양입니다."

완전히 남의 일인 것처럼 말하고 다시 "와하하" 하고 웃는다. 남편을 잃은 어머니의 심정을 헤아릴 생각은 없는 듯하다. 아니면 아들에게 맡기느니 자신이 움직이는 게 확실하다고 판단한 어머니가 집에 있으라고 지시했을 수도 있다.

"어머니께 여쭤봐도 마찬가지일 것 같지만, 기다리실래요?"

"아, 아니요." 유타로는 고개를 갸웃했다. 저렇게까지 확실하게 말하는데 기다리겠다는 말이 나오지 않았다. "아버님이 사용하셨을 만한 다른 컴퓨터가 정말 없을까요?"

"그런 건 없을 겁니다."

"그렇습니까."

아무래도 더 이상 물어봐야 얻을 게 없을 성싶다. 눈앞에 있는 컴퓨터에서 케이시가 뭔가 유용한 정보를 찾아주길 기대하는 수밖에 없을 듯했다.

이치로는 질문이 끊긴 틈을 타서 다시 사이드 캐비닛 정리를 시작했다. USB메모리를 얼마나 꽂아둬야 할지 짐작이 가지 않았기에 유타로는 컴퓨터를 조작하는 척하면서 조금 더 시간을 벌기로 했다.

"이런 게 아직도……."

유타로가 돌아보니, 이치로가 ID카드가 달린 목걸이 줄을 자신의 목에 걸고 있었다. 유타로의 시선을 느낀 이치로는 웃었다.

"의대부속병원의 ID카드입니다. 이런 걸 아직도 갖고 계셨네요. 미련이 남으셨나."

이치로는 ID카드를 바라보고는 목걸이 줄을 벗어서 종이상자에 던져 넣었다.

"아, 부속병원에도 계셨습니까?"

"네. 대학보다 그쪽에 더 오래 계셨을걸요. 교수라기보다는 의사의 느낌이었죠."

"부친께서 의대를 그만두고 클리닉의 이사장이 된 건 어떤 이유에서였습니까?"

컴퓨터와 관련이 없더라도 가능한 한 많은 정보를 얻을 생각으로 유타로가 물어보자, 이치로는 황당하다는 듯 대답했다.

"아, 그러니까 대학에서 해고된 이유 말입니까?"

"네? 해고를 당하신 겁니까?"

"3년 전에 소와의대부속병원에서 정보가 유출된 사건이 있었어요. 부속병원의 컴퓨터가 바이러스에 감염되면서 정보가 유출되는 바람에 큰 소동이 일어났죠. 직원의 개인정보나 병원의 재무정보뿐이라면 그나마 다행이지만 환자의 정보까지 유출됐거든요. 악질적인 해킹이 원인이었다고 발표했지만, 뭐, 그것도 거짓말은 아닌데, 정확하게 말하자면 내부자가 이상한 프로그램을 병원 컴퓨터에 설치한 게 원인이었나봐요. 그리고 그 내부자가 아버지였다고."

"그랬습니까?"

"아버지는 부인하셨죠. 하지만 병원에서 전문팀이 조사한 결과가 그랬다고 하니까 맞겠죠. 아마 당신도 깨닫지 못하는 사이에 이상한 조작을 해버리셨던 건 아닐까요. 덕분에 그 병원은 지금 디지털 정보에 관해서는 엄청나게 철저한 보안 대책을 실행하고 있다더군요. 이번 바이러스도 아버지 탓이죠? 아무래도 아버지는 컴퓨터와 안 맞으셨나봐요."

이번 건은 거짓말이라고 고백할 수도 없어서 유타로는 "그럴 수도 있겠죠" 하고 애매하게 웃었다.

"그 책임을 추궁당하다 아버지는 사표를 내셨죠. 겉으로는 자진퇴직이었지만, 실제로는 해고당한 겁니다. 대학에서도 아버지가 조금은 안됐다 싶었는지 졸업생이 운영하는 클리닉을 재취직 자리로 소개해줬거든요."

"아, 그렇게 된 거군요."

충분히 시간을 번 유타로는 USB메모리를 뽑고 일어섰다.

"아, 끝났습니까?"

"네. 이제 이 컴퓨터를 사용해도 문제없습니다."

"비밀번호를 몰라서 사용할 수도 없지만요. 여하튼 고생하셨습니다."

유타로는 이치로와 함께 방을 나와 계단을 내려갔다. 현관에서 스니커즈를 신은 후 이치로를 돌아보며 고개를 숙였다.

"정말로 감사했습니다. 다른 컴퓨터에 대해 뭔가 생각나시면 명함에 있는 번호로 전화해주십시오."

"아, 네."

이치로는 유타로가 준 명함을 솜옷 주머니에서 꺼내 다시 유심히 바라봤다. 고개를 살짝 갸웃하고는 얼굴을 들었다.

"저기, 마시바 씨는 저희 아버지와 아는 사이는 아니시죠?"

"네? 아닙니다. 저희 거래처인 '오고시 미용클리닉'의 이사장님이실 뿐이고 딱히 뵌 적은 없습니다만."

"그렇죠? 죄송합니다. 아버지께 관심이 좀 있어 보여서요."

이치로를 둔감하다고 믿었던 유타로는 내심 가슴이 철렁했다. 하지만 유타로의 그런 속내를 신경 쓰는 기색도 없이 이치로는 "게다가" 하고 말을 이으며 다시 명함을 바라봤다.

"게다가 마시바라는 이름하고는 조금 인연이 있었거든요."

"인연이요?"

"아, 네." 이치로는 명함에서 얼굴을 들고 가볍게 웃었다. "벌써 1년 정도 됐을 겁니다. 아버지를 찾는 전화가 왔었죠. 아버지가 안 계셔서 제가 전화를 받았습니다만 상대방의 이름을 잊어버려서. 이래 봬도 제가 기억력은 좋습니다. 하지만 그때는 분명히 이름을 들었는데 도저히 생각이 나지 않았죠. 분명히 '마'가 들어가는 이름. 마에다도 아니고, 마에지마도 아니고. 그렇게 말했더니 아버지께서 마시바가 아니었느냐고 물으시더군요. 듣고 보니 그런 것도 같았습니다. 적어도 마에다나 마에지마보다는 마시바에 가까운 것 같았죠. 그래서 아버지께 그렇게 말했더니 '그런 것 같습니다'가 뭐냐고 소리를 치시면서, 갑자기 제 뺨을 때렸습니다. 정말 놀랐죠. 아버지께 맞은 적은 한 번도 없었거든요. 아버지도 어색한 표정으로 사과하셨죠. 결국 그 전화를 걸어온 건 마지마라는 사람이었지만요. 아버지는 그때 마시바라는 사람에게 전화가 오면 반드시 전해달라고 신신당부하셨습니다. 마시바가 누구냐고 물었더니, 너랑은 관계없다면서."

"그 이후에 마시바라는 사람에게 전화가 왔었습니까?"

"아니요. 그러고 보니 대체 누구였을까요. 반은 농담처럼 여자예요? 하고 물었더니 남자일지도 모르고 여자일지도 모른다고 하셨는데."

"부친께서도 남자인지 여자인지 몰랐다는 뜻입니까?"

"그렇죠? 이상하죠? 성별도 모르면서 단지 마시바라는 사람의 연락을 기다린다니."

"아니야" 하며 이치로는 고개를 갸웃했다.

"그건 기다렸다기보다 두려워하는 느낌이었는데."

"두려워했다고요?"

"생각해보니, 아버지가 돌아가신 지금에 와서는 더 이상 알 수 없게 됐군요. 이거 참, 평범한 듯 보이는 사람도 죽으면 미스터리가 남는군요."

이치로의 이야기는 이제 거의 유타로의 귀에 들어오지 않았다.

"부친께서는 정형외과 의사셨습니까?"

"아니요. 클리닉의 이사가 된 후부터는 진찰도 수술도 안 하는, 그냥 장식이었습니다. 아버지의 원래 전공은……."

"……순환기내과?"

"네. 순환기내과 과장이셨습니다만, 어? 어떻게 아셨죠?"

"아, 그냥 느낌입니다."

"예? 느낌이라니……."

"실례 많았습니다. 그만 가보겠습니다."

유타로는 이치로에게 다시 한번 고개를 숙이고는 그 집을 나왔다. 바쁜 걸음으로 역을 향하면서 자신도 모르게 중얼거렸다.

"뭐야, 대체. 이제 와서."

정신없이 다리를 움직였다. 바쁜 걸음은 어느새 뜀박질이 되어 있었다. 보도의 턱에 걸려 앞으로 고꾸라질 뻔하고서야 유타로는 걸음을 멈췄다. 손으로 양 무릎을 짚고 발밑 아스팔트를 향해 거칠게 숨을 내뱉었다.

"이제 와서 뭐냐고!"

사무실로 돌아온 유타로는 곧장 케이시의 책상 앞으로 갔다. 표정이 굳어 있다는 건 스스로도 알았지만 어떻게 할 수가 없었다.

"무로타 가즈히사의 데이터, 뭔가 알아냈어? 설마 벌써 지운 건 아니지? 다른 컴퓨터는 어디에 있어?"

케이시는 순간 당황한 듯했지만, 유타로의 노려보는 듯한 시선
을 태연하게 받아들였다.

"왜 그래?"

그 침착함에 화가 나서 유타로는 양손으로 책상을 '탁' 하고 내
리쳤다.

"컴퓨터 어디에 있냐고!"

케이시는 모구라를 열고 키보드와 터치패드를 조작했다.

"무로타 씨의 컴퓨터를 조사해봤지만 다른 컴퓨터의 소재는
알아내지 못했다. 달리 찾아낸 정보도 많지 않아. 아니, 그다지 활
동적인 사람이 아니었던 모양이다. 고등학교 동급생 중에 가끔
근황을 주고받던 사람이 한 명 있는데 내용도 극히 평범해. 신용
카드회사 사이트의 ID와 패스워드가 브라우저에 저장되어 있어
서 카드 사용 내역도 확인해봤지만 눈에 띄는 구매 내용은 없어.
돈은 있었을 텐데, 가끔 아내와 여행을 가서 발생한 듯한 지출이
있는 정도고 달리 취미다운 취미도 없었던 것 같아. 미용클리닉
의 이사장이라는 명함과는 어울리지 않게도, 거의 속세를 떠난
사람처럼 생활했다."

"실마리가 없다는 뜻이야?"

"응."

보겠냐고 묻듯, 케이시가 모구라를 유타로 쪽으로 돌렸다. 유타
로는 다시 한번 책상을 내리치고 싶은 충동을 억누르며 책상 앞
에서 벗어났다. 몸을 던지듯 소파에 벌렁 드러누워 눈을 감는다.

"설명해주지 않을 건가? 아니면 물어보지 말까?"

케이시의 목소리가 들리자 유타로는 감은 눈을 손으로 덮었다. 늘 떠오르는 정경이 뇌리에 되살아난다.

내리쬐는 태양. 한여름의 마당. 호스가 뿜어내는 물. 희미한 무지개. 모자를 쓴 소녀. 돌아보며 살포시 웃는다. 어깨 너머로 흔들리는 해바라기.

유타로는 눈을 떴다.

"무로타 가즈히사는 3년 전에 소와의대부속병원의 컴퓨터에 바이러스를 감염시킨 책임을 지고 대학에서 해고됐어. 그때까지는 대학부속병원의 의사였어."

흐음, 하고 케이시가 콧소리를 냈다.

"그런데?"

"미용클리닉에서는 얼굴마담용 이사장을 했을 뿐이고 원래 전공은 순환기내과."

"정형도 성형도 아닌 건 의외지만, 네가 화낼 이유는 아닌 것 같은데?"

"9년 전, 소와의대부속병원에서 신약 임상시험을 하는 중에 환자가 사망했어. 마침 신약개발을 일본의 성장산업 중 하나로 자리매김하려는 국가적인 움직임과 겹쳐진 때여서, 큰 뉴스가 됐지. 병원 측은 기자회견을 열고, 환자에게 투여한 건 신약이 아닌 포도당 성분의 가짜 약이었고, 환자의 사망은 임상시험과 관계가 없다고 설명했지. 유족에게 공개된 데이터에도 확실히 그 환자에게 투여된 약은 포도당으로 되어 있었어. 그런데 환자가 사망하

고 한참 지난 후, 담당의였던 젊은 의사가 유족을 찾아왔어. 환자
는 신약 부작용으로 사망했을 가능성이 있다고, 의사는 그렇게
말했어."

— 임상시험 중의 데이터를 봤을 때, 신약이 투여됐을 가능성
이 높다고 생각합니다. 조사해주십시오. 유족에게는 방법이 있을
겁니다.

어리숙해 보이는 남자였다. 그 어리숙함은 미숙함으로도 보였
고 성실함으로도 보였다.

"유족은 진실을 알고 싶어서 병원을 상대로 소송을 제기하기
로 했어. 그런데 그 순간부터 방해 공작이 시작됐지."

"방해?"

"오랫동안 만나지도 않았던 지인들과 전혀 교류도 없었던 친
척들이 갑자기 환자의 부모님에게 연락을 하기 시작했어. 그들
은 모두 '뉴스를 봤다' '얘기 들었다' 등등의 말을 하면서 어째서
인지 자꾸 소송을 포기하라고 충고했어. '정상적인 판단을 못 하
고 있을 뿐이다' '숨진 따님은 그런 걸 원하지 않는다' '아무에게
도 도움이 되지 않는다'. 하나하나의 주장이 부자연스러운 건 아
니지만, 그런 연락을 한다는 것 자체가 부자연스러웠어."

휠체어를 움직이는 소리가 들렸다. 케이시가 책상 앞에서 벗어
나 자신에게 다가오고 있다는 것을 알 수 있었다. 유타로는 눈을
감은 채 얘기를 계속했다.

"그러는 동안 인터넷에서 이상한 소문이 퍼지기 시작했어. 이
전에 뉴스에 나왔던 그 가족은 병원을 상대로 소송을 걸어서 엄

청난 보상금을 챙겼다. 이제는 국가가 신약개발 촉진을 선도한 탓이라고 트집을 잡아 행정소송도 걸려고 한다."

'죽은 딸을 팔아서 한몫 챙기려 드는군' '신종 몸값 사기의 달인이냐'.

유타로 자신도 악의로 가득한 댓글을 수도 없이 봤다.

"그럼에도 소송 준비를 진행하자 환자의 부친이 오랫동안 근무했던 건설회사는 갑자기 권고사직을 받아들이라고 요구했어. 전혀 납득할 수 없는 이유에서였지. 건설작업 중에 작업자 한 명이 높은 곳에서 추락해 크게 다쳤어. 노동기준감독부는 회사가 안전대책을 실시하지 않았다는 이유로 검찰에 송치했는데, 회사에서는 환자의 부친에게 그 책임을 추궁했어. 어째서인지 현장감독도 작업소장도 아닌, 설계 분야에서 일했던 환자의 부친에게 책임을 물었지. 회사의 윗선에서는 안전설계까지 설계부에 포함된다고 주장했고, 그 말에 환자의 부친은 절규했어."

케이시의 휠체어 소리가 유타로 앞에서 멈췄다.

— 정부는 무섭군.

유타로는 그 무렵에 부친이 그렇게 중얼거리는 소리를 들었다.

— 정부?

당시 고교생이었던 유타로는 그렇게 되물었다.

— 노동기준감독부를 총괄하는 곳이 후생노동성. 지금 신약개발을 국가 성장산업의 주축으로 선도하고 있는 곳도 후생노동성이야.

— 그러니까……

— 국가가 회사에 압력을 가했다. 그렇게 말하면 사람들은, 그런 음모론은 피해망상이라고 비웃겠지.

"권고사직을 거부하자 회사는 부친을 전문 분야가 아닌 영업부로 돌렸고, 믿기 힘들 정도의 할당량을 부과했어. 부친은 업무에 쫓겨 소송 준비를 할 시간이 없어졌고, 결국 회사에 사표를 냈어. 그래도 유족은 싸움을 계속할 생각이었지. 하지만 유일한 증인이었던 담당의가 갑자기 말을 바꿨어. '그건 제 착각이었습니다.' 전화로 그렇게 얘기한 담당의는 두 번 다시 유족 앞에 모습을 보이지 않았어. 소송 준비를 함께 진행하던 변호사까지도 마침내 소송을 그만두라고 충고하기 시작했지. 승산이 없다고."

— 게다가 돈이 듭니다. 엄청난 액수입니다.

집에 찾아와 부모님께 그렇게 말했던 변호사의 얼굴을 유타로는 지금도 기억하고 있다.

— 앞으로의 일을 생각하십시오. 견디실 수 있겠습니까? 자녀가 린만 있는 건 아니지 않습니까.

그렇게 말하며 유타로 쪽을 힐긋 돌아본 변호사의 얼굴을 보며 유타로는 생각했다. 이자는 대체 무엇을 저렇게 두려워하는 걸까.

"주위를 돌아보니 우리 편은 아무도 없었어. 그 전까지 알아왔던 세상이 전혀 모르는 세상으로 변해버린 느낌이었지. 세상이 갑자기 우리 가족에게만 등을 돌렸어. 예전에 촌락에서 마을 사람들의 따돌림을 당한 가족은 분명 이런 느낌이었겠구나 싶더군."

소소한 일들은 훨씬 많았다.

쓰레기장에 내다 버린 쓰레기 봉지가 비닐이 찢어진 채 현관 앞에 그 내용물이 전부 쏟아져 있던 적도 있다. 매번 발신번호가 다른 장난전화가 며칠 동안이나 계속해서 걸려온 적도 있다. 목이 잘린 인형이 택배로 배달된 적도 있다. 그러는 와중에도 오랫동안 연락이 없었던 옛 지인과 교류도 없었던 먼 친척이 연락을 해온다. 그런 건 피해망상이다, 피해망상이다, 피해망상이다…….

"결정타는 담당의의 죽음이었어. 전화를 해온 후, 도저히 연락이 되지 않았던 그 젊은 의사는 자동차를 타고 바다로 뛰어들어 죽었어."

유타로가 아는 한, 그 죽음은 사고인지 자살인지도 판명되지 않은 채 처리됐다. 사건으로 보고 수사한 흔적은 없었다.

"그 전까지는 의욕적으로, 아니, 거의 병적으로 뭐에 홀린 듯 소송 준비를 했던 환자의 부모는 불현듯 소송을 포기했어. 그건 의료사고가 아니다. 딸은 병으로 죽은 거다. 억지로 그렇게 받아들였어."

그러자 옛 지인들과 먼 친척들의 연락이 뚝 끊겼다. 인터넷상의 소문은 조용해졌다. 기묘한 괴롭힘도 없어졌다. 부친의 회사는 권고사직으로 내몰았던 사원에게 지나치게 좋은 조건으로 새로운 직장을 알선해주었다. 병원은 '도의적인 책임으로'라며, 고액의 위로금을 입금했다. 그리고 유타로의 가족은 조용히 무너져 갔다.

"그 임상시험을 도맡아서 했던 곳이 소와의대부속병원의 순환기내과야."

"그리고 그 임상시험 중에 숨진 환자가."

유타로는 눈을 떴다.

"그래. 마시바 린. 내 여동생이야."

유타로도 케이시도 한동안 아무 말도 하지 않았다. 각자가 자신의 생각 속에 파묻힌 듯 침묵을 이어갔다. 먼저 입을 연 사람은 케이시였다.

"이번 의뢰인인 무로타 가즈히사가 삭제를 요청한 데이터가 그 사건과 관련이 있다고 생각하나?"

"무로타 가즈히사는 마시바라는 사람에게 연락이 오는 걸 두려워하고 있었어. 남자인지 여자인지도 몰랐다고 아들은 말했지만, 그게 아닐 거야. 남자인지 여자인지 모르는 게 아니라 남자일수도 여자일 수도 있었어. 무로타 가즈히사는 우리 부모님 중 어느 쪽이 연락을 해와도 이상하지 않다고 생각했겠지. 난 숨진 담당의만 알고 있었지만, 소송 준비를 했던 부모님은 책임자인 순환기내과 과장 무로타 가즈히사의 이름도 알고 있었을 거야. 무로타 가즈히사가 그 이야기를 아들에게 했던 건 1년 전이니까, 동생이 죽은 지 8년 후. 그렇게 오랜 시간이 흐를 때까지 무로타 가즈히사는 두려워하고 있었어. 역시 그건 의료사고였고 은폐공작이 있었던 거야. 그렇다면 그 증거는 반드시 어딘가에 남아 있을 테고."

단호하게 그렇게 말한 유타로는 이내 "아, 아니다" 하고 고개를 저었다.

"본인이나 의대에 불리한 데이터라면 삭제했겠지. 그렇겠지."

유타로는 누운 채 케이시에게 시선을 향했다.

"나, 이상해진 걸까? 이상한 우연으로 무로타 가즈히사와 이어지면서 말도 안 되는 생각을 하는 걸까? 이건 역시 피해망상? 케이에게는 어떻게 보여?"

케이시가 휠체어를 움직여 유타로 앞을 지나갔다. 떨어져 있던 농구공을 주워 튕기기 시작했다. 침묵 속에서 '통, 통, 통' 하는 힘찬 리듬이 한동안 이어졌다. 마침내 케이시가 입을 열었다.

"자신에게 불리한 데이터를 삭제하지 않고 보관하는 건 확실히 자연스럽지 못해. 여동생의 죽음이 의료사고 때문이고, 그 사실을 은폐하려고 했다면 관련된 데이터는 그 자리에서 전부 삭제했을 거다."

힘차게 공을 튕기면서 케이시는 말했다.

"그렇겠지." 유타로가 수긍했다.

공을 튕기는 소리가 멈췄다.

"하지만 만약 그게 필요한 데이터였다면 어떨까?"

"뭐?"

케이시는 공을 무릎에 올리고 휠체어를 유타로 쪽으로 돌렸다.

"신약 임상시험 중에 부작용으로 환자가 죽었다. 그러나 신약 개발에는 막대한 개발비가 들어갔다. 제약회사는 그 신약을 어떻게 해서든 상품화해야만 했다. 제약회사로부터 막대한 헌금을 받은 병원은 제약회사를 위해 의료사고를 은폐했다. 하지만 물론 단 한 명이었다고는 해도 사망자가 나온 약을 그대로 시판할 수는 없다. 당연히 개량이 필요해진다. 사망한 환자의 데이터는 신약개량을 위해 꼭 필요했다. 그래서 남겨둘 수밖에 없었다."

"없애고 싶어도 없앨 수 없었다는 뜻?" 유타로가 몸을 일으켰다. "그런 얘기라면 가능성이 있겠어."

"소와의대부속병원과 제약회사는 비밀리에 동생의 데이터를 보관했다. 다른 사건으로 교수직에서 쫓겨났을 때 무로타 가즈히사는 그 데이터를 몰래 들고 나왔다. 그리고 의대와 거래를 했다. 교수직에서 물러날 테니 그에 준하는 자리를 준비해달라. 무로타 가즈히사의 협박을 받은 의대는 성공한 졸업생에게 부탁해서 무로타 가즈히사에게 클리닉 이사장 자리를 마련해줬다. 유명 의대의 전직 교수가 이사장으로 들어오면 클리닉 입장에서도 손해 볼 건 없다. 그 외에도 의대와 부속병원에서 무언가의 편의를 도모해줬을 수도 있겠지."

"만약 그렇다면 무로타 가즈히사는 그 데이터를 절대로 폐기하지 않겠지. 자신의 현재 지위를 지키기 위한 무기니까."

"그렇지. 그리고 자신이 죽은 후에는 누구에게도 보이고 싶지 않았을 거다. 그건 자신이 행한 악행의 증거이기도 하니까."

논리적인 추측일 뿐이고 아무런 근거도 없다. 하지만 그럼에도 유타로는 거기에 진실이 있는 것처럼 여겨졌다. 적어도 자신들이 억지로 받아들인 '병사' 따위의 결론보다, 훨씬 진실에 가까운 것 같았다.

뼛속까지 떨리는 듯해서 유타로는 어금니를 꽉 물었다.

"만약 그렇다면 너무 이기적이야. 중학생 여자아이가 죽었는데 전부 자기 생각만 하다니."

"어떻게 할래?"

"그 데이터를 찾아서 공표할 거야. 그때 무슨 일이 있었는지 밝히고 거기에 관련된 인간들을 전부 끌어낼 거야."

9년 전, 유타로는 어둠 속에서 자신들을 지켜보는 어떤 자의 시선을 분명하게 느꼈다. 달콤한 거짓말을 받아들일 것인가, 가시밭길을 걸을 것인가. 어둠 속에 숨어 있던 추악한 괴물은 숨을 죽이고 자신의 가족을 지켜보고 있었다. 자신의 가족이 포기했던 이유는 달콤한 거짓말에의 유혹도, 가시밭길을 걷는 고통도 아닌, 자신들을 가만히 응시하는 괴물에게 느껴지는 역겨움이 아니었을까. 지금의 유타로는 그렇게 생각한다. 그 추악함을 똑바로 응시할 자신이 없어서 눈을 돌렸다. 어차피 린이 살아날 수는 없다고 변명하며 외면했다.

"9년 전에 했어야 했어. 이번에는 꼭 할 거야. 케이가 의뢰받은 데이터를 삭제한다면 난……."

"뭔 헛소리야."

케이시는 어이가 없다는 듯 코웃음을 치고, 유타로에게 농구공을 난폭하게 던졌다.

"그 데이터, 찾아낼 거다."

"고마워."

유타로는 받아 든 공을 소파에 던지고 일어섰다. 케이시가 다시 코웃음을 치며 휠체어를 움직였다.

"무로타의 다른 컴퓨터는 어디에 있을까."

유타로는 케이시 뒤를 따라 책상 앞에 섰다.

"현재로서는 찾을 방법이 없다. 하지만 우리는 이제 컴퓨터에서 데이터를 삭제할 필요가 없어. 그 데이터를 입수하기만 하면 돼."

"어느 쪽이든, 컴퓨터를 찾아야 하는 거 아닌가?"

"아니. 만약 우리가 생각한 대로라면 그 데이터는 무로타의 컴퓨터에만 있지는 않을 거야. 분명 소와의대부속병원에 같은 데이터가 있을 거다."

"그럼 병원 시스템에 들어갈 수 있으면……."

"맞아. 그런데 환자의 데이터는 꽤 엄중하게 보관해. 크래킹에 성공한다고 해도 정보를 통째로 갖고 나오긴 힘들 거다. 동생의 데이터가 어떤 것으로 분류되어 있고, 데이터베이스의 어디에 보관되어 있는지를 알아야 해. 그러니까."

케이시는 마우스와 키패드를 조작한 후 데스크톱 컴퓨터의 모니터를 유타로에게 돌렸다.

"네가 가서 슬쩍 떠보고 와."

"야마시타 가즈미?" 유타로는 모니터를 보며 말했다.

"소와의대부속병원 순환기내과의 현재 과장이야. 3년 전에 취임했으니까 무로타 가즈히사의 후임일 거다. 그 임상시험을 관리한 곳이 순환기내과라면 데이터는 이 사람에게 넘겨졌을 수도 있어."

"하지만 만나줄까?"

"당연하지. 선대 순환기내과장이 사망했고, 그 아들이 인사하러 찾아온 거니까. 당연히 만나주겠지?"

부속병원의 직원용 출입구 근처에서 기다리고 있자, 흰 가운을 입은 야마시타 가즈미가 약속 시간보다 5분 정도 늦게 나타났다.

"자네가 무로타 이치로인가?"

키가 크다. 프로필을 본 덕에 52세라는 걸 알았지, 몰랐다면 다섯 살은 어리게 봤을 것이다. 웃는 얼굴이 쾌활하다.

"아, 네." 유타로는 고개를 숙였다. "생전에 선친께서 많은 신세를 졌습니다. 오늘은 인사라도 한마디 올리고자……."

"딱딱하군" 하고 웃던 야마시타는 "아, 이런, 웃을 때가 아니지" 하며 웃음을 거두고 고개를 숙였다. "이번 일로 얼마나 상심이 크십니까."

"아, 네." 유타로도 고개를 숙였다.

"하지만 난 선대인을 거의 만난 적도 없었으니, 이러는 것도 뭔가 가식적인 느낌이군. 모처럼 왔으니까 위로 올라가지."

야마시타는 그렇게 말하고 방금 나왔던 직원용 출입구의 문을 열었다.

"위라고요?"

"순환기내과의 과장실. 이전에 선대인께서 계속 사용하셨던 방이야. 커피라도 마시고 가."

"아, 뭐."

애매하게 대답하는 유타로에게 야마시타는 고개를 끄덕여 보이고 병원 안으로 들어갔다. 유타로가 그 뒤를 따라갔다.

병원 안에는 수많은 환자와 직원이 있었다. 유타로는 야마시타와 보조를 맞춰 빠르게 걸었다. 여동생을 따라 몇 번이나 왔었던 병원이다. 내부의 모습은 그다지 변하지 않았지만, 야마시타와 함께 걸으니 전혀 새로운 곳을 걷는 기분이었다. 지나치는 환자와 그 가족들이 조심스럽게 시선을 던진다. 가볍게 목례를 하는 사람도 있고, 깊숙이 고개를 숙이는 사람도 있다. 야마시타는 그 모습들이 전혀 눈에 들어오지 않는 것처럼 성큼성큼 걸어간다. 환자나 그 가족과 의사는 같은 공간에 있어도 보이는 것이 전혀 다르구나 하고 유타로는 깨달았다.

두 사람은 엘리베이터를 타고 3층에서 내렸다. 1층에 비해 훨씬 한적했다. 안내데스크 앞에서 순서를 기다리는 환자들 중 야마시타에게 인사하는 사람도 있었지만, 야마시타는 역시 그 모습이 보이지 않는 것처럼 걸어간다.

야마시타는 복도 안쪽으로 들어가 '직원실'이라는 팻말이 붙은 문 앞에서 멈춰 섰다.

"자네, 여기 와본 적은 있나?"

"아, 아니요. 없습니다."

"아, 그렇군."

야마시타는 고개를 끄덕이면서 목에 걸려 있던 ID카드를 쥐고 문 옆의 기기에 가져다 댔다. 기기의 램프가 빨강에서 파랑으로 바뀌자 야마시타가 문을 밀었다.

'어서 오십시오. 순환기내과입니다.'

문 하나를 사이에 둔 그곳은 '병원'이 아닌 '직장'이었다. 실내에는 네 개의 책상이 있다. 스테인리스제의 흔한 형태이지만, 일반 회사의 책상보다 훨씬 크다. 깔끔하게 정리된 책상도 있고, 어지럽게 흐트러진 물건들이 놓인 채 방치된 책상도 있다. 흰 가운

을 입은 남자 한 명만 책상에 앉아 있었고, 야마시타에게 묻는 듯
한 시선을 보냈다.

"아, 이쪽은 무로타 선생님의 아드님."

"무로타 교수님의…… 아."

고개를 끄덕인 남자는 유타로에게 가볍게 고개를 숙였다.

'조의를 표합니다'라는 말도 '안녕하세요'라는 말도 없었다. 유
타로는 남자가 어떤 생각으로 고개를 숙였는지 알 수 없었다. 남
자는 그 이후 유타로에게 눈길도 주지 않았다.

"이쪽으로 오렴."

유타로가 돌아보니, 야마시타가 사무실 구석에 있는 문손잡이
를 잡고 있었다.

"아, 네."

문에는 '과장실'이라는 팻말이 붙어 있었다. 안으로 들어가자
문 쪽에 간소한 응접 세트가 있었고, 안쪽으로 L자 형태의 목제
책상이 있었다.

"앉아라."

유타로는 권하는 대로 응접 세트 소파에 앉았다. 들고 있던 서
류가방을 무릎에 올린다. 슬쩍 훔쳐본 책상 위에 노트북이 있었
지만, 서류가방 속 USB메모리를 꽂을 기회를 만들기가 쉽지 않
아 보였다. 그보다는 정수기 옆, 구석에 놓인 작은 책상이 신경
쓰였다. 덮개로 덮여 있는 형태가 데스크톱 컴퓨터와 모니터처럼
보였다.

"그래, 가족들은 좀 안정을 찾았나?" 야마시타가 맞은편에 앉

으면서 물었다.

"네?"

"선대인께서 돌아가신 때가 2주 전이라고 했지? 아직은 경황이 없겠군."

"아, 네. 뭐, 여러 가지로 복잡해서요. 은행이니 증권회사니, 법무사니 세무사니 해서."

"아, 그런가." 야마시타가 대꾸했다.

야마시타라는 사람을 모르는 이상, 이야기를 어떻게 풀어나갈지에 대한 시나리오를 만들어낼 수 없었다. 지금까지의 야마시타를 봤을 때는, 말을 빙빙 돌리는 것보다 직접적으로 대화를 끌어나가는 편이 효과적일 것 같았다.

"저희 아버지도 이곳에서 일하셨겠네요."

"그렇지, 3년 전까지는. 과장에 취임하셨을 때가 오십이 되기 전이었으니까 10년 정도는 이곳에 계셨을 거다."

"그렇습니까."

감개무량한 듯 사무실을 둘러보고 나서 유타로는 태연하게 말을 꺼냈다.

"그런데 선생님께서는 마시바라는 사람을 아십니까?"

허를 찌를 생각이었지만, 야마시타의 표정에 변화는 없었다.

"마시바?"

"아버지께서 생전에 마음에 담아두셨던 이름입니다. 그 사람에게 연락이 오면 반드시 알려달라고 신신당부를 하셨죠. 하지만 그 사람이 어떤 사람인지는 가르쳐주질 않으셔서. 아버지가 돌아가서서 물어볼 수도 없게 되니 누구였는지 신경이 쓰이네요."

"글쎄다. 난 그 전에는 다른 병원에 있었고 선대인과는 인수인계 때 뵌 게 전부라서. 개인적인 일은 잘 모르는데."

"개인적인 일이 아닐 겁니다. 그런 거였다면 어머니가 알고 계셨을 테니까요. 아마도 병원이나 업무와 관련된 사람이 아닐까 합니다만."

"대학에도 병원에도 마시바라는 사람은 없는 것 같은데."

"혹시 환자 중에는 안 계실까요?"

"뭐 그런 이름의 환자가 있었을 수도 있겠지. 하지만 모르겠군. 과장이셨던 무로타 선생님이 환자와 개인적인 교류를 하셨을까. 그럴 것 같지는 않은데."

흐음, 하면서 진지하게 고민하는 야마시타가 거짓말을 하는 것 같지는 않았다.

"그렇습니까."

동생의 이름을 모른다고 해서 데이터를 건네받지 않았다고 단정할 수는 없다. 그 데이터 속에서 '마시바 린'이라는 이름은, 분명 가장 의미 없는 정보였을 것이다. '어떤 환자'의 데이터로서 극비리에 인수했을 가능성이 있다.

유타로는 좀 더 대담하게 들어갔다.

"선친께서 대학을 그만두신 이유에 대해 알고 계십니까?"

"알고 있네. 정보유출사건이 발생했고 무로타 선생님이 그 책임을 지셨다고."

야마시타가 벽 쪽을 흘깃 바라봤다. 무의식적인 동작인 듯했다. 유타로는 벽 너머에 있는 남자가 자신에게 보인 무뚝뚝한 반응을 떠올렸다. 정보유출사건은 병원 입장에서 큰 오점이며, 무로타 가즈히사라는 이름은 병원 관계자 모두가 잊고 싶은 이름일 터다.

"훌륭하게 일하시던 분인데 참 안타까운 상황이 됐지."

야마시타가 그렇게 말할 수 있는 건, 사건 당시에 이 병원에 없었기에 그저 남의 일처럼 여겨졌기 때문일 것이다.

"저, 그건 사실입니까?"

"그렇게 들었네만 뭔가 다른 게 있나?"

"생전에 아버지께서 뭔가 다른 일에 크게 신경 쓰시는 듯했습니다. 그래서 혹시 이 병원에 계시는 동안 뭔가 실수를 저지르신 건 아닐까 하는 생각이 들었습니다. 그것 때문에 병원에서 다른 구실을 붙여 교수직에서 물러나게 한 건 아닐까요."

실제로는 동생의 죽음과 무로타 가즈히사의 대학 퇴직 사이에는 6년이나 되는 시간차가 나기 때문에 두 사건은 서로 관계가 없을 것이다. 단지 야마시타의 반응을 보고 싶었다.

"실수라……." 야마시타는 그렇게 중얼거리고 다시 '흐음' 소리를 내며 팔짱을 꼈다.

"없었습니까?"

"글쎄, 아무래도." 야마시타는 쓴웃음을 지었다. "의사니까. 어쩔 수 없이 여러 죽음에 직면하게 되지. 무로타 선생님은 과장의 위치에 계셨으니 과와 관련된 모든 환자의 병을 알고 계셨을 거야. 그중에는 힘이 미치지 못했지만, 어쩌면 살릴 수 있었을지도 모른다고 생각하신 환자도 있었겠지. 성실한 의사일수록 그 죽음에 대해 책임을 느끼게 되는 법이다. 무로타 선생님도 그런 경우가 아니었을까."

눈앞에 놓인 테이블을 내리치고 싶은 충동을 간신히 억눌렀다.

그런 이야기를 하는 게 아니라고.

그렇게 외치고 싶었다.

눈을 감고 호흡을 가다듬으며 감정을 다스리려는 유타로의 모습을 오해했던 듯하다. 야마시타는 부드럽게 이야기를 이어갔다.

"부친이 돌아가셨으니 아들로서 여러 가지 생각이 들겠지만, 무로타 선생님은 훌륭한 의사셨다고 생각한다."

"그렇습니까."

유타로는 고개를 들었다. 야마시타가 싱긋 미소를 지었다. 그 표정이 연기로는 보이지 않았다. 아무것도 모른다면 직접적으로 묻는 게 빠르다.

"혹시 이곳에 선친께서 남기신 물건은 없습니까?"

"남기신 물건이라면 뭔가 사적인 물건 말인가? 아무것도 없을 것 같네만."

"아, 아니요. 개인적인 데이터를 남기시거나 하지 않으셨을까요? 안정이 되면 선친의 생전 업적을 기록해볼까 해요. 아버지의 컴퓨터도 봤습니다만, 그런 기록이 별로 없어서요. 만약 이쪽에 그런 자료가 있다면 보여주실 수 없을까요. 물론 보여주실 수 있는 범위 내에서라도 괜찮습니다."

야마시타의 얼굴에 경계의 빛이 드리웠다.

"진료 정보가 포함된 건 당연히 보여줄 수 없네. 대학 쪽을 찾아보면 연구 성과물도 있을 수 있겠지만, 미발표 내용은 조금 어려울 거네. 그건 무로타 선생님의 연구 성과인 동시에 소와의대의 연구 성과이기도 하니까 말이지. 무로타 선생님이 참여하셨거나 관여하셨던 논문이 발표된다면 당연히 선생님 존함도 올리겠지. 하지만 그게 벌써 3년 전의 일이라서 그런 논문이 있을지는……."

뭔가 찾아내려는 유타로를 의심해서 경계한 게 아니라 응해줄 수 없는 요청을 경계했을 뿐인 듯했다.

"아니요, 그런 게 아니라 좀 더 개인적인 건 없을까요? 아버지혼자서 연구, 아니 공부하셨던 데이터 같은."

"응?" 야마시타가 살피는 눈길로 유타로를 바라봤다. "어떤 걸말하는지 잘 모르겠네만, 여하튼 그렇게까지 개인적인 데이터라면 무로타 선생님 개인이 관리하셨겠지. 이곳에는 남아 있지 않을 거야."

"저쪽에 있는 저거, 컴퓨터 아닙니까? 혹시 선친이 사용하지는않으셨습니까?"

"아, 저거 말인가? 컴퓨터는 맞지만 꽤 오래된 거야. 컴퓨터가대중화되기 이전에 있었던 거지. 몇 년 전까지는 과장실에 컴퓨터를 한 대씩 설치해줬던 모양이다. 지금은 모두 개인 컴퓨터를사용하지만. 무로타 선생님도 사용하지는 않으셨을 텐데."

"몇 년이나 된 겁니까?"

"삼사 년에 한 번꼴로 계속 새것으로 교체했던 모양인데, 내가 온 뒤로는 한 번도 교체되지 않았어. 내가 왔을 때부터 오래된 컴퓨터였으니까 이미 육칠 년 전, 아니 더 이전 것인지도 모르지."

"그렇습니까."

노크 소리가 들리더니 야마시타가 대답을 하기도 전에 문이 열렸다. 아까의 그 남자가 얼굴을 내밀었다.

"선생님, 이제 시간이."

유타로 쪽은 눈길도 주지 않았다.

"그래, 알았어."

야마시타는 고개를 끄덕이고 유타로를 바라봤다.

"신경이 쓰이면 다음에 확인해보겠네. 하지만 제대로 작동이나 할지 모르겠군."

재촉하는 듯한 눈길을 보낸 후 야마시타가 먼저 일어난다. 그렇게까지 하는데 일어서지 않을 수도 없었다. 유타로는 서류가방을 들고 일어났다.

"잘 부탁드립니다. 바쁘신 와중에 감사했습니다."

부속병원을 나온 유타로는 곧바로 케이시에게 전화해서 야마시타와 나눈 대화 내용을 보고했다.

"메모리를 꽂을 틈도 없었고, 야마시타 가즈미는 아무것도 모른다는 거군. 그러면 실마리가 없어지는데." 케이시가 코웃음을 치며 말했다.

"그렇지도 않아. 아마도 찾은 것 같아."

"찾아? 뭘?"

"무로타가 사용했던 또 하나의 컴퓨터. 순환기내과의 과장실에 오래된 컴퓨터가 있었어."

유타로는 정문 근처의 버스정류장 벤치에 앉았다.

"무로타가 그곳에 드나들었다는 뜻인가?"

"무로타의 집에 부속병원 ID카드가 남아 있었어. 그걸 이용하면 들어갈 수 있었을 거야. 아무도 없는 틈을 타서 몰래 잠입하는 것도 불가능한 일은 아닐걸? 무로타는 교수직을 그만둔 후에도 가끔 그곳에 가서 컴퓨터를 사용한 거야. 삭제를 의뢰했던 데이터는 분명 거기에 있어."

"그런 곳이어서 빈번하게 드나들 수는 없었다. 지나치게 긴 기간 설정은 그런 의미였나."

"한 달에 한 번 부속병원에 가서 컴퓨터를 가동시키는 정도면 가족도 눈치채지 못했겠지."

"그렇군." 케이시는 그렇게 중얼거린 후 물었다. "그래서 앞으로 어떻게 할 건데?"

"무로타의 집으로 갈 거야. ID카드를 손에 넣어서 다시 한번 이곳으로 올 거야."

"그 ID카드를 손에 넣으면 일단 사무실로 돌아와."

"뭐?"

"나도 간다."

"알았어."

유타로는 전화를 끊으려 했지만 케이시의 목소리가 붙잡았다.

"있지."

"응?"

"이 일이 잘되면…… 일이 잘되어서 모든 것을 폭로할 수 있게 되면, 너도 좀 더 편해지려나?"

"편해져? 뭐가?"

"전에 내게 보여줬었지? 여동생 사진. 넌 기억이 희미해지는 걸 두려워했어. 하지만 기억은 어차피 흐려져. 이 일이 잘되면 너는…… 너는 여동생을 잊어가는 자신을 용서할 수 있게 되나?"

케이시답지 않은 질문이었다.

"몰라." 유타로는 등 뒤를 돌아봤다.

수없이 왔던 병원이다. 어렸을 적에 동생은 병원에 가는 것을 정말로 싫어했다. 오빠도 같이 가줄게, 하면 동생의 기분이 조금은 나아졌다. 엄마와 셋이서 병원에 다니는 일이 유타로는 싫지 않았다. 한 달에 한 번은 퇴근길의 아버지와 만나 레스토랑에서 저녁을 먹었다. 린에게 병이 있는 것도 꼭 나쁘지만은 않다는 생각까지 했었다.

"몰라. 지금은 그런 건 생각도 안 하고 있어."

케이시가 살짝 웃는 듯했다.

"그래, 그렇겠지."

"하지만 이제 외면하고 싶지는 않아. 거기에 숨어 있는 것이 아무리 추악한 괴물이라 해도 난 더 이상 눈을 돌리고 싶지 않아. 그것을 빛 속으로 끌어내서 그 눈을 똑바로 보며 패주고 싶어."

빠앙, 하는 커다란 경적이 들려 유타로는 그쪽을 바라봤다. 버스가 오는 중이었다. 앞 유리창 너머로 운전사가 이 버스에 탈지를 묻듯 유타로를 보고 있었다. 이 버스정류장은 세 개의 노선이 이용한다. 유타로가 고개를 끄덕였을 때였다.

"탈 거예요!"

여자아이 목소리가 들려 유타로는 뒤를 돌아봤다. 병원 문에서 달려온 초등학교 저학년쯤 되어 보이는 여자아이가 버스를 향해 열심히 손을 휘젓고 있었다. 운전사의 눈에 미소가 번진다.

"금방 갈게." 유타로는 말했다.

"그래. 기다릴게." 케이시가 대답했다.

유타로는 전화를 끊고, 달려온 여자아이와 엄마인 듯한 사람을 따라 버스에 올라탔다.

"안 놓쳤다!"

소녀의 들뜬 목소리가 언제인가 들었던 여동생의 목소리와 겹쳐졌다.

2

야마시타 가즈미가 말한 대로, 순환기내과 과장실에 있는 컴퓨터는 오랫동안 사용하지 않은 듯했다. 덮여 있던 덮개는 먼지를 뒤집어쓰고 있었고, 랜LAN 케이블도 전원코드도 뽑혀 있었다. 데이터를 숨기고 싶었던 무로타에게는 안성맞춤의 컴퓨터일 듯했다. 유타로는 랜케이블을 커넥터에 꽂고, 전원코드도 콘센트에 꽂았다. 케이시가 컴퓨터를 기동시킨다.

"밖에서 망을 볼게."

한쪽 귀에 무선 이어폰을 꽂은 유타로는 케이시를 과장실에 남겨두고 순환기내과의 직원실을 나왔다. 오후 10시가 지난 시간이라 3층 복도의 전등은 거의 꺼져 있다. 유타로는 순환기내과의 대합실로 이동해서 긴 의자에 앉았다. 그곳에서는 엘리베이터에서 나오는 사람도 계단으로 오는 사람도 전부 볼 수 있다. 직원실에 다가가는 사람이 있으면 말을 걸어서, 케이시가 빠져나올 시간을 벌어야 한다. 그러나 기다릴 필요도 없이, 이어폰을 통해 케이시의 목소리가 들렸다.

"틀렸어. 이 컴퓨터도 아니야. 우리 앱이 설치되어 있지 않아."

"그럴지도 모른다고 생각은 했지만."

유타로는 숨죽인 목소리로 대답하면서, 확실하냐고 물으려다 말을 삼켰다. 케이시가 아니라고 말한 이상 아닌 것이다. 그렇다면 더 있을 필요는 없다.

"철수하자. 그쪽으로 갈게."

유타로는 긴 의자에서 일어났다.

"아니, 잠깐 기다려. 넌 그대로 거기서 망을 봐."

"뭐 하려고?"

"과연 과장 전용 컴퓨터로군. 이 컴퓨터라면 병원 내의 모든 데이터에 접속할 수 있어. 동생의 임상시험에 관한 정보가 남아 있는지 조사해볼게. 임상시험이 언제였지?"

"9년 전."

"시험이 시작된 정확한 날짜는?"

"몰라. 하지만 동생이 죽은 날은 8월 7일. 시험이 시작된 건 그로부터 넉 달 전이었어."

케이시의 대답은 없었다. 대신에 '따각따각' 하고 키보드를 두드리는 소리가 이어폰을 통해 들렸다. 유타로는 다시 긴 의자에 앉아 다가오는 사람이 없는지 지켜보면서 생각했다.

이곳에도 없다면 다른 한 대의 컴퓨터는 어디에 있을까. 예컨대 피시방. 무로타는 피시방의 컴퓨터 중 한 대에 앱을 설치하고 들키지 않도록 위장했다.

유타로는 그 생각을 하다가 고개를 저었다. 무로타는 3년 전에 정보유출사건으로 대학에서 쫓겨났다. 디지털에 대해 잘 알았을 리가 없다. 그렇게까지 복잡한 일을 할 수는 없었을 것 같았다.

유타로는 목에 걸린 목걸이 줄이 거추장스러워서 ID카드를 목에서 빼냈다. 이 ID카드를 가지러 갔을 때, 무로타의 아내가 했던 말이 떠올랐다.

— 자신이 가장 가깝다고 생각했던 사람이 갑자기 타인처럼 느껴진 경험 같은 거 없나요?

무로타 가즈히사가 세상에 없는 지금, 컴퓨터의 소재를 알고 있는 사람은 아무도 없을지 모른다는 생각이 들었다.

야마시타 가즈미와 만난 후, 유타로는 ID카드를 손에 넣기 위해 다시 무로타 가즈히사의 집으로 갔다. 아무도 없으면 몰래 들어갈 생각이었지만 인터폰을 누르자 부인이 응답했다. 유타로는 아들에게 줬던 가짜 명함을 그녀에게도 내밀었다.

"얼마 전에 컴퓨터 문제로 찾아뵀던 사람입니다만, 저기, 아드님은?"

"외출했습니다만, 이야기는 들었어요. 남편의 부주의로 문제가 있었다고. 또 뭐가 있나요?"

강한 척 행동하는 게 아니라 원래 강한 여성일 것이다. 명함에서 고개를 든 부인은 강렬한 시선으로 유타로를 응시하고 있었다. 미인이었지만 어딘가 표정이 부족한 듯한 얼굴이었다. 한밤중에 머리카락이 자라는 일본 인형을 연상시켰다.

"그때 잊고 간 게 있어서요, 죄송하지만 한 번 더 실례해도 되겠습니까?"

방에서 아주 잠깐만 혼자 있으면 된다. 그런 계산이었지만 뜻대로 되지는 않았다.

"그렇다면 제가 가져오죠. 무슨 물건을 놔두고 가셨죠?"

돌아서려는 부인을 유타로가 불러 세웠다.

"아, 아니, 그게…… 두고 간 건 프로그램입니다."

유타로는 부인의 표정을 살피면서 어떻게 설명할지 생각했다.

"작업에 필요한 프로그램을 깜빡하고 그대로 뒀습니다. 삭제하지 않으면 컴퓨터가 정상적으로 작동하지 않을 수도 있습니다."

부인이 당황한 듯 유타로를 바라봤다. 아들과 마찬가지로 디지털 기기에 대해서는 잘 모르는 듯했다.

"컴퓨터를 다시 한번 보게 해주실 수 있을까요. 작업은 5분이면 끝납니다."

"그렇군요." 부인은 고개를 끄덕인 후 유타로를 안으로 들어오게 했다.

유타로는 부인의 안내를 받아 다시 무로타 가즈히사의 서재에
들어갔다. 처음 왔을 때는 느끼지 못했지만, 이번에는 방 안에서
무로타 가즈히사를 강하게 느꼈다. 벽에서, 천장에서, 바닥에서
가만히 자신을 보고 있는 듯한 기분이 들었다.

"컴퓨터라고 하셨죠."

부인은 중얼거리며 바닥을 둘러봤다. 유타로가 돌아간 후에 이
치로가 정리를 계속했던 듯했다. 종이상자의 개수와 위치는 변하
지 않았지만, 덮개가 닫혀 있어서 내용물이 보이지 않는다.

"아, 아드님이 정리한 모양이군요. 어딘가 종이상자에 있을 겁
니다. 그쪽을 찾아봐주시겠습니까?"

유타로는 그렇게 말하고, 자신은 캐비닛 근처에 있던 종이상자
로 손을 뻗었다.

"컴퓨터 위에 물건을 올리지는 않았을 테니 열어봐서 없으면
그 상자는 아닐 겁니다."

부인이 바닥의 종이상자 옆에 쭈그리고 앉아 안을 확인하는
동안 유타로는 캐비닛 근처의 종이상자를 열었다. 원하던 ID카
드가 달린 목걸이 줄은 금방 찾을 수 있었다. 슬며시 손에 쥐고
등 뒤로 돌린 후 재빨리 셔츠 안으로 밀어 넣고 벨트를 조였다.

"없네. 이쪽인가."

유타로는 중얼거리면서 책상 아래에 있던 다른 종이상자를 열
었다.

"아, 있습니다. 이겁니다."

상자 안에 있던 노트북을 부인에게 보여주고는 책상 위에 내려놓는다. 전원코드를 꽂고 의자에 앉아 컴퓨터를 켜자, 부인이 바로 등 뒤로 다가왔다.

"정말로 금방 끝납니다."

등 뒤에서 떨어져주길 기대했지만, "그래요?" 하며 부인은 유타로의 바로 뒤에서 움직이지 않았다. 모니터에는 저번과 마찬가지로 핀번호 입력을 요구하는 화면이 떴다. 서류가방을 그대로 들고 온 것이 다행이었다. 유타로는 가방에서 USB메모리를 꺼내 컴퓨터에 꽂았다. 뒤를 돌아 부인의 모습을 살피니, 부인이 질문하듯 유타로를 바라봤다.

"그러면 되는 건가요?"

"아, 네." 유타로는 대답했다. "지금 불필요한 프로그램을 삭제하고 있습니다."

"그런 건가요?" 부인은 말했다. "아무것도 안 하는 것처럼 보이는데요."

실제로 아무것도 하지 않기 때문에, 화면도 바뀌지 않고 팬의 회전수도 상승하지 않으며 램프가 깜빡이지도 않는다.

"괜찮습니다. 삭제하고 있습니다." 유타로는 빙긋 웃으며 말하고는 부인 쪽으로 의자를 돌려 화제를 바꿨다. "아, 인사가 늦었습니다. 마시바라고 합니다."

"네. 조금 전 명함에도."

"아드님에게 들었습니다만, 무로타 이사장님은 마시바라는 이름과 인연이 있으셨다고."

부인은 대답하지 않았다. 하지만 뺨이 미세하게 굳어지는 듯 보였다. 유타로는 다시 말했다.

"마시바라는 사람의 연락을 무로타 이사장님께서 줄곧 기다리셨다고."

"그래요?"

그렇게 대꾸하는 부인의 눈에 감정은 담겨 있지 않았으나, 감정을 지우려는 강한 의지는 감추지 못했다. 단순히 컴퓨터에서 주의를 돌리려고 꺼낸 화제였지만, 잘만 하면 무언가 정보를 끌어낼 수 있을 듯했다. 닫힌 문 안으로 어떻게 하면 잠입할 수 있을지, 유타로는 입구를 찾기 시작했다.

"부인께서는 뭔가 아시는 게 없습니까?"

"글쎄요, 전 아무것도 듣지 못했어요."

부인이 시선을 피했다. 거짓말이 분명했다.

"그렇습니까."

유타로는 이어갈 말을 생각했다.

무로타 부부는 아들을 모자란 사람처럼 대했고, 아들도 그 사실을 알고 있다. 일반적인 부모자식 관계보다 어긋나 있는 만큼 서로에게 거리감이 있을 터였다. 유타로는 그렇게 판단했다.

"아드님은 그 일이 무척 신경 쓰이시나봅니다. 고인에게 물어볼 수도 없으니 이 컴퓨터에 있는 데이터를 철저하게 조사해달라고 요청하셨죠."

"조사? 그 애가 그런 말을?"

부인은 놀란 듯 되물었지만, 유타로의 말을 의심하는 건 아니었다. 유타로는 열린 틈에 손을 넣고 문을 비틀어 열려고 했다.

"아, 얘기 못 들으셨습니까? 네. 마시바라는 사람에 대해 뭔가 알 수 있을지도 모른다면서. 나중에 다시 오기로 약속했는데, 이왕 왔으니 지금 작업을 했으면 합니다만. 시간 괜찮으십니까?"

부인의 눈에 낭패감이 스쳤다.

"아니요, 오늘은……."

"금방 끝납니다. 정말로 잠깐이면 됩니다. 필요한 프로그램은 이 USB메모리에 들어 있어서 이렇게 얘기하는 동안에도……."

유타로가 그렇게 말하면서 의자를 돌려 키보드에 손을 뻗은 순간이었다. 부인이 날카롭게 소리쳤다.

"그만두세요!"

유타로는 의자를 다시 돌려 부인을 올려다봤다. 부인의 얼굴이 창백해져 있었다.

"아, 죄송합니다." 유타로가 말했다. "나중에 다시 올까요?"

부인은 무슨 말인가를 하려고 했지만 말이 나오지 않는 듯했다. 입술을 떨면서 침묵했다.

"무슨 일이시죠? 저기, 일단 앉으세요."

유타로는 일어나서 부인에게 의자에 앉기를 권했다. 유타로에게 팔을 잡힌 부인은 기계적으로 움직여 의자에 털썩 앉았다. 문은 이미 열렸다. 이제 안으로 들어가기만 하면 된다. 유타로는 부인 앞에 무릎을 꿇고 말을 걸었다.

"뭔가 문제가 있나보군요. 하지만 아드님에게 이미 의뢰를 받은 터라 이제 와서 거절할 수도 없습니다. 설사 제가 거절해도 아드님은 다른 전문가에게 의뢰하겠죠. 사정을 설명해주시면 누구에게도 해가 되지 않도록 방법을 고민해보겠습니다."

그 말에 매달리듯 부인이 고개를 들었다.

"방법이라면, 어떤……."

"아드님은 컴퓨터에 대해 그리 해박하지는 않습니다. 아드님이 알면 곤란한 데이터가 있다면, 눈치채지 못하도록 그 데이터를 손보거나 삭제할 수 있습니다."

부인은 유타로의 시선을 피했다. 한동안 초점 없이 흔들리던 시선이 포개진 자신의 손 위에서 멈췄다.

"다만 어떤 데이터인지 특정하지 못하면 저도 작업할 방법이 없습니다."

이 컴퓨터에 이렇다 할 데이터는 없다. 케이시가 확인을 끝냈다. 그러나 부인의 모습을 보면 무언가를 알고 있는 게 확실했다.

"아드님에게 감추고 싶은 건 그 마시바라는 사람에 관한 데이터죠? 어떤 데이터입니까?"

유타로가 거듭 묻자, 부인은 결심한 듯 고개를 들었다.

"그건 저도 모릅니다."

"모르신다고요?"

"네. 하지만 남편은 그 마시바라는 사람을 두려워했습니다. 그 사람에 관한 데이터라면 전 보고 싶지 않습니다. 아들도 보지 않기를 원합니다."

"그렇습니까." 유타로는 고개를 끄덕였다.

"무서워요."

부인이 조그맣게 중얼거렸다.

"마시바라는 이름은 어떻게 알게 되셨습니까?"

부인의 시선이 다시 초점 없이 흔들렸고 다시 손 위에 멈췄다.

"우편 광고물을 버릴 때였습니다."

"네?"

"한참 됐어요. 5년 정도 전이었나. 어느 날 저녁이었어요. 별생각 없이, 늘 하던 대로 우편함에 있던 몇 개의 우편 광고물을 개봉도 하지 않고 쓰레기통에 버리고 있었죠. 그때 남편이 말하더군요. 우편물을 늘 이런 식으로 확인했느냐고요. 그래서 전 이런 광고물은 열어보기 시작하면 끝이 없어, 하고 웃었더니, 남편이 조금 언성을 높였어요. 너무 조심성이 없다고. 광고물처럼 보이는 개인적인 우편물이 있을지도 모른다면서요. 저는 무슨 뜻인지 몰라서 되물었죠. 그때 마시바라는 이름을 들었습니다."

"부군께서는 누구라고 설명하셨습니까?"

"아무런" 하고 말하며 부인은 고개를 저었다. "아무런 설명도 해주지 않았습니다."

"조금 이상하다는 생각이 듭니다만." 유타로가 말했다. "그런 상황에서 제대로 설명해주지 않으면 아무래도 추궁하게 되지 않습니까?"

"물론 추궁을 했죠."

"그때 부군께서는, 무로타 이사장님께서는 뭐라고 대답하셨습니까?"

유타로에게도 중요한 질문이었다. 말에 긴장감이 실려버렸다.

하지만 부인은 그 어색함을 느낄 여유가 없는 듯했다. 부인의 시선이 다시 허공을 헤맸다. 아까보다 오래도록 헤매던 시선이 이번에는 유타로에게 멈췄다. 부인의 입에서 나온 말은 의외의 질문이었다.

"당신은 결혼했나요?"

"아니요." 유타로는 조금 당황하며 대답했다. "안 했습니다."

"그러면 아무라도 좋아요. 부모님이든, 연인이든, 친한 친구든. 자신이 가장 가깝다고 생각했던 사람이 갑자기 타인처럼 느껴진 경험 같은 거 없나요?"

유타로의 뇌리에 소송을 포기했을 때의 부모님 얼굴이 떠올랐다. 그 이후의 대화가 사라졌던 시간이 기억났다.

부인이 유타로의 눈을 보며 끄덕였다.

"제게는 그때가 그랬어요. 당신과는 상관없어, 하고 남편이 차갑게 대꾸했을 때 깨달았죠. 이 사람과 나는 남남이었구나. 결혼해서 아이도 낳고, 내 부모님과 살았던 시간보다 긴 시간을 부부로 살아왔지만, 그래도 역시 타인이었구나, 하고."

부인의 시선이 다시 자신의 손으로 돌아갔다.

"그 후로 우리 사이에서 마시바라는 이름이 나온 적은 없어요."

말로 표현할 수 있을 만큼 간단한 일이 아닐 것이다. 남편에게 비밀이 있다는 강한 확신. 그 비밀을 건드리지 않고 지낸 5년의 시간. 결국 밝히지 못하고 맞닥뜨린 갑작스러운 이별.

"3년 전의 사건에 대해서는 아세요? 남편이 의대부속병원에서 일으켰던 정보유출사건 말입니다."

"네. 아드님에게 잠깐 들었습니다."

"조사팀은 남편의 컴퓨터가 원인이라고 특정했지만, 남편은 전혀 기억에 없다고 했어요. 그런데도 남편은 한마디 변명도 없이 그 오명을 달게 받아들였습니다. 왜 그랬느냐고 물었더니 분명 천벌을 받은 거라고 남편은 대답했어요. 그게 무슨 의미인지 남편은 말하지 않았지만, 그때 전 마시바라는 이름을 떠올렸죠. 분명 그 이름과 관련됐을 거라고. 그 이름에는 천벌을 감내할 만큼의 죄가 감춰져 있을 거라고."

부인은 깊게 숨을 내쉬고 눈을 덮듯 손을 얼굴에 올리고 중얼거렸다.

"제가 알고 있는 건 그게 전부예요."

"그렇습니까."

유타로가 일어섰다. 무로타 가즈히사가 죄의식에 시달렸다고 해도 용서할 마음은 전혀 들지 않았다.

누구 마음대로 죗값을 치른 척하는데!

사방에서 느껴지는 무로타 가즈히사의 시선을 향해, 그렇게 말해주고 싶었다. 피해자라도 되는 것처럼 고개를 숙이고 있는 부인의 모습도 유타로의 분노를 키울 뿐이었다.

그래도 당신 가족은 망가지지는 않았잖아? 셋이서 식탁을 둘러싸고 앉아서 때로는 같이 웃기도 했잖아?

그렇게 따져 묻고 싶었다.

"아드님에게는 이후에 저희가 연락을 드리기로 했습니다만, 하지 않겠습니다. 사모님도 아드님에게 캐묻지 말아주세요. 아드님이 단순히 일시적인 기분으로 의뢰했다면 곧 잊을 겁니다. 혹시 다시 연락을 해오면 그때 다시 고민해보죠."

유타로는 노트북에서 USB메모리를 뽑아 서류가방에 넣었다.

"그럼 이만 실례하겠습니다."

경직된 목소리까지는 어떻게 할 수 없었다. 부인은 따라 일어서거나 하지 않았다.

"필요한 정보는 찾았다. 나간다."

이어폰에서 들리는 케이시의 목소리에 유타로는 고개를 들었다. 재빨리 주위를 확인한다. 인기척은 없었다.

"지금 갈게."

손에 든 ID카드로 직원실 문을 열자 케이시가 바로 나왔다.

엘리베이터를 타고 1층으로 내려와 야간 출입구로 향했다. 출입구 옆에는 안내데스크가 있었다. 거기에는 작은 크리스마스트리가 장식되어 있었고, 산타클로스 복장이 어울릴 듯한 나이 지긋한 경비원이 있었다. 안으로 들어오는 사람이라면 신원 확인을 하겠지만, 밖으로 나가는 두 사람을 불러 세우지는 않았다. 유타로와 케이시가 나란히 묵례를 하자, 그는 사람 좋은 웃음을 지으며 고개를 숙이고 말했다.

"쾌차하십시오."

주차장에 세워둔 차를 타고 사무실이 있는 건물로 돌아왔다. 유타로가 주차장에 차를 주차하자, 케이시는 그만 퇴근하라고 말했다.

"케이는?"

"찾아온 정보를 정리해둘게. 무로타의 다른 컴퓨터도 못 찾았으니 다음 행동도 생각해둬야지."

"알았어."

"들어가." 그렇게 말하고 휠체어를 타고 가는 케이시의 등에 대고 유타로가 말했다.

"아, 케이."

케이시가 휠체어를 돌려 돌아봤다.

"고마워."

케이시가 의아하다는 듯 미간에 주름을 세웠다.

"여러 가지로 도와줘서."

어이없다는 표정으로 무슨 말인가를 하려던 케이시는 결국 그 말을 삼키고 슬며시 웃으며 휠체어를 돌렸다.

"헛소리하지 마."

등 너머로 말하고, 케이시는 건물 입구로 사라졌다.

네즈에 있는 집으로 돌아오자 현관 앞에서 다마 씨가 유타로를 맞이해줬다. 안아 들고 안으로 들어가자, 앉은뱅이 밥상 위에 도시락과 함께 하루나가 쓴 메모가 놓여 있었다.

'오늘은 자작自作. 입에 안 맞으면 다마 씨 밥이랑 바꿔.'

'자작'에서 화살표가 뻗어 있었고 그 끝에 'not 자신작'이라고 쓰여 있었다. 책상다리를 하고 앉아 도시락 뚜껑을 연다. 몇 종류의 채소조림과 영양밥이 든 도시락이었다.

"와, 맛있겠다."

우엉조림을 집어 먹었다.

"오, 맛있어!"

환호성을 지르면서 다마 씨의 머리와 등을 마구 쓰다듬자, 다마 씨가 참지 못하고 다리 사이에서 도망쳤다.

냉장고에 있던 무청과 유부로 미소시루를 끓이고, 다마 씨 그릇에는 늘 먹는 고양이 사료를 담았다. 자신의 그릇을 힐긋 본 다마 씨는 원망스러운 눈길로 유타로를 바라본 후 밥상 위의 도시락에 눈길을 주었다.

"불만이 있으면, 1인분만 만든 하루나에게 말하지 그랬어." 유타로는 말했다. "만만한 상대를 골라서 불평을 늘어놓는 건 남자답지 않아."

유타로가 도시락을 먹기 시작하자, 다마 씨도 마지못해 사료를 먹기 시작했다. 조용한 밤이었다. 텔레비전도 라디오도 켜고 싶은 마음이 들지 않았다.

"다마 씨는 린을 기억해?"

호박조림을 먹으면서 유타로가 물었다. 그릇에서 유타로에게로 눈길을 옮긴 다마 씨는 수염을 실룩거리더니 이내 다시 사료를 오독오독 씹기 시작했다.

"기억 못 하겠네. 린을 만난 건 다마 씨가 아직 아기였을 때니까. 뭔가 이상한 기분이 들어. 다마 씨가 린을 기억하지 못한다는 게. 아, 그리고 아직 한 번도 케이를 만난 적이 없다는 것도. 역시 다음번에 케이에게 정식으로 소개해줘야겠어."

다마 씨는 유타로를 보고 애교를 부리듯 딱 한 번 꼬리를 좌우로 흔들고 다시 사료를 먹기 시작했다. 다마 씨를 사무실에 데려 갈 수 없다면 케이시를 이 집으로 부르는 수밖에 없다. 유타로는 그 장면을 상상해봤다. 현관 앞에서 '어이~' 하고 서툴게 인사하는 케이시. '냐앙' 하고 예의 있게 대답하는 다마 씨. 자신도 모르게 웃음이 배어 나왔다. 케이시와 다마 씨는 분명 잘 맞을 것이다.

"그래, 꼭 소개해줄게."

다음 날 유타로가 사무실에 들어가려고 문손잡이를 잡자, 안에서 케이시의 목소리가 들려왔다.

"어쩔 생각이야."

낮은 목소리였지만 격한 감정이 담겨 있었다. 상대방의 대답 없이 케이시의 목소리가 이어졌다.

"나한테 설교하지 마. 고작 디지털 기술 좀 가르쳐줬다고 뭐라도 되는 줄 알아?"

그에 대한 대답도 없었다. 전화 통화 중이었던 것이다. 이어진 케이시의 목소리에는 격렬한 분노가 배어 있었다.

"아니면 나를 관찰할 생각이었나? 그런 거면 나만 관찰해."

상대방이 무슨 말인가를 한 듯했다. 한동안 침묵이 이어졌다.

"아, 그래. 항상 당신이 옳지."

그다음에 들린 케이시의 목소리에는 힘이 빠져 있었다.

"하지만 나쓰메. 더 이상은 우리한테 참견하지 마."

전화를 끊는 듯했다. 들어가야 하나 말아야 하나 고민하던 유타로는 복도로 돌아와 엘리베이터 앞에서 조금 시간을 보냈다.

나쓰메라면 이전에 'dele. LIFE'에서 일했던 사람일 터였다. 케이시가 말한 '우리'는 케이시와 누구를 말하는 걸까. 상식적으로 생각하면 케이시와 마이일 것이다. 하지만 케이시가 그렇게까지 감정을 드러내는 건 드문 일이다. 나쓰메는 두 사람에게 대체 무슨 짓을 했을까.

그런 생각을 하면서, 유타로는 평소보다 큰 발소리를 내며 사무실 쪽으로 걸어갔다. 문을 열자 케이시는 평상시의 표정으로 평상시의 위치에 있었다.

"좋은 아침." 유타로는 말했다.

"평소보다 조금 이르긴 하네." 케이시는 코웃음을 쳤다. "하지만 그리 아침도 아니야."

조금 전에 들은 건 환청이었나 싶을 정도로, 케이시는 평상시와 똑같은 모습이었다. 살짝 가슴을 쓸어내리며 유타로는 책상 앞으로 다가갔다.

"이후로 뭐 좀 알아냈어?"

케이시의 책상에는 대량의 인쇄물이 쌓여 있었고, 곳곳에 작은 글씨로 메모가 되어 있었다.

"그래. 결론부터 말하면, 동생의 임상시험 데이터는 조작되지 않았다."

"뭐?"

인쇄물을 향해 뻗던 손을 멈춘 유타로는 케이시를 쳐다봤다.

"그러니까 그 말은, 무로타가 부정행위를 저지르지 않았다는 뜻? 하지만 무로타는 우리 부모님에게 연락이 올까봐 두려워했었어."

화를 내려는 유타로를 제지하듯 케이시가 손바닥을 들었다.

"순서대로 설명할게. 이건 어젯밤에 가져온 데이터의 일부. 임상시험의 프로토콜이다."

케이시가 데스크톱에 연결된 모니터를 유타로 쪽으로 돌렸다.

"프로토콜?"

"임상시험 계획서. 말하자면, 임상시험의 방식과 진행 절차를 적은 거다. 임상시험을 할 때마다 작성하는 건데, 이건 지난달부터 시작된 새로운 고혈압 약의 임상시험 프로토콜."

모니터에 있는 건 PDF 파일이었는데, 영문이 섞인 깨알 같은 글씨가 가득한 문서를 읽고 싶은 생각이 도저히 들지 않았다. 케이시도 유타로가 읽을 것을 기대하지는 않은 모양이다. 이내 모니터를 되돌리고 설명을 이어갔다.

"그 외에도 최근에 소와의대부속병원에서 시행되고 있는 몇 개의 임상시험 프로토콜을 읽어봤어. 많이 배웠지. 임상시험에 대해 어느 정도 알고 있어?"

"환자는 진짜 신약이나, 신체에 영향을 주지 않는 가짜 약 중 한 가지를 복용한다. 환자는 자신에게 어떤 약이 투여되는지 모른다. 시험에 참여한 다수 환자의 데이터를 통해서 신약이 정말로 효과가 있는지를 확인한다. 그런 거 아닌가?"

"꼭 틀렸다고는 할 수 없지만 정확하지는 않아. 제약회사는 개발한 신약의 안정성을 먼저 확인해. 동물실험을 거치고 나서 처음으로 사람에게 투여될 때는 통상적으로 건강한 성인을 대상으로 하지."

"건강한? 아, 맞다. 그런 알바가 있지."

소위 '임상시험 알바'는 가진 건 건강뿐이고 연줄도 기술도 없는 청년에게는 좋은 일거리다. 유타로도 그 경험담을 들어본 적이 몇 번인가 있었다.

"그게 임상시험 제1상이다. 거기서 안전성에 문제가 없으면 제2상으로 들어가. 제2상에서는 신약이 목표로 하는 환자를 대상으로 임상시험을 진행해. 제약회사에서 의뢰하고, 그 의뢰를 받아들인 의료기관, 말하자면 병원이 임상시험을 실시한다. 한 병원에 해당 환자가 그렇게 많지는 않기 때문에 임상시험에는 통상적으로 여러 병원이 참가하지. 병원은 환자들에게 임상시험 동의를 얻어 투약하고 데이터를 수집해. 이때 주로 사용하는 방법이 네가 방금 얘기한 맹검^{Blind Test}이다. 환자를 두 그룹으로 나누고, 한쪽 환자군에는 진짜 신약, 실약^{實藥}이라고 부르는 모양인데, 여하튼 신약을 투여해. 또 한쪽의 환자군에는 약효 성분이 포함되지 않은 가짜 약, 플라세보를 투여하지. 실약의 용량으로 구분하는 경우도 있지만, 지금은 그건 생각하지 않아도 돼."

"응."

"환자의 데이터는 그 환자를 담당하는 병원, 제약회사, 그 사이에 있는 제삼자기관 이렇게 세 곳에서 공유해. 제삼자기관은 임상시험이 공정하게 시행되는지를 확인하는 것이 임무다. 제삼자기관이 있기 때문에 현재 임상시험에서 어떤 사고가 일어났다고 해도 그것을 은폐하기는 불가능해."

"그래서 린의 데이터는 조작되지 않았다는 거야?"

"아니, 지금 설명한 건 현재 이야기. 임상시험에 제삼자기관이 개입하게 된 건 삼사 년밖에 안 됐다. 이 사건, 기억하나?"

케이시가 책상 위를 뒤적여 한 장의 종이를 뽑아서 건넸다. 신문사의 디지털 기사를 인쇄한 것이었다.

"아, 응." 인쇄된 종이를 받아 들고 유타로는 고개를 끄덕였다. "기억나."

지금으로부터 6년 전쯤. 어느 제약회사 직원이 여러 곳의 대학 부속병원 임상연구 데이터 작성에 관여하면서, 자사의 약이 거둔 효과가 높게 보이도록 데이터를 조작한 것이 발각됐다. 수많은 환자에게 처방된 약이었던 만큼 사회적인 파장도 컸다. 의약품과 관련된 부정행위였던 탓에, 유타로도 씁쓸한 기분으로 그 뉴스를 봤던 기억이 났다.

"이 사건 덕분에 제약회사와 병원, 특히 대학부속병원과의 석연치 않은 관계가 세상에 널리 알려졌다. 그래서 이 사건이 일어난 이후 전국적으로, 임상시험에는 제삼자기관이 참여하는 분위기로 변했지."

"결국 린이 임상시험에 참가했던 9년 전에는 제삼자기관이 관여하지 않았다는 거네? 그렇다면 데이터 조작은 가능했던 거 아닌가?"

"제삼자기관이 관여하지 않았던 건 맞아."

케이시는 마우스를 조작하더니 다시 화면을 유타로 쪽으로 돌렸다.

"이 프로토콜은 9년 전 것. 소와의대부속병원의 순환기내과에서 9년 전 8월에 실시했던 임상시험은 이것뿐이야. 아마도 이게 동생의 임상시험 프로토콜일 거다. 항부정맥제. 아닌가?"

모니터에는 아까와 마찬가지로 영문이 섞인 작은 글씨들이 빼곡했다. 하지만 아까와는 달리 눈에 익은 단어가 몇 개 있었다. 'QT 시간' 'QRS 폭'. 당시에 몇 차례 본 적이 있는 단어였다.

"부정맥이 일어나기 쉬운 질환이었어." 유타로가 말했다. "힘든 병이었지. 언제 죽음에 이르는 부정맥을 일으켜도 이상할 것 없는 상황이었어. 동생은 계속 그런 상태로 살았어."

소소한 주의사항은 있긴 했지만 일상생활은 가능했다. 그러나 언제 부정맥을 일으킬지 예측할 수 없다. 그 불안감은 늘 가족에게 옅은 그림자를 드리우고 있었다. 비가 내리지는 않는다. 하지만 맑은 것도 아니다. 그것이 일상이었다. 그런 마시바 가족에게 임상시험 참가는 처음으로 비친 구름 속 햇살이었다.

유타로는 눈을 감았다. 늘 눈에 선하게 떠오르는 정경은, 더 이상 선명한 영상이 되지 않았다.

내리쬐는 태양. 한여름의 마당. 호스가 뿜어내는 물. 희미한 무지개. 모자를 쓴 소녀. 돌아보며 살포시 웃는다. 어깨 너머로 흔들리는 해바라기.

해바라기를 흔드는 바람이 처마 끝 풍경을 '딸랑' 하고 울린다.

부드럽게 미소 짓던 얼굴이 갑자기 시야에서 사라진다. 풍경 소리가 귓가에 메아리친다. 근처에 있던 엄마의 비명. 움직이지 않는 자신의 몸. 시야 끝에서 흔들리는 아지랑이.

기억 속에 남아 있던 여름의 한 장면이 되살아나자 유타로는 심호흡을 하고 눈을 떴다. 그럴 때를 말없이 기다렸는지 케이시가 이야기를 이어갔다.

"이 프로토콜에 따르면 9년 전의 임상시험에는 제삼자기관이 관여하지 않았다."

"그렇다면."

말이 목에 걸려, 유타로는 헛기침을 한 번 하고 다시 말했다.

"그렇다면 데이터 조작이 아직 가능했었다는 뜻이지?"

"하지만 그리 간단하지 않아. 어느 정도 규모가 있는 병원이라면 환자 한 사람의 데이터를 여러 사람이 지켜보는 게 일반적이다. 이 프로토콜을 보면 소와의대부속병원에서는 책임의사인 무로타 외에 세 명의 의사가 이 임상시험에 관여했어. 임상시험을 현장에서 지원하는 임상연구 간호사 두 명의 이름도 올라와 있어. 데이터 조작 자체가 불가능하지는 않지만 금방 들통나게 돼."

"실제로 린의 담당의는 병원을 의심했어."

"정말로 조작됐다면 더 많은 사람이 눈치챘을 거라는 뜻이다. 무로타가 한 짓은 동생의 데이터 조작이 아니야. 아마도 다른 부정행위일 거다. 그 담당의는 임상시험에서 뭔가 부정행위가 있다는 걸 눈치챘지만, 구체적인 내용까지는 몰랐겠지. 그래서 유족에게 진상규명에 나서길 권했을 테고."

"다른 부정행위라니?"

"나도 몰라. 그래도 추측은 해볼 수 있어. 신약개발을 국가의 성장산업으로 정착시키려면 신속한 승인 절차가 필요하고, 이는 신약 상용화가 지체되는 현상도 해소한다. 후생노동성이 선두에 서서 그렇게 지휘하기 시작했을 즈음 동생의 사고가 일어났다. 신약개발 도중의 의료사고. 더구나 사망자는 10대 소녀. 신원은 공개되지 않았지만, 동생의 죽음은 꽤 큰 뉴스가 됐다. 하지만 그 이후 더 이상 보도되지 않은 이유가 뭘까?"

"그건…… 유족이 소송을 포기했으니까. 유족조차 그 죽음을 수긍했다. 그렇다면 소란을 피울 만한 일이 아니다. 모두 그렇게 생각하지 않았을까. 우리 가족이 린을 매장한 거야."

케이시가 대답이 없자 유타로는 고개를 들어 케이시를 바라봤다. 케이시는 눈에 담겨 있던 안타까운 감정을 순식간에 지우더니 무뚝뚝하게 "바보냐" 하고 중얼거렸다.

"그런 감상적인 이야기를 묻는 게 아니다. 매스컴을 비롯한 언론이 잠잠해진 이유는, 그것이 사고나 사건이 아니라고 판단했기 때문이야. 그 10대 소녀는 임상시험 때문에 죽은 게 아니라, 임상시험 중에 우연히 병사했을 뿐이라고 납득했기 때문에 보도를 멈춘 거였어. 그러면 그들은 왜 사고가 아니라고 판단했을까?"

"린에게 투여된 건 가짜 약이라고 발표됐으니까."

"맞아. 환자에게 투여된 약이 플라세보라면, 그 죽음은 임상시험 약과는 무관하다고 생각하겠지. 그런데 동생에게 투여된 약이 플라세보라고 증명한 사람은 누구지?"

"누구라니?"

"네가 말한 대로 맹검에서는 처방된 약이 신약인지 플라세보인지는 환자에게 알리지 않아. 더구나 주관적 평가를 철저하게 배제하기 위해 의사에게도 제약회사에도, 그 치료에 관여한 어느 누구에게도 알리지 않는 게 일반적이야."

"뭐? 아무에게도 알리지 않는다니. 아무도 모르면 무슨 소용이 있지?"

"그래서 제약회사는 임상시험과는 무관한 업체를 사이에 끼우는 거야."

"업체?"

"병원은 환자에게 임상시험 참가 동의를 얻으면 일단 환자에게 피험자 식별코드라는 개별 식별번호를 붙여. 그리고 업체 측에 그 식별번호를 전달해. 한편 제약회사는 겉으로는 신약인지 플라세보인지 구분할 수 없는 약을 업체 측에 보내고, 업체는 임상시험 약에 식별번호를 붙여."

그 업체를 거치면서 환자도 약도 개성을 제거한 단순한 번호가 된다.

"응." 유타로는 고개를 끄덕였다.

"그 후 업체는 프로그램으로 난수亂數를 발생시켜서 배당표라는 것을 작성해. 그 배당표에 따라서 어떤 식별번호의 피험자에게 어떤 식별번호의 약을 투여할지를 정하지. 병원은 업체가 지시한 대로 피험자에게 약을 투여하는 거야."

"프로그램." 유타로가 말했다.

임상시험에 참가한 동생에게 무개성의 번호가 붙여진다. 프로그램이 동생 번호에 신약 번호를 배당한다. 모든 것은 거기에서 시작된다.

"그렇군. 사람이 아니라 프로그램이 정하는구나."

"그러는 게 맞지. 특히 무작위성에 있어서는, 사람보다 컴퓨터가 훨씬 신뢰할 수 있어. 사람은 자꾸 무언가를 꾸미니까."

"만약 그 프로그램이 린에게 플라세보 번호를 배당했다면, 린이 죽지 않았을지도 모른다는 거네. 지금도 살아 있을지 모르고."

그랬을 '지금'을 상상하자 가슴이 아파왔다.

그 프로그램에는 아무런 의도도 없고 당연히 살의도 없다. 그럼에도 동생은 죽었다.

"심판할 수 없는 것에 책임을 돌리지 마."

케이시의 날카로운 말투에 유타로가 고개를 들었다.

"우연을 탓하자면, 거의 모든 세상일이 우연이야. 궁극적으로는 모든 것을 신의 탓으로 돌릴 수도 있겠지. 하지만 그럼에도 죄를 물어야 할 사람은 있다. 그렇지 않으면 인간 세상은 돌아가지 않아. 우리는 지금, 그런 자들에 대해 이야기하는 거다."

"맞아." 유타로가 고개를 끄덕였다. "그래, 알고 있어. 계속해."

정말로 괜찮은지를 확인하듯 케이시가 유타로를 응시했다. 유타로가 다시 한번 고개를 끄덕이자 케이시도 고개를 끄덕이며 이야기를 이어갔다.

"프로그램에 의해 작성된 배당표는 임상시험이 완전히 끝날 때까지 공개하지 않는 것이 원칙이다. 그렇지만 임상시험 도중에 반드시 배당표를 알아야 할 상황이 발생할 때도 있어. 그런 만일의 사태가 일어났을 때를 대비해서 이머전시 키$^{emergency\ key}$라는 걸 만들어둬. 이는 개개의 피험자 식별번호에 어떤 약이 배당되었는지를 알 수 있는 것인데, 피험자의 수만큼 존재해. 만약 피험자에게 건강상의 중대한 문제가 발생했을 때, 병원은 처치를 하기 위해 그 피험자에게 투여된 약이 신약인지 플라세보인지를 알아야 하지. 하지만 그것을 알기 위해 배당표를 공개해버리면 임상시험은 익명성을 잃게 되고 지속할 수 없게 돼. 그런 상황을 피하고자 피험자 개개인의 배당표를 명시한 것이 이머전시 키야. 종이로 된 태그 같은 건데, 피험자 수만큼 있고 봉투 같은 것에 개별적으로 밀봉되어 있어. 이머전시 키는 배당 업체가 보관하고, 긴급사태가 발생한 경우에 한해 해당 피험자의 것만을 개봉해."

이해했는지를 확인하듯 케이시가 유타로를 바라봤다. 유타로는 고개를 끄덕였다.

"동생이 사망했을 때, 그 이머전시 키가 개봉됐을 거다. 그리고 동생에게 투여된 약이 플라세보라고 발표했지."

유타로도 케이시가 말하고자 하는 바를 알 수 있었다.

"린이 죽은 후 그 이머전시 키를 개봉하기 전에 린의 이머전시 키를 바꿔치기했을 가능성이 있다는 뜻이지?"

"그래."

"아니, 잠깐만. 하지만 무로타는 린에게 투여된 약이 진짜인지 아닌지 몰랐잖아? 그렇다면……."

그렇다면 애초에 바꿔치기를 할 동기가 없다. 그렇게 말하려는 유타로를 케이시가 앞서서 제지했다.

"그 생각은 나도 했다. 그런데 재미있는 블로그를 하나 발견했어. 익명으로 운영하는 한 의사의 블로그야. 그 블로그에 따르면,

블라인드 테스트라고 해도 임상시험이 진행되다 보면 약의 진위를 알게 되는 경우가 있다고 해. 의사는 임상시험 중에 피험자의 혈액이나 소변 등을 검사하기도 하고 심전도를 확인하면서 필요한 데이터를 모으지. 임상시험 중인 신약이 효과가 클수록 투약효과가 데이터로 드러나게 돼."

당연하다면 당연한 이야기였다.

"아, 그렇겠지."

"그런 상황을 방지하기 위해 시험 도중에는 데이터 수집을 금지하는 임상시험도 있는 것 같지만, 동생의 임상시험은 달랐어. 프로토콜에 따르면 한 달에 한 번씩 피험자의 데이터를 취합하게 되어 있어."

"아!" 유타로는 문득 기억을 떠올리며 큰 소리로 말했다. "그러고 보니 린의 담당의도 그렇게 말했어. 임상시험 중의 데이터를 봤을 때 신약이 투여됐을 가능성이 높다고. 그 말이 그런 의미였구나."

"무로타도 같은 생각이었을 거다."

"그래서 이머전시 키를 바꿔치기했다."

"그래. 데이터상으로는 아무리 신약처럼 보여도, 이머전시 키를 해제했을 때 배당된 약이 플라세보로 나오면 그 데이터 변화는 약의 영향을 받은 것이 아니게 돼. 말 그대로 플라세보효과로 보게 되지. 따라서 임상시험이 완전히 끝나기 전에 배당표를 조작한다. 남은 이머전시 키 가운데 신약으로 명시된 것 중 하나를 플라세보로 바꿔치기해서 신약과 플라세보의 수를 맞추는 거지."

"그걸로 바꿔치기 완료."

"그래, 맞아."

"무로타가 저지른 부정행위가 그거였다는 거지?"

"그럴 거라고 생각해. 하지만 문제가 있어. 아무리 무로타가 책임의사라고는 해도 배당 업체가 관리하는 이머전시 키에 손을 댈 수는 없어. 실물로 보관되는 것이라서 외부에서 컴퓨터 크래킹으로 어떻게 할 수도 없어. 실제로 의사는 이머전시 키가 어디에 어떤 식으로 보관되는지조차 모를 거야. 바꿔치기를 하려면 배당 업체 내부의 조력자가 반드시 필요하지."

"조력자라. 그 사람을……."

어떻게 찾아낼까. 먼저 제약회사에 접근해서 그 임상시험의 배당을 담당한 업체를 찾아낸다. 그다음에 그 업체의 직원을 통해 부정행위를 저지른 사람을 골라낸다. 순서로 보면 그렇게 해야겠지만, 거기까지 가기가 쉽지 않을 것이다. 유타로는 암담한 기분이 들었다.

"그래. 어떻게 찾아야 할지 나도 막막했는데 의외로 간단하게 찾았다."

"웅? 뭐라고? 찾았다고?"

"구사카베 이사오."

"누구라고?"

"무로타의 집에 있던 노트북. 그 안에 특별한 데이터는 없었지만, 고등학교 동급생 중 한 명과는 가끔 메일을 주고받았어. 그자가 회사의 메일주소를 사용했길래 도메인을 조사했더니 배당표

업무도 수탁하는 의료서비스회사였다."

"임상시험 중에 사망사고가 일어났고, 사고를 은폐하기 위해
이머전시 키를 바꿔치기하고 싶은데, 마침 그 키를 관리하는 업
체에 우연히 지인이 있었다?"

"반대겠지. 우연히 부정행위를 할 수 있는 조건이었고, 그래서
부정을 저질렀다. 무로타에게 돈을 받았는지 아니면 다른 이유가
있는 건지는 모르지만, 조력자는 아마도 이 구사카베 이사오가
맞을 거다."

케이시는 다시 책상 위를 뒤적이더니 종이 한 장을 내밀었다.
메일을 인쇄한 것이었다. 발신인은 무로타 가즈히사. 수신인은
구사카베 이사오. 유타로는 메일을 훑어봤다. 반년 만에 보낸 메
일인 듯했다. 간략하게 근황을 적고 있었다. 노안이 진행되고 있
다, 백수 아들이 아직도 집에 있다, 아내의 기억력이 나빠지고 있
다는 내용을 담은, 아주 짤막한 메일이다. 더없이 일상적인 내용
이라서 더욱 기묘하다면 기묘했다. 반년 만에 메일을 보내면서
딱히 용건은 없다. 빈말이라도 조만간 만나자는 말도 없다. 단지
'아직 살아 있음'을 알리는 것처럼도 보인다.

유타로가 그렇게 말하자 케이시가 고개를 끄덕였다.

"나도 그렇게 읽었다. 그리고 이렇게 생각했지. 과거에 같은 죄
를 저지른 공범자끼리 계속 죄를 감추고 살아왔다면, 이런 메일
을 주고받지 않을까."

케이시가 다른 종이를 내밀었다. 무로타의 메일에 대한 구사카
베의 답신이었다. 거기에도 특별한 내용은 없다. 아주 간단하게

근황을 적은 후, 딱히 인사말도 하지 않고 메일을 끝내고 있었다.

"컴퓨터의 메일 소프트웨어에 보관된 건 전부 조사해봤지만, 지금까지도 반년에서 1년에 한 번 정도로 두 사람은 메일을 주고받았어. 그 메일이 올해 2월 초에 주고받은 거고, 그 이후로는 없어. 구사카베 이사오는 무로타가 죽었다는 걸 아직 모를 거다."

케이시가 하고자 하는 말을 유타로는 이해했다.

"아버지가 돌아가신 후 컴퓨터를 통해 아버지 친구의 존재를 알게 된 아들이, 아버지의 부고를 전하러 간다."

"그런 거지." 케이시는 대답하며 자리를 비켜줬다. "무로타의 메일주소를 사용해. 내용은 알아서 하고."

유타로는 컴퓨터 앞으로 옮겨 앉아서 구사카베 이사오에게 만남을 요청하는 메일을 쓰기 시작했다.

'AMADA 메디컬서비스'는 도요스에 위치한 고층빌딩 15층에 있었다. 엘리베이터에서 내리자 안내데스크가 있었고, 여성 한 명이 앉아 있었다. 그 끝쪽 자동문 옆에는 젊은 경비원이 위압적인 표정으로 눈을 날카롭게 빛내고 있다. 안내데스크의 여성에게 무로타 이치로라고 이름을 밝히고 면회 약속이 있다고 하자 "저쪽에서 기다려주십시오" 하며 엘리베이터 앞의 소파를 가리켰다. 유타로는 그곳에 앉아서 구사카베 이사오를 기다렸다. 유타로가 앉아 있는 동안 몇몇 사원이 드나들었다. 자동문을 열려면 옆의 카드리더기에 사원증을 통과시켜야 하는 듯했다.

갑자기 숨쉬기가 거북해진 유타로는 넥타이를 느슨하게 풀어서 황급히 호흡을 가다듬었다. 유타로는 이곳에 오기 전에 집에 들러서 하얀 셔츠와 재킷으로 갈아입었다. 목에는 케이시에게 빌린 넥타이까지 매고 있었다.

갑갑함을 참으면서 사원들이 출입하는 모습을 관찰하고 있자, 백발에 키가 작은 남자가 양복 차림으로 나왔다. 안내데스크 앞을 둘러본 후 이내 유타로에게 시선을 멈춘다. 유타로가 일어서자 남자는 그 자리에 멈춰 서서 손짓했다. 케이시에게 빌린 서류가방을 들고 유타로는 잰걸음으로 남자에게 다가갔다.

"구사카베 이사오 씨 되십니까?"

"맞네. 자네가 무로타의 아들인가."

안경 안쪽의 외꺼풀 눈이 관찰하듯 유타로를 보고 있었다. 심술궂어 보이기도 하고, 어찌 보면 소심해 보이기도 하는 눈이었다. 가까이 다가가니 얼굴에 낀 기미가 눈에 띄었다.

"이치로라고 합니다. 생전에 아버지께서 많은 신세를 지셨습니다."

안 그래도 작은 눈이 더욱 작아졌다. 최근에는 만날 일이 없었다고 해도, 고등학교 동급생이라면 어렸을 때의 이치로를 봤어도 이상하지 않다. 자신을 의심하는 건 아닐까 걱정했지만 그렇지는 않았다.

"그래. 무로타 녀석, 정말로 죽은 건가."

구사카베는 바닥을 향해 중얼거리듯 말하고는 안내데스크로 향했다.

"매한가지지만."

유타로에게 한 말인지, 혼잣말인지 알 수 없었다. 뒤를 따라가면서 혹시나 해서 되물었다.

"매한가지요?"

"이미 6년 넘게 못 만났지."

그다음 말을 기다렸지만 구사카베의 이야기는 이어지지 않았다. 이미 6년 넘게 만나지 않았다. 그러니까 살아 있든 죽었든 마찬가지다. 그런 뜻으로 한 말인가, 하고 한참이 지나서야 이해했다.

구사카베는 안내데스크에서 절차를 밟아 방문객용 출입증을 받은 후 유타로에게 건네주고는 자동문을 향해 걷기 시작했다. 양복 오른쪽 주머니에서 사원증을 꺼내 리더기에 통과시킨다. 유타로는 옆에 선 경비원에게 아부하듯 웃어 보인 후 가슴에 출입증을 달면서, 구사카베를 따라 자동문을 빠져나갔다.

넓은 실내 공간은 파티션으로 분리되어 있었다. 유타로는 그중한 곳으로 안내받았다. 조그마한 테이블에 의자가 넷. 외부인과는 그곳에서 만나게 되어 있는 듯하다. 칸막이 너머에서 사람들 말소리가 들렸다.

유타로와 구사카베는 테이블을 사이에 두고 앉았다.

"아버지는 어떻게 돌아가셨나?"

"대동맥해리입니다. 갑작스러운 일이어서 어머니도 저도 무척 놀랐습니다."

"그래. 병사였나."

"네?"

유타로가 되물었지만 구사카베는 "아니다" 하며 대답을 얼버

무렸다.

"커피, 괜찮나?"

"아, 아무거나 괜찮습니다."

구사카베는 앉자마자 일어서더니 가만히 유타로를 바라봤다. 유타로가 무슨 일이냐는 듯 눈으로 물어보자, 구사카베는 살짝 쓴웃음을 지었다.

"무로타에게 들었던 것보다 훨씬 듬직하군."

"아, 그렇습니까?"

구사카베는 여전히 쓴웃음을 지은 채 가볍게 고개를 저었다.

"부모의 말은 믿을 게 못 된다니까."

구사카베는 그렇게 말하고 벽 쪽의 자동판매기로 걸어갔다. 그 뒷모습을 지켜보면서 유타로는 스마트폰을 꺼냈다.

'사내에는 사원증으로. 지금은 응접실. 컴퓨터 없음.'

그렇게 간단히 써서 문자를 보낸다. 곧바로 케이시에게 답장이 왔다.

'사무실로. 입실에 사원증 필요할지도.'

유타로는 USB단자에 접속하는 작은 기기를 가져왔다. 그 기기를 회사 내의 컴퓨터에 꽂으면 1분 만에 백도어가 만들어진다고 한다.

"백도어가 뭔데?"

"내부에 있는 비밀 뒷문. 그 뒷문의 위치를 알면 정문에 아무리 엄중한 보안 시스템이 있어도 자유롭게 들어갈 수 있어. 시스템 내부에 있는 컴퓨터로 백도어를 만들기만 하면 'AMADA 메디컬서비스' 사내의 시스템에 간단하게 들어갈 수도 있고, 9년 전의 데이터도 찾을 수 있을 거다."

"데이터라니, 어떤 데이터를 찾는데?"

"9년 전에 구사카베는 이머전시 키, 즉 물리적인 데이터를 바꿔치기했어. 이제 와서 그 증거를 찾는 건 불가능할 거야. 하지만 모든 임상시험이 끝난 후에 공개되는 또 하나의 배당표도 조작했을 거다. 만약 시스템에 9년 전의 배당표가 남아 있다면, 거기에는 프로그램이 산출해낸 원래 배당표를 고친 흔적도 남아 있게 돼. 한편 의대부속병원에 남아 있는 동생의 임상시험 데이터에는 손대지 않았으니까, 동생에게 붙여진 피험자 식별코드도 남아 있겠지. 그 두 가지를 대조해보면 동생에게 투여됐던 약이 신약이었다는 걸 증명할 수 있어."

그래서 유타로는 구사카베의 회사까지 찾아온 것이다. 케이시가 보낸 문자는 '어떡해서든 컴퓨터가 있는 사무실로 들어가라'고 지시하는 한편, '사무실로 들어가려면 사원증이 필요할지도 모른다'고 주의를 주고 있었다.

"말 참 쉽게 하시네." 유타로는 조그맣게 중얼거렸다.

원래 이곳에 오기 전에 케이시는 힘들 것 같으면 무리는 하지 말라고 했다.

"데이터를 다루는 기업인 만큼 크래킹에 시간이 걸리겠지만, 절대 불가능한 건 아니다."

유타로에게 기대를 건다는 건지 걸지 않는다는 건지 명확하지 않은 표현이었고, 그런 말을 들으면 유타로 입장에서는 오기로라도 결과물을 만들고 싶어진다.

유타로는 스마트폰을 주머니에 집어넣었다. 바로 구사카베가 종이컵 두 개를 들고 돌아왔다.

"아, 고맙습니다."

유타로는 컵을 받아 들었다. 구사카베는 다시 맞은편에 앉았다. 사원증은 양복 오른쪽 윗주머니에 있다.

"그러고 보니 양복을 입으시네요." 유타로는 일상적인 이야기부터 시작했다. "의료계 회사라고 들어서 당연히 흰 가운일 줄 알았습니다."

"그런 회사가 아니야. 의료계라고 해도, 무로타가 하던 일과는 전혀 다르지. 주로 의료 데이터의 통계와 분석을 담당하는 회사란다."

"구사카베 씨도 그런 일을?"

"아."

구사카베는 양복 안주머니를 뒤져 명함을 꺼냈다.

데이터시스템 3과 수석 애널리스트 구사카베 이사오

"수석 애널리스트. 멋지시네요."

"멋질 것도 없네. 부서에는 파티션으로 분리된 책상이 늘어서 있을 뿐이야. 과장이 있기는 하지만 상사도 부하도, 선배도 후배도 없어. 어쩌다가 다른 부서와 협업을 할 때도 있지만 같은 부서 사람과는 상대할 일이 거의 없지. 데이터만 상대하면 되는 부서야."

의료 데이터의 통계와 분석. 고작 건물 한 층을 쓰는 이 회사에서 막대한 양의 의료 데이터가 관리되고 있을 터다. 사라진 하나의 생명은 그 데이터 속에서 어떻게 취급되었을까.

"일은 재미있습니까?"

유타로는 명함에서 고개를 들고 엉겁결에 그렇게 물었다. 구사카베가 의아하다는 듯 유타로를 바라봤다.

"이런 일에 관심이 있나?"

"아, 아니요."

유타로는 재빨리 적당한 변명을 고민했다. 무심코 나와버린 '마시바 유타로'를 감추고 '무로타 이치로'를 다시 뒤집어쓴다.

"저는 사람들과 잘 어울리질 못해서요. 이런 일도 괜찮겠구나 하고. 앗하하."

마지막으로 웃음을 덧붙이며 그렇게 변명했지만 구사카베의 표정이 굳어졌다.

"정말 미안하다만, 우리 회사에 소개를 해줄 순 없구나."

"네?"

"예전이라면 가능했겠다만, 지금은 그럴 힘이 없어. 미안하다." 구사카베는 머리를 숙였다. "회사에서 만나자고 했을 때 미리 말해둘까도 생각했지만, 아직 부탁을 받은 것도 아닌데 앞서 그러는 것도 실례다 싶어서 말하지 못했다. 하지만 회사까지 찾아올 다른 이유는 없겠지."

다른 시간에는 나올 수 없는 상황이니 죄송하지만 회사로 찾아가겠다고, 유타로는 억지로 밀어붙였다. 구사카베는 그 이유가

취직자리를 부탁하기 위함이라고 해석했던 모양이다. 유타로는 상황을 이 흐름에 맡기기로 하고 고개를 끄덕였다.

"네, 뭐."

"억지로 의사를 시킬 필요는 없다고, 우리 회사로 보내라고 자네 아버지에게 반은 농담 삼아 말했었지. 그때는 실제로 그렇게 했어도 문제 될 건 없었다. 자네 한 명 정도 끌어줄 힘은 있었으니까. 하지만 그 뒤로 사정이 좀 변했구나."

"아, 사정이……." 유타로는 고개를 끄덕이다가, 좀 더 미련이 남는 척하는 편이 좋겠다 싶어서 물었다. "사정이라면 어떤……."

구사카베는 잠시 머뭇거렸지만, 유타로가 대답을 기다리자 작은 소리로 속삭이듯 이야기했다.

"3년쯤 전에 사소한 문제가 좀 생겼네. 그럴 의도는 없었는데, 전철역에서 근처에 있던 여성에게 불쾌감을 준 모양인데……."

구사카베는 눈을 감고 말끝을 흐렸다. 유타로는 그가 성추행을 저지른 거라고 짐작했다.

"사건화되지는 않았지만 그 사실이 회사에 알려졌지. 그 이후 그다지 대접을 받지 못하고 있어. 정보를 다루는 이런 회사는 그런 일에 민감하게 반응하거든. 혹시 예전에 내가 했던 말을 믿고 일부러 찾아왔다면 정말로 미안하다."

구사카베는 다시 고개를 깊숙이 숙였다.

"아니요, 무슨."

구사카베의 일방적인 이야기가 단숨에 진행되자 유타로는 당황했다. 이야기를 더는 이어가기가 어려워지고 말았다. 이제 구사카베가 고개를 들면, 실례가 많았다고 말하며 돌아갈 수밖에 없는 분위기다.

"그만하세요. 제가 더 난처합니다."

더 이상은 어쩔 수가 없었다. 유타로는 의자에서 일어나 당황한 듯 손을 뻗었다. 그리고 실수로 부딪힌 것처럼 테이블 위의 컵을 손등으로 밀쳤다. 목표했던 대로 컵은 구사카베의 양복 왼쪽에 커피를 뿌렸다. 순간적으로 구사카베가 몸을 뺐지만, 커피는 양복 상의에 쏟아져 번져가고 있었다.

"이런, 죄송합니다."

유타로는 테이블을 돌아 구사카베의 등 뒤에 섰다. 손수건을 꺼내고는, 일어선 구사카베의 양복 왼쪽을 닦는다.

"아니, 괜찮다."

구사카베가 그쪽에 시선을 돌린 틈에 오른쪽 주머니에서 사원증을 빼내 재빨리 자신의 재킷 주머니에 넣는다.

"옷에 얼룩져요. 빨리 벗으세요. 제가 화장실에 가서 닦아내겠습니다."

"아니다, 됐다."

"커피는 바로 닦으면 지워져요. 제게 주세요."

"정말 괜찮다. 나중에 내가 하마."

"그러시면 지금 바로 하세요. 전 그만 가볼게요."

"아, 그럴래?"

유타로는 테이블 위의 컵을 들고 구사카베를 재촉했다. 구사카베는 파티션을 나가다 말고 걸음을 멈췄다.

"취직 문제는 나도 좀 알아본 후에 무로타의 메일주소로 연락하마."

"부탁드립니다." 유타로는 그렇게 말하면서 구사카베를 다시 재촉했다. "빨리 닦아내세요. 전 컵만 버리고 바로 가겠습니다."

"아, 그래."

"감사했습니다."

유타로는 고개를 한 번 숙이고 휴지통을 향해 걸었다. 휴지통 앞에서 가만히 상황을 살피자, 구사카베는 아직 그 자리에서 유타로를 보고 있었다. 유타로는 남은 커피를 버리면서, 서두르라는 몸짓을 했다.

구사카베는 고개를 끄덕인 후 가볍게 손을 들어 보이고 마침내 유타로에게 등을 돌렸다. 유타로는 그 등이 모퉁이를 돌기를 기다렸다가 자리를 벗어났다. 이곳에 들어올 때 자동문 쪽에 사내 배치도가 걸려 있는 걸 확인해두었다. 잰걸음으로 그곳으로 돌아가 '데이터시스템 3과'를 확인한다. 방금 구사카베가 걸어갔던 방향이었다.

유타로는 구사카베가 갔던 모퉁이까지 재빨리 걸어가 주위를 살폈다. 구사카베의 모습은 보이지 않았다. 모퉁이를 꺾어 복도를 따라가면 오른쪽으로 화장실이 있었다. 화장실을 지나 더 들어가자 '데이터시스템 1과' '데이터시스템 2과'가 나왔고, 다시 한 번 모퉁이를 돌자 '데이터시스템 3과'가 있었다. 역시 입구 옆에는 카드리더기가 있다. 구사카베의 사원증을 꺼내 리더기에 통과시키자 문이 열렸다.

구사카베가 말한 대로 파티션으로 나눠진 책상이 늘어서 있었다. 키보드를 두드리는 딸각딸각 소리만 들린다. 여섯 명씩, 열두 명이 마주 앉게 되어 있었다. 문에 가장 가까운 쪽 파티션에서 젊은 남자 한 명이 고개를 쑥 내밀었다. 헤드폰을 끼고 있다. 유타로를 발견하고 수상하다는 표정을 지었지만, 유타로가 고개를 숙여 가볍게 인사하고 걷기 시작하자, 말없이 자신의 업무로 돌아갔다. 유타로는 남자의 등 뒤를 지나 앞에 있는 빈 책상으로 향했다. 그 자리가 구사카베의 책상일 것이라고 생각했지만, 파티션 벽에 양복 상의가 걸려 있었다. 그대로 지나쳐서 파티션 끝을 돌아 맞은편 쪽을 확인한다. 첫 번째 책상이 비어 있었지만, 책상에 놓인 부부 사진 속 남자는 구사카베가 아니었다. 그다음의 세 번째 맞은편 책상도 비어 있었다. 이제 비어 있는 책상은 그곳뿐이다. 컴퓨터 전원이 켜져 있었다. 유타로는 파티션 안으로 들어가 케이시가 건네준 기기를 USB단자에 꽂았다. 모니터에 윈도우 창이 작게 열리고 글자가 흐르기 시작한다. 유타로는 스마트폰을 꺼내 타이머를 작동했다. 케이시는 1분이면 된다고 말했지만, 혹시 모르니 3분 정도는 기다리고 싶었다.

유타로는 의자에 앉아, 유일하게 뚫려 있는 등 뒤를 돌아봤다. 벽에는 견고해 보이는 철제문이 있었고 문 옆에 기기가 달려 있었다. 카드리더기가 아니라 지문인식장치인 듯했다. '데이터 보관실'이라고 일본어로 적혀 있는 것이 실내의 분위기와 어울리지 않았다. 물리적인 데이터는 그곳에 보관되어 있을 것이다. 외부인이 그곳에 몰래 들어가려면 먼저 출입구의 카드리더기를 해결해서 사무실 문을 통과한 후, 안에 있는 직원들의 눈을 피해 지문 인식 자동문을 열어야 한다. 한편 디지털 데이터는 실력자인 케이시조차 크래킹에 시간이 걸린다고 인정할 만큼의 강력한 보안 시스템으로 관리되고 있다.

"거기, 뭡니까?"

누군가가 말을 걸었다. 마흔쯤 되어 보이는 옆자리의 여성이 의자 등받이에 기댄 채 몸을 젖히듯 하며 유타로를 보고 있었다. 유타로의 어깨 너머로 컴퓨터 화면이 보이는 각도였다. 유타로는 황급히 의자를 밀고 파티션에서 나왔다.

"아, 저기, 구사카베 씨가 이곳에서 기다리라고 하셔서."

"기다린다고?"

"아, 자료 때문에요. 자료를 받기로 해서."

"자료? 어? 그런데 구사카베 씨는?"

"화장실에 가셨습니다. 긴급상황인지 이곳 문을 열어주시고 자리에서 기다리라고 하고는 화장실로 뛰어가셨죠."

"아, 그래요. 그런데 자료라니? 어디서 오신 분?"

손에 들고 있던 스마트폰을 힐긋 바라봤다. 아직 40초밖에 지나지 않았다.

"이쪽에 데이터 분석을 의뢰한 회사의 직원입니다."

유타로는 가슴을 펴듯 해서 방문객용 출입증을 가리켰다.

"클라이언트께서 왜 이곳에? 우리 영업 담당은 누구죠?"

"저, 영업 담당자의 이름은 잘…… 그런 종류의 일은 다른 부서에서 진행하고 있어서요."

"다른 부서. 아, 그래요. 명함 좀 주시겠어요?"

"아, 명함. 명함 말이군요. 그러니까, 아. 네. 물론."

문득 생각이 나서 유타로는 서류가방에서 명함을 꺼냈다.

"'IT파워 엔터프라이즈'군요."

의심하고 있다는 사실을 더 이상 숨길 생각은 없는 듯하다. 여성은 자신의 컴퓨터로 회사명을 검색했다. 하지만 제대로 된 홈페이지가 나오자 일단 수긍한 듯했다.

"네트워크 관련의?"

"아, 네. 뭐."

"그런 회사에서 우리에게 의뢰를?"

"네. 그렇긴 합니다만, 구체적인 의뢰 내용까지는 말씀드릴 수가 없군요."

"그러시군요."

여성은 유타로 쪽을 향한 채 곁눈질을 하며 책상에 있던 전화를 집어 버튼을 두 번 눌렀다.

"아, 안내데스크죠? 시스템 3과의 미야시타입니다. 수고 많으십니다. 지금 사무실에 손님이 계십니다만, 확인 좀 부탁할 수 있을까요?"

몰래 스마트폰을 보니 2분이 지나고 있었다. 곁눈질로 화면을 확인하니 윈도우 창도 이미 사라지고 없었다. 기기를 뽑아 들고 뛰어가면 사무실에서 나갈 수는 있을 터였다. 하지만 지금 내선전화가 안내데스크에 연결되어 있다. 사무실을 나선 순간 회사 출입구에는 경비원이 대기하고 있을 것이다. 경비원을 어떻게 따

돌린다고 해도 엘리베이터가 15층에서 기다리고 있을지도 의문이다. 멍하니 엘리베이터를 기다리는 동안에 다른 경비원이 달려올 수도 있고, 남자 직원들이 에워쌀지도 모른다.

"아, 아니요. 그런 건 아니지만…… 네, 손님이…… 그렇습니다. 아, 저희 과의 구사카베입니다."

아무래도 엘리베이터가 기다리고 있다는 쪽에 승부를 거는 수밖에 없을 듯했다. 여성의 시선에서 벗어난 틈에 유타로는 손을 뻗어 USB단자에서 기기를 뽑았다. 그것을 주머니에 떨어뜨리고 서류가방을 쥐고 나오려는 순간이었다. 손목을 잡혔다.

"지금, 확인 중이니."

여성이 비어 있던 왼손을 뻗어 뜻밖의 강한 힘으로 유타로의 손목을 잡고 있었다.

"잠시만 기다려주시겠습니까."

정중했지만 거부할 수 없는 말투였다. 손목을 놓을 생각은 없는 듯하다. 손을 뿌리치고, 앉아 있는 여자의 등 뒤에서 목덜미를 잡아 엄지손가락 마디를 경동맥에 대고 강하게 누른다. 소리 지를 틈도 없이 제압할 수 있을까.

할 수 있을 것이다. 아니, 하는 수밖에 없다.

유타로가 결심하고 움직이려는 순간, 목소리가 들렸다.

"어? 미야시타 씨. 무슨 일이야?"

구사카베였다. 양복 상의를 팔에 걸치고 있었다. 구사카베와 함께 들어온 남자는, 유타로를 힐끗 볼 뿐 그대로 지나가 같은 줄의 비어 있던 다른 파티션으로 들어갔다.

"어떻게 된 거지?"

구사카베는 유타로에게 물으면서, 유타로의 손목을 잡고 있는 여성을 의아한 듯 바라봤다.

"아, 괜찮으셨습니까?" 유타로가 말했다.

"응, 덕분에 괜찮았네."

여성이 유타로의 손목을 놓았다. 전화기 너머에서 무슨 말인가를 했는지 여성이 응대한다.

"아, 방문객으로, 네, 그렇습니까."

여성은 손에 쥔 명함을 바라봤다. 이름과 회사명까지 확인해야 할지 망설이는 듯했지만, 그럴 필요까지는 없겠다고 생각을 바꾼 모양이었다.

"알겠습니다. 죄송합니다. 이쪽에서도 확인됐습니다. 소란스럽게 해서 죄송합니다."

전화를 끊은 여성은 구사카베를 향해 차갑게 말했다.

"외부인을 사무실로 들이는 건 좀 아니지 않나요. 만날 거면 회의실이나 응접실에서."

뭔가 반론하려는 구사카베를 막아서듯 유타로가 먼저 고개를 숙였다.

"정말 죄송했습니다. 앞으로는 조심하겠습니다."

유타로가 고개를 조아리자 여성은 불만스러운 표정을 지으면서도 자신의 업무로 돌아갔다.

"죄송합니다. 잠시만."

구사카베가 입을 열기 전에 유타로는 등을 밀어 사무실 바깥으로 향하게 했다. 구사카베의 시선에서 벗어난 그 짧은 순간에, 옆자리 여성의 책상으로 손을 뻗어 자신의 명함을 집는다.

"몇 장 안 남아서요."

유타로는 생긋 웃으며 명함을 주머니에 넣는다. 여성은 못마땅한 표정이었지만 별말은 없었다. 뒤를 돌아보려는 구사카베를 다시 재촉해서 사무실 밖으로 데리고 나간다.

"여기는 왜?"

"아, 이거요. 아까 테이블 밑에 떨어져 있었습니다."

유타로는 사원증을 내밀었다.

"그래서 전해드리려고 명함에 있는 부서로 가서 기다렸던 건데. 생각해보니 이걸 떨어뜨린 구사카베 씨는 안으로 들어올 수가 없는 거였어요. 죄송합니다. 밖에서 기다렸으면 됐을 텐데 말이죠."

"아, 그래. 아니야, 고맙다."

사원증을 받아 들고 구사카베는 소곤거렸다.

"옆자리 여자, 안 그래도 깐깐한 사람이야. 특히 나랑은 안 맞아. 기분 상했다면 미안하네."

"아, 아닙니다. 괜찮습니다." 유타로는 생글생글 웃으며 말했다.

만약 구사카베가 사무실로 돌아가서 그 여성과 이야기를 나눈다면 수상한 점이 수두룩하게 나올 것이다. 이야기를 나눌 가능성은 낮아 보였지만 전혀 없는 건 아니다. 그 전에 떠나야 한다.

"그럼 전 이만."

"그래."

구사카베가 고개를 끄덕였다. 유타로는 구사카베에게 등을 돌리고, 서두르는 티가 나지 않도록 조심하면서 출입구로 향했다.

3

유타로가 사무실로 돌아오자 눈앞에 농구공이 떨어졌다. 두 번 튕긴 후 케이시에게 던진다.

"어떻게 됐어? 'AMADA 메디컬서비스'의 데이터에 들어가봤어?"

"시스템에는 들어갔다. 하지만 9년 전의 배당표 데이터는 삭제됐어. 더 오래된 배당표 데이터는 남아 있었으니까 누군가가 9년 전 데이터만 삭제한 셈이지."

케이시는 공을 무릎에 올리고 힘차게 휠체어를 전진시켰다. 돌진해오던 케이시의 모습이 눈앞에서 사라진다. 순간적으로 뒤로 휘청하는 유타로를 무시하고, 케이시는 날쌔게 휠체어를 돌려 공을 던졌다. 공은 포물선을 그리며 문 위에 그려진 동그라미에 맞고 떨어졌다. 유타로는 공을 집어 다시 케이시에게 던졌다.

"그 데이터는 못 살려?"

"현재 인류의 디지털 기술로는 거의 불가능해."

케이시는 휠체어 옆으로 공을 튕기면서 말했다. 맥이 빠진 유타로는 무너지듯 소파에 쓰러졌다.

"그럼 증거 없음?"

"그렇지는 않아. 사건 당시의 메일은 남아 있었다."

유타로가 고개를 들었다.

"메일?"

케이시는 농구공을 유타로에게 던지고, 핸드림에 손을 뻗어 휠체어를 전진시켰다.

"구사카베는 무로타에게 메일을 보낼 때처럼 개인적인 용건에도 회사의 메일주소를 사용했어."

케이시가 늘 앉는 위치로 갔다. 유타로도 공을 내려놓고 책상 앞으로 갔다.

"하지만 9년 전이잖아?"

"'AMADA 메디컬서비스'의 메일서버는 메일을 무기한으로 보관하고 있어. 이런 업종의 기업에서는 그리 드문 일도 아니야."

"그런 거야?"

디지털 데이터는 쉽게 삭제된다는 선입관이 있었다.

"거기에 무로타와 주고받은 메일이 남아 있어? 이머전시 키를 바꿔치기하도록 의뢰했다는 그런 내용이?"

"회사 메일주소로 부정행위를 의뢰할 만큼 두 사람도 무신경하진 않아. 오히려 그 시기에 무로타와 주고받은 메일은 한 통도 없어. 대신에 도가시라는 남자와 메일을 주고받았어."

"도가시? 누구야?"

"매형이다. 구사카베의 누나의 남편."

"매형과 메일을 주고받는 게 이상한가?"

"그 전까지 두 사람이 메일을 주고받은 적은 거의 없었다. 그런데 네 동생이 사망한 지 석 달 후인 9년 전 11월부터 갑자기 두 사람 사이에서 메일이 오가기 시작했다."

"우연 아닐까?"

이걸 읽는 편이 빠르다는 듯 케이시가 몇 장의 인쇄물을 내밀었다. 두 사람이 주고받았던 메일이 시간순으로 나열된 듯했다. 첫 번째 메일은 '도가시 다쓰히코'라는 남자가 구사카베 이사오에게 보낸 것이었다.

전화로 상담했던 건은 우리 쪽에서는 지원할 수 없다. PMDA 쪽 사람을 소개해줄 순 있지만 도움이 되지 않을 거다. 아는 선생님에게 상담하고 있다. 조금만 기다려줘.

도가시가 보낸 메일을 받고 나서 20분 후에 구사카베가 답장을 보냈다.

다쓰히코 씨를 불편하게 할 생각은 없습니다. 어리석은 이야기를 했습니다. 그 건은 부디 안 들은 걸로 해주십시오.

그다음엔 화제를 돌리려는 듯 구사카베는 최근에 있었던 재밌는 이야기를 한 후 '아야'라는 도가시의 아내, 즉 자신의 누나가 요즘 어떻게 지내고 있는지 등을 물었다. 아야는 건강이 안 좋았는지 위로하는 듯한 내용이 쓰여 있었다. 유타로는 그 메일을 두 번 읽었다. 메일에는 '그 건'에서 매형을 떼어내고 싶은 구사카베의 초조함이 분명하게 담겨 있었다. 9년 전의 감정이 디지털 데이터에 선명하게 남아 있다는 것이, 문득 기묘하게 느껴졌다.

"이 메일이 왜 린의 임상시험과 관계가 있다고 생각해?"

"PMDA." 케이시가 말했다. "거기에 나와 있지?"

"아, 응. PMDA가 뭐야?"

"의약품의료기기종합기구. 후생노동성이 관할하는 독립행정법인이야. 임상시험을 직접 감독하는 곳은 후생노동성이 아니야. 사실상 국가는 이 PMDA를 통해서 임상시험을 관리하고 있지. 상층부에 있는 인력은 후생노동성 출신이 대부분이고, 임상시험에 관한 상담 업무도 맡고 있어. 시기를 생각해보면 '그 건'이 동생 사건을 가리키고 있을 가능성이 높다고 봐."

— 정부는 무섭군.

아버지가 중얼거린 말이 떠올랐다.

"도가시라는 사람이 후생노동성과 관계가 있어?"

"응. 검색해봤더니 단번에 나오더군."

케이시가 다른 종이를 내밀었다. 유타로는 종이를 받아 들고 훑어봤다. 9년 전의 후생노동성 간부 일람. 거기에 '도가시 다쓰히코'의 이름이 있었다. 직함은 후생노동성 심의관.

"심의관이 높은 자리야?"

"사무차관 다음가는 직책. 후생노동성의 넘버 투야."

"엄청나게 높네."

"당시 후생노동성에서 신약개발진흥을 선도했던 자가 도가시인 것 같아."

동생이 사망한 것이 8월. 망연자실해 있던 가족이 간신히 동생의 죽음을 현실로 받아들였을 즈음, 동생의 담당의가 찾아와서 그 죽음에 수상한 점이 있다고 말했다. 부모님은 변호사를 고용해서 병원에 정보 공개를 요구했다. 그때가 10월.

"구사카베는 우리 부모님이 문제를 제기하자, 초조해져서 후생노동성의 높은 양반인 도가시에게 상담을 했다."

"응. 그런 걸 거야. 도가시는 도가시대로 방치할 수 없는 상황이었겠지. 신약 임상시험 중에 일어난 사고, 그것도 중학생 소녀의 사망사고라면 세간의 관심이 집중될 테니까. 자신이 선도하고 있는 신약개발진흥에 찬물을 끼얹을 수는 없었겠지."

"서로 이해관계가 일치해서 같이 뭉쳤다는 뜻?"

"아니."

케이시의 재촉에 유타로는 인쇄물을 넘겼다. 도가시가 구사카베에게 보낸 메일이었다. 연말이라 정신없이 바쁘다고 하소연하는 내용으로 시작한 도가시는, 마지막에 별일 아니라는 듯 '그건'에 대해 덧붙였다.

아는 선생님에게 그 건에 대해 물어봤다. 안 좋은 방향으로 흐를 가능성이 높아. 지금 대책을 강구하고 있다.

그 메일이 도착하고 한 시간이 지난 후, 구사카베는 강력한 어조로 도가시를 말렸다.

이야기를 외부에 노출하면 곤란합니다. 그 건은 정말로 잊어주십시오.

상담은 했지만 부탁할 생각은 없었다는 걸까. 구사카베는 거기에서 다시 '아야'라는 도가시의 아내를 언급한다.

다쓰히코 씨에게 폐를 끼치는 일이 생긴다면, 아야에게 도저히 얼굴을 들 수 없습니다. 아야를 위해서도 부디 이 이야기는 잊어주십시오.

애원에 가까운 어조였다.
그 후로 도가시가 보낸 메일은 없고, 구사카베가 '그 건'에 대해 아무것도 하지 않는지를 확인하는 메일이 세 통 이어진다.
인쇄물을 더 넘기자, 마침내 도가시가 구사카베에게 보낸 답신이 있었다.

그 건은 자네야말로 잊어주게. 앞으로 무슨 일이 일어나든 자네와는 관계없는 일이야.

"그 이후로 두 사람 사이에서 오가던 메일은 끊어졌어."
이런 메일을 받았다면 놀라서 당장 전화를 할 것이다. 아니면 직접 만나러 가든가.
유타로가 그렇게 말하자 케이시도 동의했다.

"아마도 그렇게 했겠지. 그리고 두 사람은 무언가를 확인했고 서로 양해했다."

도가시가 보낸 마지막 메일은 8년 전의 2월에 보낸 것이었다. 유타로는 그때의 일을 떠올렸다.

부모님의 요구에 응해 병원에서 제출한 것은 공식 발표된 정보와 다를 바 없었고, 도저히 납득할 수 없는 내용이었다. 의료과오로 손해배상을 청구하고, 소송을 걸어서 임상시험에서 무슨 일이 있었는지를 밝힌다. 부모님은 변호사와 그렇게 방침을 세웠다.

"부모님이 본격적으로 소송 준비를 시작한 때가, 린이 죽고 난 다음 해인 그쯤이었을 거야. 그 직후부터 우리는 괴롭힘을 당하기 시작했어."

"유족에게 소송을 단념시킨다. 두 사람 사이에서 그런 이야기가 오갔을 거다. 아니, 메일을 통해 추정하자면 도가시가 주도하고 구사카베는 묵인했어."

"그런 걸 거야." 유타로는 고개를 끄덕였다.

아내나 아들과 나눈 대화에서 그려지는 무로타 가즈히사라는 남자. 직접 만나본 구사카베 이사오라는 남자. 동생의 죽음을 병사로 치부하고 덮어버리려 했던 사람들이라고 생각하면서도, 진심으로 두 사람이 악인이라는 느낌은 들지 않았다. 그 당시 자신의 가족을 향했던 추악한 악의를 생각하면, 미루어 알게 된 그들의 모습은 너무 평범하다.

"이자야."

종이 위의 '도가시 다쓰히코'라는 글자를 유타로는 뚫어지게 응시했다.

"그때 우리 가족 앞에 있던 자는 이자였어."

문득 생각이 나서 유타로는 첫 번째 종이부터 살펴봤다.

아는 선생님에게 그 건에 대해 물어봤다.

그 말이 걸렸다.

"이 선생님이라는 자는 누구지? 소와의대부속병원의 누군가일까. 아니, 더 거물. 의사회의 간부 같은 자일까? 아니면 제약업계와 얽혀 있는 의사일까?"

"글쎄. 그건 아직 몰라."

"이 도가시 다쓰히코는 어떻게 하면 만날 수 있어?"

"주소가 요코하마군."

"요코하마?"

케이시가 데스크톱 컴퓨터의 마우스를 조작한 후 모니터 한 대를 유타로 쪽으로 돌렸다. 모니터에는 '리스트&밴드'라는 회사에서 보낸 메일이 열려 있었다. 정형화된 포맷인 듯하다.

문의하신 대상자의 주소.

그 옆에 요코하마시 나카구로 시작되는 주소가 적혀 있었다.

"이건 뭐야?"

"온라인으로만 운영하는 명부업체야. 도가시 다쓰히코의 주소를 문의했어. 그 외에도 인터넷으로 대충 정보를 뒤져봤지. 역시 후생노동성의 넘버 투까지 오를 만했더군. 나름 개인정보도 나왔어. 도가시는 현재 예순다섯. 쉰여덟에 후생노동성을 퇴임한 후, 대기업 제약회사가 설립한 싱크탱크에 소장으로 취임. 하지만 4년 만에 그곳도 퇴사하고 최근 3년 정도는 대외적인 활동을 하지 않는 것 같아."

"지금은 집에, 바로 이 주소에 있는 건가."

"글쎄. 일단 구사카베의 이름과 메일주소로 바이러스를 심은 메일을 보냈어. 제대로 작동하면 도가시의 컴퓨터에 침입할 수 있어. 거기서 도가시의 정보를 훑어내야지."

그 작업을 기다릴 생각으로, 유타로가 저녁밥을 사러 나가려고 하자 케이시가 어이없다는 듯 웃었다.

"도가시가 언제 메일을 확인할지도 알 수 없어. 기분은 이해하지만 오늘은 이만 퇴근해. 뭔가 움직임이 있으면 바로 연락할게."

네즈에 있는 집으로 돌아오자 현관문이 잠겨 있지 않았다. 하루나가 왔나 생각했는데, 현관 바닥에 낯선 남성용 가죽구두가 놓여 있었다.

"아버지?"

신발을 벗으면서 안쪽을 향해 물었다. 지금도 열쇠를 갖고 있는지 새삼 확인한 적은 없었지만, 이 집은 과거에 아버지 자신이 살던 집이기도 했다. 열쇠를 갖고 있다고 해도 이상하지 않다. 그러나 안에서는 대답이 없었다.

이상하다고 생각하면서 장지문을 열자 밥상 앞에 모르는 남자가 앉아 있었다.

"앗!"

놀라서 자신도 모르게 소리가 나왔다.

"어? 누구?"

오십이 조금 넘어 보였다. 얼굴이 얽고 체격이 작은 남자였다.

"어서 와."

태연하게 대답하는 남자의 품에는 다마 씨가 있었다. 유타로를 본 다마 씨가 남자의 품에서 벗어나려고 했지만 남자는 허락하지 않았다. 왼쪽 팔로 다마 씨를 꽉 껴안고, 몸을 움직일 수 없는 다마 씨의 목을 오른손으로 쓰다듬고 있다.

앉아, 하고 남자가 눈짓만으로 명령했다. 얼굴에는 웃음을 띠고 있었지만 눈빛에는 차가운 의지가 있었다.

유타로는 남자를 노려봤다.

다마 씨의 목을 쓰다듬던 손이 목을 쥔 상태로 멈췄다. 턱이 들어 올려진 다마 씨가 언짢은 듯 남자를 본 후, 목을 돌려 유타로를 바라봤다.

유타로는 그 자리에서 책상다리를 하고 앉았다.

남자가 다시 다마 씨의 목을 쓰다듬기 시작했다.

한동안 두 사람 모두 입을 열지 않았다.

남자는 어르듯 쭈쭈 소리를 내며 다마 씨의 목을 쓰다듬고 있다. 유타로는 남자에게 시선을 고정한 채, 집 안의 낌새를 살폈다. 다른 사람은 없는 듯했다.

"마시바 유타로." 남자가 마침내 입을 열었다. "심부름 값만 주면 뭐든 하는 심부름센터라고?"

"그 일은 이제 안 해."

"지금은 뭘 하는데?"

"당신이랑 상관없을 텐데."

"자신의 신변에 일어나는 일 중에 자신과 상관없는 일은 사실 그리 많지 않아. 상관이 없는 것처럼 보인다면 그건 자신의 시야가 좁은 탓이라고 생각해야 해."

"지금부터 저녁 준비를 할 거다. 다마 씨를 놔주고, 이름을 밝히고, 용건을 말해. 그 순서대로 빨리."

남자는 다마 씨를 놓지 않았다.

"예전에는 고양이 따위 밖에다 풀어놓고 키웠는데. 요즘 고양이는 집에 틀어박혀서는. 어이, 너 지겹지 않나?"

남자는 다마 씨의 머리를 툭툭 쳤다.

"원래 집 안이 집 밖보다 안전하다고는 할 수 없단다."

남자는 다마 씨의 머리를 계속 툭툭 쳤다. 다마 씨는 목을 움츠린 채 꼼짝 못 하고 있었다.

"예를 들어, 이 집에 불이 나면 어떡할래. 오래된 집이야. 아주 잘 타겠지. 게다가 요즘 날씨도 건조해서 처마 끝에 등유를 뿌리고 불을 붙이면 순식간에 불길에 휩싸인다고. 그러면 넌 그대로 통구이. 알겠어?"

남자의 손은 계속해서 다마 씨의 머리를 툭툭 치고 있었다.

"용건이 뭐야."

"그 전에 고양이를 놔주고, 이름을 밝히는 거 아니었나?"

단조롭게 머리를 툭툭 치던 손을 향해 마침내 다마 씨가 반격했다. 머리를 획 뺀 후 눈앞에 내려온 손바닥을 깨물었다. 꼴좋군. 유타로는 웃음이 터질 듯했다. 하지만 남자는 소리 한 번 지르지 않았다. 얼굴을 찡그리기만 했을 뿐, 자신의 손을 물고 있는 다마 씨를 가만히 내려다봤다. 다마 씨가 매섭게 노려본다. 한동안 소리 없이 서로를 노려봤다. 먼저 포기한 건 다마 씨였다. 거북한 표정을 지으며 남자의 손에서 입을 뗐다. 피가 살짝 배어 나왔다. 남자는 그곳을 입으로 한 번 빨았을 뿐, 아무 일도 없다는 듯 다시 다마 씨의 머리를 툭툭 치기 시작했다.

"용건이라기보다는 부탁이다."

남자는 그렇게 말하더니 "아, 아니지" 하며 고개를 갸웃했다.

"조언이 더 나을까. 그래. 모두가 행복해지기 위한 조언이다."

"조언?"

"마시바 유타로. 지금 하고 있는 일, 전부 그만둬."

"뭐?"

"계속해봐야 아무도 행복해지지 않아. 행복해지기는커녕, 모두 불행해진다."

"모두?" 유타로는 말했다. "무로타, 구사카베…… 아, 도가시인가. 당신을 이곳에 보낸 자가 도가시 다쓰히코인가?"

회사에 찾아갔을 때 구사카베의 동료에게 '마시바'라는 이름이 적힌 명함을 줬었다. 그 사실이 전해지지 않기를 기대했지만 전해진 모양이다. 구사카베가 다시 도가시에게 얘기했고, 도가시가 사람을 시켰다.

"나를 보낸 사람이 누구인지는 상관없다. 네가 하는 일은 모두를 불행하게 한다는 사실이 중요하지."

"모두라는 게, 구사카베와 도가시인가?"

"시야가 줍군, 마시바 유타로. 프리랜서 잔심부름꾼. 이전에는 그렇게 불렸다며? 어쩐지."

"불린 게 아니지. 스스로 그렇게 부른 거지."

"하핫" 하며 남자는 웃었다. "스스로를 깎아내리다니 어처구니가 없군. 한심한 놈이야."

"그 한심한 놈이 9년이나 지나서 움직이기 시작했다고 떨고 있는 게 누군데."

"아무도 너 따위에게 떨거나 하지 않아."

"다마 씨를 놓고 당장 나가."

그렇게 말한 순간, 남자가 손을 다마 씨의 목으로 가져갔다. 아까와는 달리, 강한 힘이 담겨 있다. 눈을 부릅뜬 다마 씨가 남자의 손안에서 버둥댄다. 유타로가 달려들려고 일어섰다. 하지만 남자가 먼저 일어나서 거리를 두었다.

"앉아 있어."

다마 씨의 목을 잡은 오른손을 몸 옆으로 뻗는다. 다마 씨가 비명을 지르며 필사적으로 사지를 버둥거렸다.

"앉고, 생각하고, 손가락을 접는다. 그 순서대로 빨리. 아버지는 새 아내와 두 명의 자식을 낳았다. 이제 여섯 살과 세 살이다. 어머니는 재혼 상대가 데려온 아이에게 최근에 와서야 어머니라고 부르는 소리를 듣게 된 모양이더군. 여동생의 소꿉친구는 지금도 가끔 집에 오지 않나? 자, 손가락을 몇 개 접었지? 이 고양이 외에도 네 약점은 몇 개가 더 있지?"

유타로는 어금니를 힘껏 깨물었다. 다마 씨는 눈을 크게 뜨고 격렬하게 허공을 휘젓고 있다. 유타로가 참지 못하고 다다미를 박차고 일어선 순간, 남자가 손을 놓았다. 다다미 위에 옆으로 떨어진 다마 씨가 '콜록' 하고 숨을 내뱉었다. 유타로가 달려가자 고통스러운 듯 목을 울리며 비틀비틀 일어나려고 했다. 유타로는 다마 씨를 품에 안았다.

"당신인가."

힘겨운 듯 쌕쌕 소리를 내는 다마 씨를 품에 안고 유타로는 남자를 노려봤다.

"9년 전에 우리 가족을 귀찮게 한 자가 당신이군."

남자는 일그러진 웃음으로 대답을 대신했다.

"도가시가 시켰나?"

"질문이 또 거기로 가나. 마시바 유타로, 머리를 좀 써. 그건 올바른 질문이 아니잖아."

"올바른 질문? 대체 뭘 물어보라는……."

유타로의 질문을 막아서듯 남자는 고개를 저으며 말했다.

"손을 떼. 그게 가장 좋아. 어느 누구보다 너 자신에게."

남자가 등을 휙 돌려 장지문을 열었다.

"앗, 거기 서, 이 자식."

다시 기침하는 다마 씨를 조심스럽게 바닥에 내려놓고 유타로는 남자의 뒤를 쫓았다.

유타로가 복도로 나왔을 때, 남자는 현관문을 닫는 중이었다.

"기다려!"

스니커즈를 걸쳐 신고 현관문을 열자 갑자기 탄내가 코를 찔렀다. 냄새가 나는 곳을 쫓아 시선을 향한다. 툇마루 아래에서 연기가 나오고 있었다.

"너, 까불지 마."

남자가 문을 나갔다. 쫓고 싶었지만 그럴 수가 없었다. 유타로는 땅바닥에 엎드려 툇마루 아래를 들여다봤다. 무언가가 타고 있었다.

"이런, 제길."

벽에 세워져 있던 빗자루를 거꾸로 쥐고 툇마루 아래에서 불꽃을 긁어냈다. 둘둘 말은 낡은 천에 등유를 적셔 불을 붙인 듯했다. 발로 몇 번인가 짓밟자 불은 꺼졌다. 유타로는 뛰어나가 집 앞의 도로를 훑어봤지만 남자의 모습은 이미 어디에도 없었다.

집 안으로 돌아오니 다마 씨는 유타로가 내려놓은 그곳에 엎드려 있었다. 굴욕감으로 토라져 있나 싶었는데, 아니었다. 목에서 쌕쌕하는 소리가 새어 나오고 있었다.

"괜찮아?"

유타로는 다마 씨의 옆에 앉아 얼굴을 들여다본다. 다마 씨가 일어나 유타로의 무릎에 앞발을 얹었다.

"아, 이리 올래?"

유타로가 무릎에 올려주자 다마 씨는 안심한 듯 몸을 둥글게 말았다. 목 안쪽에서 울리는 쌕쌕 소리가 멈추지 않았다. 가끔 괴로운 듯 콜록콜록 기침했다. 유타로는 조심스럽게 등을 쓰다듬어주었다.

시간이 조금 흐르자 쌕쌕거리는 소리는 서서히 가라앉았다. 안도하는 동시에 분노가 치밀었다.

그 남자가 도가시의 명령으로 움직이는 건 틀림없을 것이다.

"야쿠자?"

유타로는 혼자 중얼거리고는 고개를 흔들었다. 경찰의 블랙리스트에 오른 조직폭력단의 일원이라면 몇 명인가와 교류한 적이 있었지만, 조금 전 남자는 그쪽 사람 같지는 않았다. 요즘의 야쿠자는 대놓고 위협행위를 하지도 않을뿐더러, 유타로의 가족이 괴롭힘을 당한 건 벌써 9년 전의 일이다. 조직원이라면 담당자가 바뀌었을 터다. 그 남자는 조직에 속하지 않고 개인으로 움직이고 있다. 더러운 일을 도맡아 하는 도가시의 비서 같은 걸까.

마침내 다마 씨가 고른 숨소리를 내며 자기 시작했다. 유타로는 왼손으로 다마 씨의 등을 쓰다듬으면서 오른손으로 스마트폰을 꺼냈다. 하루나에게 문자를 보낸다.

'한동안 집에 못 와. 다마 씨 돌봐줄 수 있어?'

시간은 저녁 8시를 넘어서고 있었다. 아직 근무 중일지도 모른다. 그렇게 생각했지만 바로 답장이 왔다.

'오케이. 어디에 가는지는 모르겠지만, 선물 기다릴게.'

"만두 정도면 되려나."

쓴웃음이 나왔다. 다마 씨가 깨지 않도록 무릎에서 바닥으로 내려놓는다.

2층으로 올라가 옷을 챙겨 입었다. 케이시에게 연락해야 할지 고민했지만 하지 않기로 했다. 이번에는 주거침입죄 정도로 끝나지 않을 수도 있다. 폭행죄일까 상해죄일까. 살인죄까지 저지를 생각은 없었지만, 유타로는 스스로도 자신할 수 없었다. 상대의 얼굴을 보고 자신이 어떤 충동에 휩싸일지, 전혀 짐작이 가지 않았다. 케이시를 범죄에 끌어들이고 싶지는 않았다.

지하철을 갈아타가며 도착한 요코하마역에서 내려 긴 언덕길을 올라갔다. 도중에 있는 대부분의 집들에는 요란한 크리스마스 조명이 장식되어 있었다.

도가시의 자택은 항구가 내려다보이는 높은 지대에 있었다. 하얀 상자 모양의 집은, 처음에는 모던한 분위기를 풍겼을지도 모른다. 하지만 낡아버린 지금은 지나치게 심플한 구조가 오히려 밋밋하고 딱딱하게 보였다. 조금 더 컸더라면 무슨 연구소처럼 보일 것 같았다. 펜스 너머로 정원을 들여다보니 잔디도 정원수도 오랫동안 손질되지 않았음을 알 수 있었다. 바로 옆집은 일본식 주택이었고, 그 뒤쪽은 낡은 맨션이었다.

유타로는 플라이트 재킷 안에 입은 파카의 후드를 쓰고 맨션 정문으로 들어갔다. 엘리베이터 앞을 그대로 지나쳐 계단실로 들어간 후 그곳에 있던 창문을 열고 밖으로 나온다. 펜스 건너편에 있는 도가시의 집은 조용했다. 2층 창문에서 불빛이 새어 나오고 있었지만 1층 창문은 전부 어두웠다. 사람의 말소리도 물소리도 들리지 않는다. 유타로는 주변을 확인하고 펜스를 넘었다. 아래에는 방범용 자갈이 깔려 있어서 밟으면 소리가 난다. 펜스를 붙잡고 콘크리트로 된 펜스 받침을 밟으며 집 뒤쪽으로 돌아간다.

현관에는 방범 효과가 높은 잠금장치를 설치하면서도 부엌문에는 그다지 신경을 쓰지 않는 집이 많다. 하지만 도가시의 집에는 핀 실린더나 디스크 실린더 같은 원통형 자물쇠가 설치된 게 아니어서 열쇠를 따기는 어려울 듯했다. 그래도 문과 문틀 사이에 틈이 있었다. 유타로는 등에 메고 있던 배낭에서 철사를 꺼내 문 안쪽을 더듬었다. 금세 섬턴*을 찾아낸 유타로는 부엌문 자물쇠를 열고 철사를 다시 배낭에 넣었다. 철사를 꺼내서 넣기까지 채 2분도 걸리지 않았다.

문을 살짝 열어보았다. 안에서 누군가가 반응하는 기색은 없었다. 불빛도 새어 나오지 않는다. 유타로는 문을 조금 더 열고 그 틈새로 몸을 밀어 넣었다. 주위는 어두웠다. 후드를 젖히고 배낭에서 펜라이트를 꺼내 주위를 확인한다. 들어간 곳은 주방이었다. 바로 앞에 싱크대와 가스레인지가 있었고, 아일랜드 테이블 너머로 식탁이 보였다. 인기척은 없다. 유타로는 스니커즈를 신은 채 실내로 들어갔다.

주방에는 문이 두 개 있었고, 그중 하나는 넓은 거실로 이어져 있었다. 유타로는 또 하나의 문을 열고 복도 안쪽으로 들어갔다. 현관 입구가 나왔고, 유타로는 바로 옆에 있는 계단 아래에 몸을 숨기고 귀를 기울였다. 현악기 소리가 들렸다. 위에서 누군가가

---

* thumb-turn. 열쇠를 쓰지 않고 손으로 돌려서 잠그는 잠금장치.

CD를 듣고 있는 듯했다.

유타로는 발소리를 죽이고 계단을 올라갔다.

2층에는 네 개의 문이 있었다. 그 가운데 하나의 문틈으로 불빛이 새어 나오고 있었다. 말소리도 조그맣게 새어 나온다. 유타로는 펜라이트를 끄고 문 가까이에 다가가 귀를 기울였다. 느릿하고 서정적인 현악기 선율과 함께 남자의 목소리가 들렸다.

"응, 맞아. 이게 제2악장. 제1악장으로 충분하다고? 그렇군."

남자는 가볍게 웃었다.

"곡이 좀 길지. 말 그대로 교향곡이야. 하지만 이 곡의 하이라이트는 여기 제2악장에 있다는 사람들이 많아. 가만히 들어봐."

그리고 남자는 말이 없었다. 느릿한 선율이 이어진다. 유타로의 귀에 그 선율은 느긋하면서도 어딘가 긴장감을 품고 있는 것처럼 들렸다.

"그래, 여기부터야."

남자가 말한 순간, 선율이 만들어내던 온화한 세계가 무너져내렸다. 선율은 강렬한 감정의 소용돌이가 되어 유타로의 귀를 덮쳤다. 차라리 귀를 막고 싶을 만큼 격렬하고 애달픈 음률이었다.

순식간에 유타로의 가슴을 뒤흔든 선율은 이내 아무 일 없었다는 듯 원래의 느릿한 선율로 돌아갔다.

"어떻게 느꼈어?"

남자가 물었다. 상대방의 대답을 기다리지 않고 남자의 목소리가 이어졌다.

"방금 거기에 있었던 건 죽음이 아닐까 생각해. 앞으로 두 달

후에 죽게 될 작곡가는 그 보상으로, 죽음을 음악으로 변환할 수 있게 허락을 받은 건 아닐까. 그런 생각이 들어."

그런가. 그렇다면 지금의 마술 같은 선율도 납득이 간다.

그런 생각을 하다가, 문득 그런 생각을 하고 있는 자신이 우스워졌다.

그사이에 긴장감이 풀어진 건지도 모른다. 그 순간 몸을 기대고 있던 벽에서 끼익 소리가 났다. 유타로는 숨을 삼켰다. 문 너머에서 남자도 숨을 삼키는 것이 느껴졌다.

"누구 있어?"

목소리는 아직 문 쪽으로 다가오고 있지 않았다. 지금 당장 이곳에서 벗어나 몸을 숨겨야 한다. 그래야만 하는데도 몸이 그렇게 움직이지 않았다.

남자가 문 쪽으로 다가오는 기척이 들렸다. 곧 문이 열리고 남자가 자신을 발견하리라. 그렇게 생각하면서도 그곳에서 떠나지 못한다. 이유는 생각할 필요도 없었다. 남자는 도가시 다쓰히코다. 그리고 자신은 더 이상 도가시로부터 도망치고 싶지 않다. 살금살금 숨는 짓 따위 하고 싶지 않은 것이다.

바보 같군.

스스로도 그렇게 생각했다. 도가시에게 걸리면 경찰에 체포될 것이다. 집에 몰래 숨어 들어온 보람도 없이 아무것도 얻지 못하고 경찰에게 넘겨지게 된다.

눈앞에서 문이 열렸다. 반신반의했을까. 그곳에 서 있는 유타로의 모습에, 문을 연 도가시가 깜짝 놀라 몸을 뒤로 뺐다.

그 나이치고는 키가 큰 편에 속할 것이다. 젊었을 때 운동을 했었는지 어깨가 넓고 다부졌다. 휑한 정수리 주변으로 백발만 남아 있다. 하지만 관리를 하는지 얼굴도 몸매도 탄탄했다.

비틀거리듯 몸을 뒤로 뺀 도가시는 이내 자세를 바로잡았다. 문을 가로막듯 서서 유타로를 바라본다.

"빈손님인가?"

유타로가 알아듣지 못하자 도가시는 다시 말했다.

"당신 도둑인가? 그런 거면 집에 있는 현금을 전부 주겠다. 물론 경찰에 신고는 하겠지만, 그건 그쪽이 떠난 후에."

"돈은……."

유타로가 움직이려고 하자 도가시는 펼친 손바닥을 겹치듯 내밀었다.

"건들지 마. 조금이라도 내게 폭력을 썼다가는 강도가 되는 거다. 돈을 줄 테니까 갖고 나가. 됐지?"

저항할 수 없는 어조였지만, 위압적이지도 강압적이지도 않다. 과거 후생노동성의 넘버 투. 높은 곳에 있던 사람은 이런 건가, 하고 유타로는 때아닌 감탄을 했다.

"돈을 가져오겠다. 움직여도 되나?"

"돈은 필요 없어."

도가시가 눈을 가늘게 떴다.

"그럼 곤란한데. 돈 외에는 줄 게 없어."

"당신을 죽이러 왔다면?"

"그런가?"

"그래도 괜찮겠다고 생각하고 있다."

유타로의 표정을 유심히 살피면서 도가시는 부드럽게 웃어 보였다.

"그래도 괜찮겠다 정도로 살해당한다면 죽어도 눈을 감을 수 없지. 자네도 아무런 득이 없을 텐데. 돈을 가지러 가게 해주게. 만일을 위해 아래층 선반에 50만 엔 정도 보관하고 있어."

도가시는 옆을 지나가겠으니 허락해달라는 듯 손가락으로 옆쪽을 가리켰다.

"돈은 필요 없어. 방으로 들어가."

방에는 또 한 사람이 있다. 이렇게 가까운 거리에서 이상함을 느끼지 못했을 리가 없다. 그런데도 아까부터 말 한마디 하지 않는다.

"이 방엔 들어가지 말아주게. 다른 곳에서 이야기하지."

"뭐?"

가슴을 밀어내듯 뻗어온 도가시의 손목을 잡고, 상대방의 팔꿈치를 지점^{支點}으로 삼아 비틀었다. 견디지 못하고 무릎을 꿇은 도가시를 그 자리에 남겨두고 방 안으로 들어간다.

다다미 열 장 크기의 방에는 커다란 침대가 있었다. 환자용 침대였다. 등받이가 세워져 있다. 침대 헤드 양쪽에는 의료기기로 보이는 것이 몇 가지 있었다. 하지만 그 기기에 연결할 대상이 없었다. 침대에는 아무도 없었다. 기기에는 전원이 들어와 있지 않고 램프는 모두 꺼져 있다. 시간이 멈춘 듯한 광경 속에 현악기 소리만이 흐르고 있었다.

"자네, 무슨 생각인가."

일어선 도가시가 다가와 유타로의 어깨에 손을 올렸다.

"도둑이 아니라면 대체 왜 온 건가?"

유타로도 아까부터 그 생각을 하고 있었다. 자신은 대체 무엇을 하러 여기에 왔을까. 무엇을 기대하고 여기에 왔을까.

유타로와 도가시의 시선이 뒤엉켰다.

아마도 태평하게 살고 있기를 바랐을 것이다.

유타로는 그 사실을 깨달았다.

자신은 이 남자가 태평하게 살고 있기를 바랐다. 그 사실을 확인하면 무엇이든 할 수 있었다. 비난도, 폭행도, 살인까지도.

"마시바. 이 이름을 기억하나?"

유타로의 말에 도가시의 눈이 커졌다.

"마시바…… 그러면 자네는 그 아이의…….'

유타로는 도가시의 손을 뿌리쳤다.

"오빠다. 마시바 유타로."

"그렇군."

도가시가 멍한 표정으로 뒷걸음질 치더니 벽 쪽에 있던 소파에 털썩 주저앉았다.

"그래, 그렇군."

도가시는 다시 한번 중얼거렸다.

"자네라면 그래, 나를 죽일 자격이 있지."

그 말에는 반격도 저항도 없었다. 변명조차 없었다. 그게 오히려 유타로를 더욱 화나게 했다.

"당신에게는 당신 나름의 신념이 있었겠지. 아닌가?"

유타로의 말에 도가시가 고개를 들었다.

"자네는 어디까지 알고 있나?"

그것을 알아내서 발뺌하려는 속셈은 없어 보였다. 유타로는 솔직하게 대답했다.

"임상시험 중에 신약 부작용으로 동생이 죽었다. 그 사실을 은폐하기 위해 임상시험의 책임의사인 무로타는 고등학교 동급생이었던 구사카베를 이용해 이머전시 키를 바꿔치기했다. 우리 부모님이 진상규명을 하려고 하자, 초조해진 구사카베는 당신에게 이 일을 어떻게 처리해야 할지 상담했다. 그 당시에 당신은 후생노동성에서 국내 신약개발 촉진을 위해 일하고 있었지. 그래서 당신은 사람을 써서 우리 부모님의 소송을 뭉개버렸다."

도가시가 고개를 흔들었다.

"아니야. 아니, 일어난 일만 보면 그런 걸 수도 있겠군. 하지만 아니야. 그렇지 않아."

의미를 알 수 없는 중얼거림에 유타로의 분노는 더욱 커졌다.

"뭐가 아니라는 거야!"

고함치듯 묻는 유타로에게 도가시는 지친 듯 힘없이 대답했다.

"사망사고의 은폐, 신약개발 촉진. 그런 게 아니야. 그건 좀 더…… 말하자면 좀 더 개인적인 일이었다."

도가시는 그렇게 말하고 깊게 숨을 내뱉었다.

"개인적인 일?"

고개를 숙인 채 한참 동안 카펫을 응시하던 도가시가 천천히 고개를 들었다.

"사건의 발단은 동생의 죽음이 아니네. 좀 더 이전이야."

"이전이라니……."

"임상시험에서 사람이 죽는 건 있을 수 있는 일이야. 치료가 아닌 임상시험인 이상, 사망사고는 일어날 수 있어."

"그래서 환자는 죽어도 된다고? 동생이 죽은 건 어쩔 수 없는 일이라고?"

"아니. 그런 뜻이 아니네. 동생의 죽음은 불행한 일이었어. 그렇다고 해도 그 죽음을 감출 필요는 없었다고 말한 거네. 임상시험에 관여한 누구에게도 그 죽음을 은폐할 필요는 없었어. 유족은 애통하겠지. 분노하겠지. 하지만 임상시험은 그런 거야. 그 부분에 대한 양해는 미리 구했다. 불이익이 생길 수도 있다고 문서와 구두로 설명했을 거다. 자네 동생과 부모님은 그럼에도 임상시험에 참가하기로 결심했고."

그건 유타로도 알고 있었다.

"임상시험 중에 피험자가 사망하는 사고가 자주 일어나는 일은 아니지만, 절대 일어나지 않는다고도 할 수 없어. 그런 상황을 대비해서 병원은 엄밀한 서식의 동의서에 사인을 받고, 만일의 사망사고에 대비해 보험도 들지. 병원 입장에서도 제약회사 입장에서도 동생의 사고를 꼭 감춰야 할 상황은 아니었어."

"그렇다면 왜……."

"그러니까 그건 좀 더 개인적인 일이라는 거다."

"무슨 말이야?"

도가시는 다시 고개를 숙이듯 카펫에 시선을 떨구었다. 그리고 "나도 이사오에게 들은 이야기야" 하고 전제를 깐 후 이야기를 꺼냈다.

"9년 전의 어느 날, 무로타는 병원 내를 걷고 있었다. 어두운 표정을 한 소년이 병원 벤치에 앉아 있었다. 소년에게 무슨 병이 있나 싶어서, 무로타는 소년 옆에 앉아 사정을 물었다. 순간의 충동적인 행동이었다."

— 왜 그렇게 어두운 표정으로 앉아 있니?

"그때 소년의 여동생은 부모님과 함께 담당의사에게 임상시험에 대한 설명을 듣는 중이었다. 소년은 그 임상시험에 동생이 참가하는 게 내키지 않았다."

— 나쁜 이야기는 아니라고 생각해요. 하지만 그냥 불길한 느낌이 들어요. 사람들이 너무 기대하기 때문인지도 몰라요.

"아!"

유타로는 작게 소리를 질렀다. 유타로 자신은 잊고 있던 기억이었다.

"무로타는 소년의 이야기가 자신이 책임의사로 진행하는 임상시험 이야기라는 걸 순간 알아챘다. 환자에게 위험성에 대해 정확히 설명하는 것이 의무화되면서, 예전에 비해 임상시험의 참가 동의를 얻기가 쉽지 않았지. 무로타는 재빨리 소년에게 말했다."

— 최악의 경우에 약이 효과가 없을 수는 있단다. 하지만 악화되는 경우는 없어. 참가해도 손해 볼 건 없는 거지.

"소년은 무로타의 말에 안심한 듯 미소 지었다."

— 그런가요. 그런 거면 좋습니다.

"소년의 여동생은 임상시험에 참가하게 됐지. 그리고 임상시험을 시작한 지 넉 달 후에 약의 부작용으로 사망했다. 무로타는 곧바로 책임의사로서 필요한 조치를 취할 생각이었다. 그러나 병실을 나온 무로타 앞을 환자의 오빠가 가로막았다. 소년은 무로타에게 말했다."

— 최악의 경우라도 약이 듣지 않을 뿐이라고 했잖아요. 난 동생에게 절대 죽지 않는다고, 그렇게 말했단 말이에요.

"내가 그런 말을?"

"그래. 그랬던 모양이다. 기억 안 나나?"

유타로는 고개를 저었다.

동생의 죽음에 너무나 큰 충격을 받았다. 그 직후에 자신이 어떤 행동을 했는지 정확하게 기억나지 않았다. 하지만 그곳에 있던 의사와 간호사에게 항의했던 건 어렴풋이 기억났다.

"CD." 유타로가 말했다. "꺼줄 수 없나."

도가시가 소파에서 일어나 선반 위에 있던 리모컨을 들고 CD를 정지시켰다. 현악기 소리가 그쳤다. 고요해진 방 안에서 도가시는 이야기를 계속했다.

"환자와 보호자에게 임상시험의 참가 의사를 확인하는 건 담당의사의 몫이다. 무로타가 환자의 오빠에게 한 말은, 말하자면 일상적인 범주의 것이지 공식적인 건 아니야. 하지만 그 대화 내용이 공개되면 무로타는 경솔한 말을 했다고 심하게 추궁을 받겠지. 의사면허 박탈까지는 가지 않겠지만, 대학병원에서는 쫓겨날 상황이었다."

"그 정도의 책임은 져야지."

"무로타에게는 의사로 키우고 싶은 아들이 있었다. 그 아들 앞에서 무로타는 훌륭한 의사로 남고 싶었다."

"그런 이유로? 겨우 그깟 이유로 사망의 진상을 감췄다고?"

도가시는 리모컨을 원래 장소에 놓고 천천히 돌아와 다시 소파에 앉았다.

"일반적으로는 가능한 일이 아니다. 하지만 그때는 우연히 그것이 가능한 환경이었지."

"구사카베 이사오 말이지?"

"그래. 이사오의 도움을 받아, 동생의 죽음을 임상시험과는 무관한 일로 처리했다. 그런데 그 이후 유족이 의문을 품기 시작했지. 유족은 진실을 규명하기 위해 움직이려고 했다."

"거기에서 당신이 등장하는 건가?"

"이사오에게 이야기를 듣고서야 난 처음으로 동생의 사망사고를 알았다. 유족이 소송을 걸면 무로타와 이사오가 한 짓은 발각되겠지. 비밀엄수의 의무를 방패 삼아 숨길 수는 없을지 검토해봤지만 힘들 것 같았다. 그대로 두면 두 사람의 죄가 드러난다. 난 그것만은 피하고 싶었다."

"신약개발을 촉진해서 의약품을 국가의 성장산업 중 하나로 자리매김하겠다는 당신의 업무에 방해가 되기 때문이었겠지."

"그래. 그런 점도 있었지. 사망사고는 어쩔 수 없다 해도 조작행위는 심각한 문제였다. 그 사실이 알려지면 일본의 신약개발

현장에 대해 엄청난 비난이 쏟아지겠지. 신약개발을 촉진하기는 커녕, 신약승인 자체가 한층 늦어질 수도 있는 상황이었다."

"그래서 도와줬다?"

"하지만 그건 이차적인 문제일 뿐이다. 내가 움직인 이유는 좀더 개인적인 이유야. 난 이사오에게 비난이 쏟아지는 걸, 그리고 이사오의 누나이자 내 아내에게 비난이 쏟아지는 걸 피하고 싶었다."

"누나? 당신의 아내? 그 사람이 왜 비난을 받지?"

"이사오가 무로타에게 협조한 이유가 뭐라고 생각하나?"

"무로타가 부탁해서겠지. 돈을 받은 것 아닌가?"

"돈은 받지 않았어. 무로타에게 이야기를 들은 이사오는 오히려 적극적으로 바꿔치기를 했다."

"왜지?"

"이사오의 누나, 그러니까 내 아내는 난치병을 앓고 있었다."

도가시의 시선이 침대로 향했다. 유타로도 덩달아 그쪽을 바라봤다.

"신경질환의 일종이지. 아내는 결혼 전부터 보행이 어려웠고, 이사오는 늘 그런 누나를 걱정했다. 그는 언젠가 누나에게 치료약을 구해주겠다는 생각으로 의료 데이터 회사에 들어갔다. 이사오가 무로타를 도운 이유는 누나 때문이었다. 그즈음에 자네 동생의 임상시험약을 개발한 제약회사에서 이사오가 기다리던 치료약 개발에 착수했다는 발표를 했다. 누나의 난치병을 낫게 할지도 모를 신약. 그 개발에 방해가 되지 않도록, 이사오는 무로타에게 협조했던 거다. 물론 어리석은 짓이지. 사전에 내게 상담을 했다면 말렸을 텐데. 내가 이사오에게 이야기를 들은 건 이미 은폐공작이 이루어지고, 병원 발표도 끝나버린, 한참 뒤의 일이었다. 이사오의 죄가 드러나면 그 동기도 밝혀지겠지. 그렇게 되면 아내에게도 비난의 화살이 향해진다. 아니, 설사 아내가 비난을 받진 않더라도 아내는 스스로를 책망하겠지. 그런 상황을 만들고 싶지 않았다."

"그래서 당신은 부하를 시켜서 우리 가족을 조사했지. 우리를 괴롭히고, 후생노동성의 연줄을 이용해서 아버지 회사에 압력을 가했다."

"아버지 일은, 그래, 맞아. 내 탓이다. 어떡하든 소송에 집중하지 못하게 하려던 건데, 결과가 그렇게 되어버렸구나. 미안하다."

"린의 담당의사가 죽은 건? 당신이 죽이라고 시킨 것 아닌가?"

"그건 정말 사고였다. 음주운전 사고였지. 물론 무로타가 입막음을 했을 테고, 압력에 굴복한 자신에 대한 혐오가 사고의 간접적인 원인이었을 가능성은 부정하지 않는다."

"시기적으로 생각하면 오히려 관계가 없을 수 없지 않나? 당신들이 죽인 것과 매한가지 아닌가?"

"그래. 맞는 말이야."

"그 외에도 패나 잔인한 짓을 해주셨지. 당신 부하의 독단이었나? 그래도 보고 정도는 받았겠지? 그 남자는……."

도가시와 시선이 마주쳤다. 도가시의 표정에 유타로는 고개를 갸웃했다.

"어? 당신 부하가 아니었나?"

"아니야."

"그래. 또 누군가가 있는 거군. 그 남자는 그 누군가의 명령을 따르고 있고."

생각해보면 눈앞의 도가시도 추악한 괴물로는 보이지 않았다. 유타로는 도가시가 구사카베에게 쓴 메일을 떠올렸다.

"'선생'이군. 맞아. 당신이 이 사건을 두고 상담했던 '선생'이 있었지. 누구지? 소와의대부속병원 소속인가? 원장? 아니면 그보다 더 거물?"

그자야말로 자신이 찾고 있던 추악한 괴물이다. 유타로는 소파에 앉아 있는 도가시에게 바싹 다가갔다.

"그건…… 말할 수 없네."

"말해. 당신은 내게 말할 의무가 있어. 이미 여기까지 얘기했잖아. 마찬가지야."

"그 사람에게는 그 사람 나름의 이유가 있어."

"뭐라고?"

"그 사람도 나와 마찬가지로 가족 중에 환자가 있었네. 더구나 내 아내와 비슷한 증상이었어. 그 환자 역시 보행이 힘들었지. 각자 치료법을 찾다가 한 의료 관계의 심포지엄에서 서로 알게 됐고 친구가 됐네. 그도 당시에 발표된 신약개발에 큰 기대를 품고 있었어. 그래서 내 이야기를 들은 그도 자네 부모님의 소송을 어떻게서든 중지시키려고 한 거야. 그에게도 괴롭고 힘든 일이었어. 그러니 부디 이름만은 묻지 말아주게."

"우리 가족이 그자에게 무슨 짓을 당했는지 당신은 알고 있나?"

"모르네. 아니, 알려고도 하지 않았어. 미안하네."

도가시가 깊숙이 고개를 숙였다. 유타로는 도가시 앞으로 다가가 거칠게 옷깃을 끌어당겨 억지로 고개를 들게 했다.

"그 제약회사가 가족의 병을 고쳐줄 신약을 개발해줄지도 모른다는, 그런 빌어먹을 기대 때문에, 그자가 얼마나 지독한 짓을 저질렀는지 아나? 그자 때문에, 우리 가족은 가족의 버팀목을 잃었어. 우리가 나약했던 거겠지. 그래, 그런 거야. 그렇다고 해도 그자만은 절대로 용서할 수 없어. 이름을 말해."

도가시가 눈물을 글썽이면서도, 확고한 시선으로 유타로를 똑바로 바라봤다.

"자네 가족이었다면 매달리지 않았겠나?"

"뭐라고?"

"설령 누군가가 상처를 입는다고 해도, 내 딸이 또는 여동생이 살 수 있으면 된다고, 그렇게 생각하지 않겠나? 자네가 말한 빌어먹을 기대에, 그게 아무리 가능성이 낮다고 하더라도, 자네 가족이었다면 매달리지 않았겠나?"

"그러면, 당신이라면 그자를 용서하겠어? 가족의 죽음의 진상을 감추고, 그 진상을 알리고 하자 악랄한 수단으로 가족을 망가뜨린 그런 자를 당신이라면 용서하겠어?"

도가시가 눈을 감았다.

"이름을 말해. 당신이 할 수 있는 건 그것뿐이야."

"난치병에 걸린 건 그의 아들이야. 부모니까 무슨 짓이든 하지 않겠나? 더구나 그는…… 그는 이미 죽었어."

서 있을 수 있다는 게 신기했다. 신기하다고 생각한 순간 강렬한 현기증이 일었다. 유타로는 눈을 꼭 감았다.

"그렇군. 비밀엄수의 의무를 방패로 무로타와 구사카베를 지킬 수는 없는지 상담했다던 선생이 그자였어. 그 선생은 의사가 아니었어. 그런 거였어."

유타로는 눈을 떴다. 도가시가 당황한 듯 유타로를 보고 있었다. 도가시에게 묻고 싶은 건 더 이상 많지 않았다.

"그래서 부인은?"

"2년 전에 죽었다. 마지막에는 움직일 수조차 없었지. 힘들었을 거야."

"당신은 계속 부인의 간병을?"

최근 3년 정도 대외적인 활동은 없었다고 케이시가 말했었다.

"3년 전에 사소한 일로 직장에서 퇴사하게 됐지. 결과적으로는, 그래, 마지막 1년은 계속 아내 옆에 있을 수 있었다."

"그렇군."

그 후 2년 동안은 멈춰진 시간 속에서 아내의 환영과 살고 있었겠지.

유타로는 문을 향했다.

"가는 건가?"

대답하지 않고 방을 나왔다. 도가시가 따라 나왔다.

"이제 어떻게 할 생각인가."

"당신은 알 거 없어. 앞으로의 일은 더 이상 당신과는 관계없는 일이다."

유타로가 이렇게 대답했을 때, 아래층에서 누군가가 현관문을 두드렸다.

"밤늦게 죄송합니다. 아무도 안 계십니까?"

도가시가 의아한 표정을 지었다. 노크가 이어졌다.

"경찰입니다. 죄송합니다만 문 좀 열어주시겠습니까?"

"경찰?"

도가시가 유타로를 바라봤다.

"난 연락 안 했네."

"알아." 유타로가 대답했다. "당신이 아니야. 다른 자의 짓이지."

유타로는 어두컴컴한 계단을 내려갔다. 도가시가 따라왔다. 현관문의 노크는 여전히 계속되고 있다.

"도가시 씨, 안 계십니까?"

"마지막 질문이다."

도가시가 케이시를 바라봤다.

"아까 그 곡은?"

"슈베르트, 현악5중주."

유타로는 현관을 그대로 지나쳐 부엌문으로 향했다.

"네, 지금 나갑니다. 잠깐 기다리십시오."

도가시가 시간을 벌기 위해 경찰에게 말하는 소리가 들렸다. 유타로는 부엌문으로 나와 들어왔던 루트를 되짚어서 옆의 맨션 앞으로 나왔다. 길에 세워진 경찰차를 곁눈질하면서 서둘러 역으로 향했다.

'dele. LIFE' 사무실에 도착한 건 밤 12시가 다 됐을 때였다. 문을 열자 늘 앉는 그 자리에 케이시가 있었다. 놀라지는 않았다. 그럴 것 같다는 생각이 들었다.

"아직 있었군." 유타로가 말했다.

"응." 케이시가 대답했다. "네가 올 것 같은 예감이 들어서."

"경찰에 체포될 것 같은 예감이 들어서는 아니고?"

역시 시치미를 떼는 짓은 하지 않았다. 케이시는 단지 고개를 옆으로 몇 번 흔들었다.

"한 번도 의심하지 않았어. 이렇게 가까이에 있었는데 전혀 눈치채지 못했어. 나 자신도 웃음이 나올 지경이야."

유타로는 케이시의 책상 앞으로 다가갔다.

"그래." 케이시는 고개를 끄덕였다.

그 의미를 파악해보려 했지만, 담담하게 이쪽을 보고 있는 케이시가 지금 무슨 생각을 하는지 유타로는 알 수 없었다.

"발단은 무로타의 죽음이었을 거야. 맞지? 무로타가 죽자 데이터 삭제를 요청하는 신호가 왔어. 삭제를 의뢰한 건 린의 죽음을 조작했던 증거가 될 데이터였고. 케이는 그 데이터를 봤어. 데이터가 유출되면 그 조작행위에 가담했던 사람들이 줄줄이 엮여 나올 테고, 마지막엔 유족을 괴롭혀서 소송을 포기하게 만든 어느 변호사의 비열한 죄도 밝혀지겠지. 그래서 케이는 무로타의 데이터를 삭제한 후 다른 위험한 자료가 남아 있지는 않은지, 사건의 관계자가 갖고 있는 데이터를 확인하기로 한 거지. 그리고 자신의 아버지에게 불리한 데이터를 삭제했어. 소와의대부속병원의 내부 시스템에는 대체 어떤 데이터가 남아 있었지? 'AMADA 메디컬서비스'의 시스템에는 또 어떤 데이터가 남아 있었지? 부친도 부친이지만 아들도 아들이야. 나를 이용해서 부친에게 불리한 데이터를 지우고 돌아다닌 거지? 변명이라도 해볼래? 애초에."

유타로는 책상을 돌아서 케이시 옆으로 다가갔다. 케이시는 다가온 유타로를 올려다봤다. 그 온화한 시선에 단지 화만 치솟을 뿐이었다.

"애초에 네가 이런 몸이라서 일어난 일이야. 뭘 태평하게 앉아 있는 거냐고."

유타로는 케이시의 휠체어를 걷어찼다. 휠체어가 옆으로 쓰러졌고 케이시의 몸이 바닥에 내동댕이쳐졌다. 엎드린 자세로 쓰러진 케이시는 팔 힘으로 몸을 뒤집고, 두 손을 뒤로 짚어 상체를 일으킨 후 유타로를 올려다봤다.

"그렇군. 내가 이런 몸이 아니었으면 너나 네 가족이 그렇게까지 지독한 짓은 당하지 않았겠지. 미안하다."

케이시가 목을 꺾듯이 고개를 숙였다.

"으아아악!"

의미를 알 수 없는 비명이 몸 깊은 곳에서 솟구쳤다. 유타로는 쓰러진 휠체어를 발로 미친 듯이 걷어찼다.

"왜! 부친이 한 일의 더러운 증거를 지우려면, 다른 놈에게 시켰으면 됐잖아. 왜 나를 이용했지? 내가 여기에 온 것도 우연은 아니겠지? 여기 명함이 내게 전해지도록 손을 썼나? 뭣 때문에? 뭣 때문이냐고!"

유타로는 마지막으로 거세게 휠체어를 걷어차고 케이시를 노려봤다.

"너를 이곳으로 불러들인 건 내가 아니다. 나쓰메야."

"나쓰메?"

"나쓰메는 하나의 정보가 받는 사람에게 어떤 영향을 미치는지, 그런 것에 관심이 있었다. 병적이었지. 직접 전했는지 사람을 썼는지는 모르지만 나쓰메가 네게 이곳 명함을 건넸다."

"왜 그런 짓을."

"내가 어떻게 반응하는지 보고 싶었을 거다. 나쓰메는 그런 녀석이야. 내가 그 사실을 눈치챈 건 네가 동생의 사진을 보여줬을 때다."

"사진?"

언젠가 일을 끝냈을 때, 린의 사진을 케이시에게 보여줬던 기억이 떠올랐다.

"아버지가 한 짓은 아버지가 돌아가신 후 컴퓨터를 정리했을 때 알았다. 원래 기업 법무에 관여했던 아버지는 기업의 문제 처리도 맡고 있었다. 진상 고객 같은 주주에 대응하기 위해 귀찮은 일을 처리하는 사람도 두고 있었지. 아버지는 그 남자에게 마시바 집안의 소송을 막으라고 명령했다. 아버지가 어떤 명령을 내렸고 남자가 무엇을 했는지. 그 자세한 내용을 난 아버지가 돌아가신 후 컴퓨터에서 발견했어. 정말 놀랐다. 늘 냉정하고 현명하고 타당하게 올바른 것을 선택하는 사람. 아버지는 내게 어른의 이상형이었다. 그 아버지가 이런 더러운 짓을 했다니 경악했지.

아버지가 남긴 데이터에는 사망한 환자의 사진이 있었다."

"내가 처음 이곳에 왔을 때, 마시바라는 이름을 듣고 관계가 있으리라는 생각은 안 했나?"

"아버지가 남긴 데이터 속에 마시바라는 이름은 없었다. 동생의 이름도 부모님의 이름도 이니셜만 기재되어 있었다. 소송과 관계없는 아들의 정보는 전혀 없었어."

"하나의 사례에 지나지 않았다는 뜻인가. 사망한 환자의 이름이 무엇인지 형제는 있는지. 그런 건 관심도 없었겠지."

"개인적인 감정이 없는 하나의 사례로 생각하고 싶었기 때문일 거다. 그래서 마시바라는 이름을 기록하지 않았겠지. 아버지는 그 죄의 무거움을 절실하게 느꼈을 거다. 네 동생의 사진과 자신이 저지른 죄의 증거인 데이터를 지우지 않고 계속 갖고 있던 건 그 때문이야. 아버지는 그걸 지울 수 없었어."

"그 데이터를 네가 전부 지운 거지?"

아무도 알 수 없도록, 케이시는 혼자서 아버지의 치부를 삭제했다.

— 컴퓨터도, 스마트폰도, 태블릿도. 갑자기 돌아가신 것치고는 지나칠 정도로 깔끔하게 정리가 되어 있었어.

이전에 마이가 그렇게 말했었다.

"그래." 케이시는 인정했다.

"그리고 나를 이용해서 소와의대부속병원의 시스템에 들어갔고 'AMADA 메디컬서비스'의 시스템에도 들어갔지. 그곳에 있던 불리한 정보도 삭제했어. 그다음엔 과거에 부친이 부렸던 남자를 시켜 나를 도발해서 도가시의 집에 찾아가게 했지. 도가시의 집에 침입한 내가 현행범으로 체포되면 모든 것은 끝날 테니까. 부친에게 불리한 증거는 더 이상 어디에도 없고, 동생의 죽음과 관련된 정보가 조작됐다고 떠드는 오빠는 현행범으로 붙잡힌 범죄자. 아무도 귀를 기울여주지 않겠지."

케이시가 뜻밖이라는 눈빛으로 바라봤다.

"그랬나. 아이바가 네 집에 갔었나."

"아이바?"

"부친이 데리고 있던 남자다. 무슨 말을 했나?"

"모른 척 시치미 떼지 마. 케이가 그 남자를 보냈잖아?"

"아니. 아이바가 멋대로 간 거야. 난 벌써 몇 년이나 얼굴도 못 봤어. 내가 하려는 일을 눈치챈 거야. 나를 말리기보다 너를 말리는 편이 빠르다고 생각했겠지."

"말려? 케이가 하려는 일을?"

"아버지가 돌아가신 후, 난 데이터를 발견한 즉시 컴퓨터에서 그 데이터를 삭제했다. 아버지가 사용했던 모든 디지털 기기를 확인해서 마이와 어머니에게 보이고 싶지 않은 자료를 샅샅이 정리했지. 여러 가지 좋지 않은 것들이 있었지만, 그중 가장 충격적인 건 소송 준비를 하던 환자 유족에게 한 짓이었다. 나를 위해. 내게 도움이 될지 안 될지도 모르는 신약개발을 위해. 그렇게 생각하자 무덤에서 유골함을 꺼내 걷어차고 싶은 심정이었다."

케이시는 말을 마치고 웃더니, 오른팔을 뻗어 움직이지 않는 다리를 문질렀다.

"그리고 이것만은 마이와 어머니에게 알려서는 안 된다고 생각했다. 난 그것 때문에 나쓰메를 초빙했어."

　"그 나쓰메라는 자는 정체가 뭐야?"

　"내가 디지털 기술을 공부했던 대학의 한참 선배. 대학에서는 유명인, 아니 거의 살아 있는 전설이었다. 특히 크래킹에 있어서는 위저드 급을 넘어서 루시퍼 급이라는 평가를 받았지. 난 나쓰메에게 연락해서 사정을 설명하고, 그 임상시험의 정보가 조작된 사실이 절대 밖으로 드러나지 않도록 해달라고 부탁했다. 사정을 들은 나쓰메는 재미있어하면서 부탁을 받아줬지. 그리고 난 이 회사를 차렸어."

　"dele. LIFE?"

　"그래. 나쓰메는 이곳에 직원으로 있으면서, 네 동생의 임상시험과 관련된 데이터 조작의 증거가 될 만한 자료를 하나하나 삭제해갔다. 나쓰메의 실력이면 어려운 일도 아니었어. 그리고 그 작업을 끝낸 나쓰메에게 난 또 다른 의뢰를 했다."

　"어떤 걸?"

　"사건과 관련된 세 사람, 무로타와 구사카베와 도가시. 그 세 사람의 사회적 신용을 추락시켜달라고."

　"뭐라고?"

　"구사카베는 몰라도, 무로타와 도가시는 사회적 지위가 높은 사람이야. 매스컴의 표적이 되기도 쉬워서, 두 사람이 저지른 악행이 언제든 폭로될 위험이 있었지. 그래서 사회적 지위를 떨어뜨려서 눈에 띄지 않는 곳으로 쫓아버리고 싶었다. 더구나 사회적 신뢰가 실추되어 있으면 세 사람 중 누군가가 사정이 생겨서 데이터 조작을 자백한다 해도 두려울 게 없지. 증거가 될 데이터는 이미 하나도 남아 있지 않으니까. 내 의뢰를 나쓰메는 더 한층 재미있어했고, 정확하게 그걸 해냈어."

"그러면 무로타가 일으켰던 병원의 정보유출사건은?"

"맞아. 나쓰메가 한 일이야."

"구사카베는?"

"전철역 몰카범으로 만들었지. 전철역에서 한 여성이 구사카베에게 치마 속 사진을 찍혔다고 신고했어. 역무원이 그 신고에 따라 구사카베의 스마트폰을 확인해보니 정말로 여성의 치마 속을 찍은 사진이 있었지."

"어떻게 했지?"

"단말기에 데이터를 심는 건 빼내는 것보다 훨씬 간단해. 여성은, 자신의 말이 사실이 아니라고 할 거면 스마트폰을 보여달라고 했고, 구사카베는 여성에게 스마트폰을 건넸지. 그리고 여성이 다시 역무원에게 스마트폰을 건넸어. 그 짧은 순간이면 충분해. 여성이 확인해달라고 하자, 역무원은 스마트폰의 사진 폴더를 열었고, 거기에는 구사카베는 모르는 사진이 들어 있었지. 경찰이 출동해 연행했고, 구사카베의 주위 사람들에게 소문이 퍼졌을 즈음 여성은 고소를 취하했어."

"도가시에게는? 뭘 했지?"

"근무했던 싱크탱크에서 갖가지 명목으로 보수 이외에 거액의 현금을 받았다는 자료가 매스컴에 돌았어. 위법도 뭐도 아니지만, 보수로 지급된 게 아니고 마치 뒷돈처럼 지불됐다는 점이 다양한 억측을 낳았지. 그다음 달에 도가시는 싱크탱크의 소장직에서 물러났어. 데이터 자체는 사실이었기 때문에 유출 경로에 크게 신경 쓰지는 않았지만, 그 데이터의 유출 경로는 아무도 몰랐을 거다."

"나쓰메라는 사람은 그렇게 해서 세 사람의 사회적 신용을 추락시켰다? 그리고?"

"아무것도 없어. 그게 끝이야. 축구공을 하나 놔두고 모습을 감췄어. 최근에 한 번 조롱하는 듯한 전화가 걸려왔을 뿐이다."

― 하지만 나쓰메. 더 이상은 우리한테 참견하지 마.

케이시가 그렇게 말했던 것이 생각났다.

유타로는 사무실을 둘러봤다. 축구공은 소파 쪽에 떨어져 있었다. 다가가서 발끝으로 차올려 손으로 받는다.

toK

그렇게 쓰인 글자가 보였다.

"왜 축구공을?"

유타로는 축구공을 케이시에게 던졌다. 케이시는 공을 받아 글자를 응시한 후 사무실 구석으로 던졌다.

"글쎄, 모르지."

눈에 거슬리는 것을 자신의 시야에서 지우려 했던 케이시에게 보내는, 나쓰메의 야유가 아니었을까 하고 유타로는 생각했다.

케이시가 절대로 사용할 수 없는 축구공을 선물한 의미가 달리 떠오르지 않았다.

"아, 아니, 잠깐만." 유타로가 말했다. "지금, 나쓰메가 케이의 부친에게 불리한 데이터를 삭제했다고 했나?"

"그래."

"어? 그러면 케이는 뭘 했지? 나를 이용해서 소와의대부속병원에 침입하고, 'AMADA 메디컬서비스'의 시스템에 침입한 건 무슨 이유에서였지? 부친에게 불리한 데이터를 지우기 위한 것 아니었나?"

"나쓰메가 정보유출사건을 일으킨 탓에 소와의대부속병원은 정보 보안에 상당히 예민해졌지. 특히 환자 정보에 관해서는 만일의 유출에 대비해 병원 내의 시스템에 있는 단말기를 통해서만 볼 수 있도록 암호화했어. 지금은 소와의대부속병원 환자의 데이터를 보려면 병원에 잠입하는 수밖에 없어. 환자인 척하고 병원에 가서 접수처의 단말기에 직접 바이러스를 심은 적이 한 번 있었다. 그다음에 이곳에서 크래킹해서 환자의 정보를 볼 수 없을까 시도해봤지만 무리였지."

"병원에 한 번 갔다니, 혹시 케이가 스스로 병원에 갔다고 마이 씨가 기뻐했던, 그때 말하는 거야? 그럼 그걸 위해서?"

"응, 맞아." 케이시는 고개를 끄덕였다. "'AMADA 메디컬서비스'는 원래도 보안이 철저했지만, 3년 전에 이미 보안 레벨을 한 단계 높였어. 한 해커가 회사 시스템을 크래킹해 보인 탓이었지. 그 해커의 조언에 따라 'AMADA 메디컬서비스'는 견고한 보안 시스템을 갖췄어."

"그 해커라면."

"나쓰메야. 나쓰메는 내가 의뢰한 대로 자료를 삭제하고, 그 상태로 안전하게 유지되도록 'AMADA 메디컬서비스'의 보안에 만전을 기했어. 지금 생각해보면 쓸데없는 행동이었지. 덕분에 나 정도의 기술로는 외부에서 시스템에 들어가기가 거의 불가능해졌다. 데이터를 건드리려면 내부 단말기로 접속해서 백도어를 만드는 방법밖에 없어. 너한테 그걸 시킨 거야."

"그래서 뭘 했는데?"

"말했잖아? 정보를 심는 건 삭제하는 것보다 훨씬 간단해."

"뭐?"

"무로타와 구사카베는 공모해서 임상시험 데이터를 바꿔치기했어. 하지만 그 증거는 나쓰메가 전부 지워버렸지. 그래서 난 그 증거를 다시 만들어서 소와의대부속병원과 'AMADA 메디컬서비스'의 시스템에 넣어뒀다. 전직 후생노동성 심의관과 한 변호사가 저지른 비열한 죄를 증명하는 메일 데이터를 만들어서 같이 심어놨지."

증거가 될 데이터는 이미 없다. 그래서…….

"그곳에 있는 데이터를 지운 게 아니라……."

만들어낸 위조 데이터를 넣었다는 뜻이 된다.

유타로는 깜짝 놀랐다.

"그 후 넌 도가시의 집에 침입하고, 신고를 받고 달려온 경찰에게 체포된다. 그러면 넌 도가시의 집에 침입한 이유를 경찰에게

증언하겠지. 경찰은 움직이지 않겠지만 언론에 보도되면 수많은 시선이 도가시를 향하게 된다. 그렇게 되면 어차피 누군가가 증거를 찾아내겠지."

"케이가 심어둔 증거를."

"그래. 아무도 발견하지 못하면 내가 유출할 생각이었다."

"내가 도가시의 집에 찾아가도록 주소를 주면서 유도한 건 케이가 맞지만, 반드시 오늘 갈 거라는 확신은 없었을 텐데? 그런데도 경찰에 신고를 했다고?"

케이시가 어이없다는 표정을 지었다.

"네 스마트폰의 위치 정보 따위를 내가 모를 거라는 생각을 어떻게 할 수 있지?"

"아, 스마트폰의 위치 정보."

휠체어에 앉아도 되겠냐는 듯 케이시는 쓰러진 휠체어를 가리켰다. 유타로는 휠체어를 세웠다. 그 이상은 도울 필요도 없이 케이시는 자신의 힘으로 휠체어로 돌아갔다. 케이시는 책상 앞으로 가더니 서랍에서 USB메모리를 꺼냈다. 장기의 말을 다루듯 책상 위에 툭 내던진다.

"여기에도 내가 만든 데이터가 들어 있다. 방송국에든 신문사에든 가져가면 돼."

"하지만 가짜 데이터잖아."

"누가 알겠어? 부정행위 자체는 사실이다. 그리고 있어야 할 곳을 조사하면, 거기에서 반드시 이 데이터가 나와."

"그걸 위해서 이번 일을? 그러면 무로타의 의뢰는 거짓말이었구나? 무로타는 삭제 의뢰 같은 건 하지 않았어. 케이가 꾸며낸 거지."

"9년 전에 무슨 일이 있었는지 넌 알 권리가 있다. 그리고 거기에 관여했던 사람들을 심판할 권리도 있어. 무로타, 구사카베, 도가시, 우리 아버지, 그리고 나."

이제 이야기는 끝났다는 듯 케이시가 두 손바닥을 펴 보였다.

"원하는 대로 해. 난 이곳에서 그 심판을 기다리지. 내게 무슨 짓을 해도 원망하지 않아."

유타로는 책상 위에 놓인 USB메모리를 바라봤다. 집어 들어 손에 꼭 쥔다. 무슨 말을 해야 할지 알 수 없었다. 가슴속에 있던 강렬한 충동은 출구를 잃은 채 거센 소용돌이를 일으키고 있었다. 케이시는 책상 위를 응시한 채 유타로에게 눈길도 주지 않았다. 유타로는 메모리를 쥔 주먹으로 책상을 거칠게 내려치고 사무실을 나왔다.

전철역으로 향했지만 전철은 이미 끊어졌다. 택시의 좁은 공간에 들어가고 싶은 마음이 들지 않아서 유타로는 네즈를 향해 걷기 시작했다.

연말이 가까워진 탓인지, 자정이 지났는데도 간선도로에는 많은 차가 오가고 있었다. 차가운 바람이 정면에서 불어와, 유타로는 양손을 플라이트 재킷 주머니에 꽂았다. 오른손에는 아직 USB메모리가 쥐어져 있었다. 그 USB메모리를 이용해 무엇을 해야 할지, 지금은 그것조차 생각하고 싶지 않았다. 이번에야말로 반드시 찾아내겠다고 결심했고 마침내 추적해냈지만, 그 적은 줄

곧 상상해왔던 추악한 괴물이 아니었다.

한 시간 정도 걸어서 네즈의 집에 도착해보니 안에서 불빛이 새어 나오고 있었다.

"오, 유타로."

안으로 들어가자, 하루나가 밥상을 밟고 서서 벽 높은 곳에 장식 줄을 걸고 있었다.

"어? 한동안 못 들어오는 거 아니었어?"

"일이 빨리 끝났어."

오랫동안 눈이 마주치면 마음속을 들킬 것 같아서, 유타로는 하루나에게서 시선을 돌려 방 안을 둘러봤다.

"대단하네."

다다미방 벽에는 형형색색의 장식 줄이 걸려 있었다.

"놀라울 정도로 안 어울려."

"그런 말 하지 마. 집이 지나치게 일본식이라서 그래. 그래도 크리스마스트리는 참았어."

시선이 느껴져서 돌아보니 다마 씨가 부엌에서 불만 가득한 눈으로 이쪽을 살피고 있었다.

"이런 야밤에 할 필요는 없잖아." 유타로는 그렇게 말하고 앉았다. 하지만 달려올 줄 알았던 다마 씨가 다가오지 않았다.

"유타로가 없는 동안에 해놨다가 깜짝 놀라게 해주려고 했지."

하루나는 장식 줄을 테이프로 고정하고 밥상에서 내려왔다. 밥상 위에 빨간색과 흰색으로 된 천이 놓여 있었다. 들어보니 아주 작은 산타클로스 복장이었다.

"아, 그건 다마 씨 거. 입히려고 했더니 도망가버렸어."

"아, 그런 거였군."

부엌을 보니 다마 씨는 어느새 사라지고 없었다.

하루나는 발밑에 있던 커다란 가방을 뒤져서 작은 화환을 꺼냈다.

"이게 마지막. 어디에 걸까? 역시 현관?"

"어디가 좋을까. 우리 집 현관에 걸면 크리스마스 화환이 아니라, 뭔가 주술 도구처럼 보일 텐데."

"원래 부적의 의미도 있다니까, 꼭 틀린 건 아니지만. 여하튼 안 어울릴 건 분명하네. 역시 안에다 걸자. 저기, 녹색과 빨간색 줄이 겹친 부분."

하루나가 화환을 건네주자 유타로는 쓴웃음을 지으며 일어섰다. 화환은 직접 만든 것 같았다.

"네가 만들었어?"

"당연하지. 화환 같은 건 돈 주고 안 사. 우리 집 마당의 등나무 덩굴하고, 공원에서 주워둔 솔방울하고, 이 집 마당에 있는 죽절초하고, 그리고 마음에 드는 꽃과 이파리. 매년 그런 것들로 직접 만들지. 이 집 마당의 죽절초에는 지금도 열매가 달려 있어."

"아, 죽절초."

갑자기 뇌리에 영상이 떠올라, 유타로는 그렇게 되뇌었다. 외출했다 돌아와서 따뜻한 실내에 안심하며 문을 연다. 카펫 위에 앉아 있는 두 소녀.

"그래, 그랬었지."

자신은 중학생이었다. 린은 아직 초등학생. 동아리 활동을 끝내고 집에 돌아오면, 거실에서 린과 하루나가 화환을 만들고 있었다.

"화환이 아니라 개목걸이 같은데." 유타로가 말했다.

"개목걸이? 너무해!" 하루나가 화를 내며 유타로를 돌아봤다. "어? 유타로? 왜 그래?"

"그래. 그때도 하루나는 그렇게 말했어."

손에 든 화환을 가만히 응시하면서 유타로는 기억을 더듬었다.

"내가 개목걸이 같다고 했더니, 너무하다고."

― 이제 곧 멋진 화환이 될 거야. 그렇지?

토라진 하루나를 달래듯 린은 그렇게 말했다. 그리고 혼자 마당으로 나가서 초록 잎이 달린 빨간 열매를 따왔다. 린의 머리에 꽂으면 어울리겠다. 그때 유타로는 그런 생각을 했다.

"잊고 있었어. 해마다 린과 하루나가 화환을 만들었지."

"응…… 유타로, 괜찮아?"

"아직 기억하고 있다고 생각했어. 린에 관해, 소중한 것은 전부 기억하고 있는 줄 알았어. 하지만 이런 소중한 추억도 잊고 있었다니."

화환을 든 채 굳어 있는 유타로의 양손을 하루나의 양손이 감싼다.

"잊지 않았잖아? 방금 또렷하게 기억해냈어."

"나, 또 잊고 있는 건 없을까? 뭔가 소중한 추억을 잃어버린 것은 아닐까?"

"잊었을 수도 있겠지. 지금은 잊지 않았더라도 언젠가는 잊게 될 거야. 어쩔 수 없어. 기계가 아니니까."

"난 어떻게 해야 하지?"

유타로는 갑자기 견딜 수 없는 피로감을 느끼면서 무릎을 꿇었다.

"기억해내면 돼. 그때는 기억할 수 있는 만큼 떠올리면 돼."

"하지만 그러면 기억은 점점 줄어들고 서서히 흐려져서 언젠가는 사라지잖아."

"그럴 거야."

"그러면 슬프잖아."

"슬퍼. 너무 슬퍼."

"그러면 어떻게 하냐고."

"지금과 마찬가지야, 유타로. 그럴 때는 울면 돼."

고개를 숙이고 있던 유타로의 볼에, 하루나가 살며시 볼을 댔다. 손에 든 화환에 눈물이 방울져 떨어졌다. 오열도 하지 않고, 몸을 떨지도 않고, 그저 눈물만 떨구었다.

자신이 원했던 건, 단지 이렇게 조용히 눈물을 흘릴 수 있는 시간이었는지도 모른다.

눈물로 젖은 화환을 보면서 유타로는 마음이 편안해짐을 느끼고 있었다.

다음 날 유타로가 'dele. LIFE' 사무실에 가자, 늘 앉는 그 자리에 케이시가 있었다. 유타로는 책상 앞으로 다가가 USB메모리를 책상 위에 올려놓고 케이시를 향해 밀었다.

"돌려줄게. 내게는 필요 없는 것 같아."

케이시가 눈앞에 놓인 USB메모리에서 유타로에게로 시선을 옮겼다.

"이걸 사용하면 동생 죽음의 진상을 감추려 했던 자들의 죄를 폭로할 수 있어. 그게 네가 원했던 걸 텐데."

"그래. 나도 그렇게 생각했어. 하지만 아니었어."

"어떻게 한다 해도 어차피 죽은 사람이 살아 돌아오지는 않는 다는 따위의 헛소리는 하지 마. 이건 네 문제야. 싸워. 이게 있으면 이길 수 있어."

"내가 원하는 건 하나뿐이야. 린을 생각할 때 순수한 감정으로 린을 떠올리고 싶어. 그것뿐이야. 누군가를 원망하고 의심하고, 자신을 책망하고 부끄러워하는 그런 감정 없이, 오로지 순수하게 린을 그리워하고 싶어. 그럴 수 있으면 난 그걸로 충분해."

"무로타는 죽었지만, 구사카베도 도가시도 살아 있다. 그자들을 용서해도 되는 건가? 우리 아버지가 한 짓은? 그 때문에 네 가족이 무너졌어. 그렇지? 내가 한 짓도 그래. 마이와 어머니에게 알리고 싶지 않아서 아버지의 추악한 죄를 전부 지웠어. 그건 용서할 수 없는 행위야."

케이시가 유타로를 노려봤다. 화가 난 것도 같았고 슬퍼하는 것도 같았다.

"만약 케이가 그렇게 생각한다면, 이건 케이가 사용하면 돼."

케이시의 강렬한 시선이 순간 느슨해졌다.

"내가?"

"이 데이터에 얽힌, 그렇게도 용서할 수 없는 것이 많다면, 그러면 케이는 어떻게 하면 용서할 수 있어?"

"어떻게 하면 되지?"

"몰라. 케이가 결정할 일이야. 매스컴에 흘려도 되겠지. 경찰에 넘겨도 되겠지. 마이 씨와 어머니에게만 보여주겠다면 그래도 되고. 아무에게도 보여주지 않고 평생 자기 마음속에만 간직하겠다면 그것도 하나의 각오가 필요한 일이라고 생각해. 그 외에도 많잖아? 어떻게 하면 아버지를 떠올릴 때 오로지 순수하게 아버지를 추억할 수 있을지, 스스로 생각해. 케이는 나 같은 사람보다 훨씬 머리가 좋잖아."

케이시는 USB메모리를 가만히 응시했다. 이윽고 나지막이 말했다.

"그렇군. 이건 처음부터 내 문제였던 걸까."

케이시는 고개를 들었다.

"그런 거지?"

"그렇게 표현한다면" 하며 유타로는 고개를 끄덕였다. "그런 거라고 생각해."

몇 번인가 고개를 끄덕인 케이시는 USB메모리를 쥐고 데스크톱 컴퓨터를 향했다.

"유타로, 이제 돌아가도 돼."

"뭐?"

"다시 연락할게."

그때까지는 오지 말라는 뜻일까. 순간 진의를 파악할 수 없었다. 하지만 이내 깨달았다.

애초에 부친의 죄를 감추기 위해 만든 사무실이다. 부친의 죄를 복원한 지금, 케이시로서는 사무실을 지속할 의미를 찾기 어려울 터였다. 더구나 부친이 저지른 죄의 근원에 있는 사람을 계속 고용할 이유가 없다.

"알았어." 유타로는 고개를 끄덕였다.

이별의 말은 떠오르지 않았다. 고마웠다는 말도 어울리지 않는 듯했다.

유타로는 케이시에게 등을 돌렸다. 유타로는 문손잡이를 잡고는 케이시를 돌아봤다. 케이시는 이미 모니터에 시선을 고정한 채 키보드를 두드리고 있었다.

유타로는 사무실을 둘러봤다.

햇볕이 들지 않는, 콘크리트가 그대로 노출된 실내. 익숙해진 소파. 커다란 책상. 키 큰 책장. 널려 있는 야구공과 농구공과 테니스라켓.

유타로는 책상 너머에 있는 케이시를 바라봤다.

유타로가 처음 이곳에 왔을 때 이 사무실은 다른 세계였고, 그곳에 있는 사람은 다른 세계의 고독한 주인이었다. 지금 나가려고 하는 이 사무실은 유타로에게 더없이 편안한 곳이고, 그곳에 있는 사람은 마음을 연 친구였다.

언젠가 이 광경 속으로 돌아와서 혼자 눈을 감아볼 때가 있을 것이다. 유타로는 그렇게 예감했다.

"처음으로 이름을 불렀어." 유타로가 말했다.

"그랬나." 케이시는 딴청을 부리며 슬쩍 유타로를 봤다. "다마 씨에게도 안부 전해줘."

"그럴게."

유타로는 고개를 끄덕이고 사무실을 나와 문을 닫았다.

다마 씨와 케이시를 인사시킬 기회가 없었다. 그것이 아쉬움으로 남았다.

소와의대부속병원에서 유타로의 부친에게 연락을 해온 건 그 직후의 일이었다. 몇몇 사람이 찾아와서 린의 죽음이 임상시험약의 부작용 때문이었음을 인정하고 사죄했다고 한다. 다음 날에는 병원이 기자회견을 열어 매스컴을 향해 똑같이 설명했다. 그것과 관련해서 '데이터 관리 회사의 직원'이 사정 청취를 받은 모양이지만, 체포되지도 않았고 실명도 보도되지 않았다. 도가시의 이름은 거론됐지만, 연말의 분주함 속에서 세상은 일어난 지 9년이나 지난 사건에 깊은 관심을 보이지 않았기에 이 사건은 상세하게 보도되지 않았다. '사카가미 법률사무소'에 대해서는 아무런 보도도 없었다. 사정을 알고 있는 케이시와, 사무소를 이어받은 마이에게 경찰이 찾아왔는지 어쨌는지도 유타로는 알지 못했다.

사건에 대한 보도는 해를 넘기지 않았다. 새해가 밝아오자 세상 사람들도 매스컴도 사건을 잊었다. 유타로는 아쉬워하면서 세상은 그런 것이구나 하고 생각했다.

유타로는 합장한 두 손을 풀고 눈을 떴다. 선향이 가느다란 연기를 피워올리고 있었다. 옆에 있던 하루나도 거의 동시에 맞댄 두 손을 풀었다. 린의 무덤에 다른 사람과 함께 온 건 이번이 처음이었다.

"그래서 유타로는 앞으로 어떻게 할 거야?"

쭈그린 자세로 가만히 비석을 보고 있던 하루나는, 마침내 옆에 있던 유타로에게 눈길을 돌렸다.

"다른 일을 할 거야."

신문지 위에 놓여 있던 시든 꽃을 신문지에 말면서 유타로는 대답했다. 시들기는 했지만 마르지는 않았다. 꽃을 가져다놓은 사람은 아버지일까, 아니면 어머니일까. 이삼 일 전에 다녀간 듯했다.

"아니, 이미 하고 있어."

"뭐? 나한테 얘기도 안 하고? 무슨 일인데?"

하루나는 그대로 바닥에 엉덩이를 대고 앉았다.

"유품정리와 리사이클을 하는 곳이야. 이전부터 도와달라고 했었어."

"또 기묘한 느낌의 일이네."

하루나는 두 무릎을 세워 감싸 안으며 말했다.

"유품정리서비스면 유품정리서비스. 리사이클업자면 리사이클업자. 그런 거면 알기 쉬울 텐데. 그곳은 결국 유품을 중고용품으로 판매한다는 거네? 돈을 받고 유품정리를 해주고, 다시 유품을 중고용품으로 팔아서 돈을 챙기고."

그렇게 말하더니 하루나는 비석을 향해 속삭였다.

"있잖아, 린. 유타로는 왜 만날 이렇게 기이하고 수상쩍은 일을 하는 걸까."

만약 린이 정말로 이곳에 있다면 뭐라고 대답했을까.

"그런 거 아니야. 둘 다 필요한 일이야."

유타로는 자신도 바닥에 엉덩이를 대면서 말했다. 반은 비석을 향해 말하는 자신이 우스웠다.

"글쎄~" 하루나는 웃고 나서 조금 조심스럽게 물었다. "이전 일은 역시 이제 안 하는 거야?"

케이시와 'dele. LIFE'에 대해서 하루나에게 대략적인 설명은 했었다.

"그러게. 이제 힘들지 않을까."

— 다시 연락할게.

그건 케이시 나름대로 이별을 고하는 말이었다고, 유타로는 이해했다. 해가 바뀌고 한참이 지났지만 케이시에게는 아무런 연락도 없었다.

"그렇구나. 뭐, 어쩔 수 없지."

"내가 불편해할 거라고, 케이 나름대로 배려해준 건지도 모르겠어."

비닐봉지를 든 중년 남성이 걸어왔다. 묘지 청소원인 듯했다. 그가 묵례를 해서 두 사람도 고개를 숙였다. 청소원은 다가오더니 유타로에게 말을 걸었다.

"저거, 치워드릴까요?"

"아, 네." 유타로는 시든 꽃을 둘둘 말은 신문지를 내밀었다. "죄송하지만 부탁드리겠습니다."

청소원은 받아 든 신문지를 비닐봉지에 넣으면서 물었다.

"형님은 건강하시죠?"

"형님?" 유타로는 당황해서 되물었다. "아, 저 말인가요? 네, 괜찮습니다만."

이번에는 청소원이 당황한 듯하다.

"아, 아니, 그쪽의 형님…… 아, 형이 아닌가보군요. 미안해요. 어림짐작으로. 이 꽃을 가져온 사람 있잖아요, 휠체어……."

"그 사람은……."

유타로는 말이 나오지 않아, 숨을 한 번 들이켰다가 토해냈다.

"그 사람은 제 친구입니다."

"아, 친구. 그랬군요." 청소원은 고개를 끄덕이고 비석으로 눈길을 돌렸다. "꽤 오랫동안 성묘를 오셨지요."

"그랬습니까."

청소원은 두 사람에게 고개를 숙이고 걸어갔다.

유타로는 비석을 바라봤다. 지금 자신이 앉아 있는 곳에 휠체어를 밀고 와서 눈을 감고 합장하는 케이시의 모습을 상상했다. 케이시는 린에게 무슨 말을 했을까.

— 다시 연락할게.

그것은 이별의 말이 아닌, 기한 없는 약속이었는지도 모른다. 문득 그런 생각이 들었다.

"갈까."

하루나를 재촉하며 유타로는 일어섰다. 하루나는 린의 비석을 쓰다듬고 나서 유타로와 나란히 걷기 시작했다.

언젠가 머지않은 미래에⋯⋯.

하루나와 나란히 걸으면서 유타로는 그런 상상을 했다.

휴일의 정오가 조금 지난 시간. 밥상 맞은편에 하루나. 무릎 위에는 다마 씨. 두서없이 나누는 일상적인 대화. 현관문이 열리는 소리. 퉁명스러운 목소리. 다마 씨의 뒤를 쫓아 현관으로 나가자 못마땅한 듯 무뚝뚝한 얼굴.

언젠가 머지않은 미래에 그런 광경이 찾아온다면, 그건 분명, 절대 지워지지 않는 기억 중 하나가 될 것이다.

볼에 닿는 차가운 바람이 상쾌했다. 유타로는 걸음을 멈추고, 하늘을 향해 크게 기지개를 켰다. 하루나가 돌아보며 살포시 웃었다.

디리2

펴낸날	**초판 1쇄 2021년 4월 1일**

지은이	**혼다 다카요시**
옮긴이	**박정임**
펴낸이	**심만수**
펴낸곳	**(주)살림출판사**
출판등록	**1989년 11월 1일 제9-210호**

주소	**경기도 파주시 광인사길 30**
전화	**031-955-1350**　　팩스　**031-624-1356**
홈페이지	http://www.sallimbooks.com
이메일	book@sallimbooks.com

ISBN	978-89-522-4289-1 04830
	978-89-522-4290-7 04830 (세트)